一頁 folio

始 于 一 页 ， 抵 达 世 界

献给老熊

目　录

下辑：夜的女采摘员

上辑

甜乌鸦

小孩小孩

我喜欢猫和猫头鹰。我喜欢深绿色，尤其是铁皮青蛙的绿。

我喜欢春夏之交最好是五月份，南北方都有新开花的树非常非常美丽。

也许还可以加上一条：我喜欢小孩子——

我是说，和我一样真正的小孩子。

小林今年过年不想去王家河的。

她父母家在武汉，去王家河是回老家走亲戚。外婆二十岁嫁到武昌城，唯一一个同父异母的哥哥——小林喊舅姥爷的——一直留在黄陂老家，后来子女也就一直没离开王家河。舅姥爷"文革"时据说帮过家里大忙，具体事宜妈妈也说不清楚，但自打外婆还在世时就立下规矩：每过两三年总要回王家河走动走动，不管进城多久，总归还是一家人。

前年外婆去世，灵柩还专门送到王家河下了葬。老人一直心心念念要土葬，这只能在老家还得进村里才做得到。舅姥爷早两年去世了，这回帮忙的是舅姥爷的儿子们，小林的两个表舅。在村里搭了灵堂，请了乐队鼓手，本地厨子摆流水席招待前来吊唁的亲戚，忙前忙后小一个月。小林妈妈彻底哭成泪人，根本顾不上道谢，只管眼泪汪汪往外掏钱。大小表舅却不敷衍塞责，逐笔记账，安排妥当，账目一清二白。小林妈妈回武汉后过了好久才缓过来，沉痛地对小林爸爸和小林说：这次又辛苦舅姥爷一家了。这下人情账更还不清了。

小林爸爸倒心大：再去多带点东西也就好了。小林小表舅前几年到武汉打工，我们不是还帮忙介绍了孙老板？后来是他自己吃不下苦，才回去了。

小林妈妈想想也是，心下还是过意不去，尤其下葬的地还是大表舅托关系找村长在山上要的集体用地。眼下种地的人也少了，一直荒在山上，根本没要钱。搁在城里的公墓，总得好几万吧？这么大的人情，欠着总归心底不安。

这次过年小林妈妈早早和全家说好初二就去王家河，用心之诚，提前了一个多月就开始准备礼物，不料早被小林爸爸今天明天地偷拿出去不少——小林爸爸两代钳工出身，城里狐朋狗友无数，春节前聚会又格外多。他向来觉得乡下亲戚不给自己添麻烦也就够了，来往太勤实在没有必要。等小林妈妈初一晚上收拾行李，才发现备好的一堆礼物早十去其七。每次从王家河回来都大包小包一堆回礼，小林妈妈老担心人情还不上，临了倒还占了便宜。这回正月里快递停了，店家都不开门，仓促间去买又未必合心意，这一急之下非同小可，加上历年积怨，和她爸大吵一架。正旧账新账数落得酣畅淋漓，小林在一旁突然轻轻地说：要不这次我就别去了。

她妈正恨拳头打在棉花上没人回应，立刻转移了火力目标：你说什么？

我是说，我不去了。要去你俩去，少去个人叨扰，礼物少点就少点。

小林爸爸在一旁趁火打劫：那我也不去了，在家陪小林。

小林妈妈更气：统共一家三口，你俩都不去，我一个人去像什么样子？好，小林你外婆才走没两天……

小林道：这和外婆没关系。妈妈，你和外婆真太像了，一辈子就喜欢强迫所有人和你保持一致，急你之所急，忧你之所忧。你这么爱走动，你自己去就好了，干吗一定要强拉着我俩？

小林妈妈原地气结：我李宝兰造了什么孽，嫁了个将进不将出的老公，又生了你这样一个六亲不认的女儿！这么行动不听指挥，以后老了我还指望得上谁！

说罢也不管这逻辑讲不讲得通，自顾自淌淌热泪滚滚而下。她想自己已经是没妈的人了，丈夫女儿又都靠不住，越想越痛，哭个不住。小林爸爸眼看惹了大祸，摇手咂舌，立马倒戈帮劝小林：算了算了，要不我们全家明天还是一起去？

小林是真的不想去。初二这一天她另有安排。有人将从外地过来，有且只有这么一天，此后余生，可能再也没有相见的机会了。

但到底要不要最后见这一面，其实她也没有想好。

就这么一拖二拖的迟迟没有确定，不料妈妈正好就定在了初二这天去王家河。去就去，本来她一直没答应那边，也是有一点听天由命顺水推舟的意思。然而心底兜兜转转犹犹豫豫，其实还是想见最后一面的。这两天正在每隔几分钟变一个主意地煎熬，刚下定决心鼓足勇气开口，没料到立刻遭到毁灭性打击。

她眼看大势已去，反倒确定了自己心底是真的想去见那人的。却只能不死心地负隅顽抗：王家河有什么好去的？每次去就是在小表舅的农家乐里胡吃海塞一顿——说真的还挺影响人家做生意的——你们打牌下棋，我一人在旁玩手机，实在没什么去的必要。而且小表舅妈比我没大几岁，老二都快十岁了，我……

小林妈妈听她说了一大堆有的没的，反倒转怒为笑：你现在倒知道怕催了？也是我们太惯着你，从来不逼你相亲。眼看都三十几岁的人了，还像个小孩子。

她一会哭一会笑，倒说人家像小孩。也是几十年婚姻稳固，到老愈发任性。又或是真的老了，所以老小老小？

小林爸爸看情势不好，早早就溜回了房间。要么在玩手机，要么对着电脑斗地主。

小林用嘴努努房间的方向：嫁人有么事好？嫁个人，辛辛苦苦伺候一辈子，到头来连带回老家的礼物都保不住。

她知道她爸听得到。故意的。她就是气他墙头草，随风倒。

最后还是胳膊拗不过大腿，去了。就像港片里常说的，"最重要的是一家人齐齐整整"。在家里当老女儿就有这点不好，父母一直娇生惯养着，但同时也就有权利要求她一切行动听指挥，只要没出阁，过了三十岁也一样。

毕竟早到了应该搬出去独立的年龄了。小林在房间里慢吞吞地收拾自己的行李，与此同时眼泪无声地一滴滴落在叠好的衣服上。她这点很像她妈，哭起来完全没有声音，但一旦开始哭，就像水龙头开了闸一样流个不停。她有点纳罕地想，原本还不知道自己竟然会委屈成这样，整个肩膀都抖成了筛子。她妈还有她爸和她当苦情戏观众。她自己呢？

以前她一说要搬出去单独住，父母就急。不是她爸要跟过去，就是她妈。总觉得女儿一个人住不安全，不放心。但他们管得再严，倒看不出来小林其实一直有个秘密，而且这秘密随着时日过去还越养越大。她一直暗恋大学同班的男生刘赟，本科毕业前还真的短暂有过半年多地下恋情——所谓地下，就是全班同学乃至宿舍人都不知道，两人只在校外约会。一开始是小林脸皮薄，觉得关系没到谈婚论嫁前不想让那么多同学知道。没想到隔了个暑假，刘赟回了一趟广州，再回来整个感觉都不对了，才知道他一回去就被父母安排认识了前同事的女儿，差不多也就是相亲的意思了。刘赟很坦率地说那女孩和他年岁相当，从小在一个单位院子玩到大。后来她父母搬走了，差不多十年没联络，再见面两个孩子倒都已经出落成大学生了。他父母要他毕业后回广州，那女孩正好也在广州上学。适逢大四，正在人生选择的十字路口。也是年轻气盛，没等刘赟吞吞吐吐说完，小林便赌气道：你既要听父母话，就找你的青梅竹马好了，知根知底，一毕业就回广州结婚，皆大欢喜。

刘赟不接茬，只面露难色：如果我非要留在武汉，我爸说就断绝父子关系。

他祖籍甘肃兰州，从小随父亲调到广州军区，在部队大院长大。有个军人父亲大抵如此，说一不二。前同事肯定也是一起扛过枪的人，对战友的女儿自是怎么看怎么亲。

小林眼看说不下去，含泪走了。刘赟往外追了几步，没有再追。

是毕业一年后小林才从另一个同班同学嘴里听了一耳朵，其实是女方爸爸要求他们毕业就结婚，大概是转业后很发了一点财，还答应要在碧桂园给他们买套婚房。

这敌不过一套房子的短短半年地下恋情，不料却给小林造成了相当持久的影响，毕业好多年还一直没走出去。也是工作后圈子越来越小，竟再没遇到过比刘赟更让她心动的人——喜欢一个人原本是极难的事。刘赟似乎也清楚她从未放下，隔一年半载总会给她发条信息，问候频率和他们全家去王家河的频率差相仿佛——并不说什么特别的，就是问：还好吗。结婚了吧。生孩子了吗。一副欲言又止旧情难忘的模样。

小林渐渐明白他就是不想让她忘记自己。这样是不是反倒说明，对于他来说她也是一段难忘的年少情事？他一毕业就真和那青梅竹马结了婚，听说第二年就生了孩子——因为当时是地下恋，同班同学都不知道他和小林好过。她还是从班级群里知道的，新生儿降生时他大概给好些人都喜滋滋发了短信，只除了她。眼下毕业十年了，他却还偶尔给她发信息。她想象他抱着已经会打酱油的小孩问候自己"结婚了吗"的场景，总是想笑又想哭。更可怕的是，她即便清楚他不过就是个喜欢和前任藕断丝连的渣男，竟然也是她这么多年贫瘠感情生活中的唯一绿洲。

这些事她从来不和父母说——自从初中发现妈妈偷翻她日记

簿以后。虽然毕业后就一直住在同一个屋檐下。但是。

刘赟发来的信息小林每次仍然必回。有时她刚刚说完自己近况，正待问他，这人就突然消失了。——也许是孩子哭了，也许是青梅竹马叫他了。小林总忍不住这么想。刘赟有他的婚姻日常，与她完全无关的现世安稳。但是，她一直感激他对她还算坦诚，至少从来没有试图欺骗过她的感情，甚至毕业前夕唯一一次上床的机会，也放弃了——分手后偶遇过一次，赌气也罢，挽留也罢，后来不知道怎么就半真半假地走到了学校附近的小旅馆里，好像是要做点什么，结果却只是她哭得肝肠寸断，他也哭，最后什么都没发生。第二天中午他就收拾行李坐飞机回了广州。

是不是正因为什么都没发生，所以才始终觉得荡气回肠，念念不忘？但也可能是随着时间流逝，一层层加了时光滤镜，在小林一遍又一遍的回想中，把那短短的半年和最后一晚回忆得太罗曼蒂克了。他当时能克制住欲望，也许只不过因为懦弱和负不起责任。或者干脆就是不够爱她。这么多年，信息发归发，本人却从没出现过。

直到这个春节，他们班长出面张罗一次同学聚会，就在初二那天。

班上大多数人都留在武汉，真要聚肯定聚得起来。正好毕业十周年，几乎是一呼百应，那些混得还不错的同学和前俊男美女们尤其积极。他在群里没报名，私底下却给她单发了信息：你春节在武汉吗？如果你去，我也从广州过去。

永远都是"你"。你好吗。你结婚了吗。你生孩子了吗。从没有起承转合，也不做任何解释。这也很厉害，因为"你"可以是一个何其亲密的词，就好像对早上才见过的枕边人一样随便；当然也可以理解成别的任何意思。进可攻，退可守。

大过年的，他不好好待在广州过年，发生什么事了？是两口子吵架了，还是——早已离了婚？小林被自己过于大胆的猜测惊得起了一身鸡皮疙瘩。或者只是单纯的，就是想见老同学叙叙旧？

无数问题在胸口涌动，而最终一个都没有问出口。

年前刚收到这消息的时候，她起初木木地没什么反应，还在帮妈妈择菜，剥毛豆。差不多过了十分钟，毛豆剥完了，起身走回自己房间里去，盯着手机发了十几分钟呆，不知道该怎么回。等妈妈饭菜做好，出房间又是若无其事的一张脸。小林妈妈倒是注意地看了她一眼：化了妆，一会要出去？

小林说，嗯，可能要出去一下。

其实她是躲起来哭过了。这么多年都是一样，只要提到这个人，永远郁结于心。

小林爸爸一直盯着电视机，背对她们母女。小林看着他想，不结婚也好。不结就不用一辈子照顾同一个男人，辛辛苦苦做好饭菜，吃饭时还只配观赏一个背影。而刘赟这个早已消失在她生活中的人，突然出现又想做什么？这样子其实只会让她更不信任婚姻。她宁愿他永远不联系自己。

对于他来说，她或许是朱砂痣、白月光。是食之无味弃之可惜的鸡肋，也是永恒的备胎——这样想来，他的感情生活的可能性，大概同样也少得可怜。可能就是混得不够好，或者毕竟不够坏，不敢真的做什么坏事，也就一直憋屈着，只敢和前女友聊骚。

她这次一直没有回微信。几个小时后，看到他在群里报了名。

本来想这次就不见了，见了实在怕难过，也怕真的发生点什么——都这么多年了，好像时间让一切不正常的关系都变得情深意切理直气壮了起来。初一晚上目睹母亲爆发的眼泪后，小林却突然软弱起来。最终还是发了信息过去：你家里……没出什么事吧？

没事啊。

没事你干吗大春节的跑出来？

今年她带着父母小孩去泰国旅游了，我和我父母留在广州过年。十年一聚不容易，我想回来看看。主要……也为了看看你。

对妻子的称谓也很妙，永远是"她"。仿佛带着某种厌弃，却又不失安全的温情。同样是进可攻，退可守。此人何德何能，竟然妄图一直周旋于两个好女子之间？不知道为什么，小林一点都不恨这个父亲买了碧桂园因而顺利结婚的姑娘。肯定也是可怜人。她想。一定不知道老公结婚十年了，还在给前女友发微信。

我初二不在武汉。小林一字一顿地打。

你要去哪里？

陪父母去给外婆扫墓。

什么时候去？什么时候回来？我争取在武汉待两天，等你。

小林起初几乎是一个字一个字地回，怀着某种报复的快意。但没想到轻而易举就被他化解了。说到底还是她心软，拒绝的意思不诚。就为这她反而痛恨起自己的软弱来，又别扭地想要索性一口回绝。

她飞快地说：可能那段时间我都不在。回得很快，完全不容自己后悔。

啊……太遗憾了。早知道你不去，我就不报名了。那我也就初二来初二走吧。期待下次再见。

再见。

其实他们已经整整十年没见了，记忆中的刘赟，还是那个穿篮球服神采飞扬的少年，他们班的流川枫。流川枫也好，樱木花道也罢，不知不觉都人到中年。都说三十岁以后第一次同学聚会就是炫富和出轨大会，但是她真的还要鸳梦重温吗？

算了吧。小林咬着牙对自己说。何必呢。

作为班上硕果仅存的几枚剩女之一，又何必再去人前高调展示失败？她谁都不想再见，包括前男友。虽然她模样身材都没变太多——也许一直和父母一起住的缘故，时间某种程度上似乎被冻住了——但是，她同样无意展示这对抗岁月的微小胜利。就算二十岁时，她也不是什么美人。现在，也就不过还不见老。

不见也罢。

然而初二一大早，长年沉寂的本科同学群里就骤然热闹起来。小林尽量不去看，但只要一打开微信，群提示音就滴滴滴响个不住。总会有那么一些热心人士乐于事无巨细地直播所有聚会细节，也许潜意识里就是为了刺激她这样胆怯的逃兵，让原本乏善可陈的聚会被不在场的人尽情想象。她感到切实的痛苦，却没法控制自己不去看。同班同学们一个二个陆续到了，女生个个都打扮得光鲜靓丽，男生却大都发了福。一小时后开始入席拍合照。她留神在里面找了一下，并没有刘赟。仿佛是为了回答她暗地的疑问，一个当年和刘赟关系就不错的女生在群里很直接地问：赟少呢？立刻有人答：路上呢。他从广州过来，要晚一点。立马有一堆人跟在后面啧啧称叹：是直接从碧桂园开车过来吧？赟少还真念旧。——估计人家也发了大财，路费啥的不在话下。——听说买了宝马五系？——反正过年高速也免费，哈哈哈哈哈。——开什么玩笑，有钱人还在意什么高速费？不求最好，但求最贵！

群里满是欢乐的调侃和一个紧接一个的彩虹屁。当然都是发给路上的刘赟看的，也算是一种社交场上的预热。根本没人注意到她没去，她从十年前到十年后，一直都是不起眼的灰姑娘。而刘赟一直是所有人的王子。王子真的爱上过灰姑娘吗？对不起，没人知道，更没人关心。

连她自己都不相信那半年是真的。那就差不多是假的了吧。

就在这样惨淡的心情下，小林随父母坐上了去黄陂的地铁。最终手提肩扛的还是搜罗了不少家当带上，就这样小林妈妈还在不停和她爸拌嘴：早让你学车不肯学，开车过去多方便，黄陂又不远。春节高速还不收费。

小林爸爸吐吐舌头：都老夫老妻这么久，你又搞么事别扭？你倒是先给我买个车呀？

小林妈妈立马翻个标准白眼：给你买个吉利怎么样？现在小

林供出来了，几万块钱还是出得起。

小林梦游一样看了人群中的他们一眼。她刚出生那几年父母还在一个重工厂里工作，后来厂子效益不行了，倒闭了，两个人都下了岗，有段时间一起去深圳打工，后来又都回来了，没隔两年又各自去广东福建打工，一直把小林扔给外婆拉扯大。这些年老了，才回到武汉重新搭伙过日子，再是吵吵闹闹打打骂骂，听上去总有一种家常情味在。她初高中一直跟着外婆过，大学才寄宿，其实不是不理解老家对于老人的特殊意义。要不是这次凑巧碰上班级聚会，她也不会提出不去王家河——可是，不管她去不去，结果都不会太开心的。她知道。

殊途同归，那就还是去吧。至少妈妈开心一点。

而且——这样或许还能让刘赟稍微难过一下。哪怕就难过几秒也行。他是真的再也见不到她了，永远彻底地失去她了。即便她在他的人生里，其实并不重要。

一家人坐到汉口北下车，换乘轻轨，六站就到了王家河路口，再走到吕后湾坐十几站公交车，便来到王家河街道。这两年这边新建了个玫瑰园，也不叫镇子改叫街道了，但村还是那个村，只修了路，此起彼伏地盖起许多农家乐。大表舅承包了几亩果园，专种城里人爱采摘的草莓和黑布李；小表舅学过几年厨，早年在外地酒楼打工，后来两口子在玫瑰园附近盘了一个院子，招待那些赏花采果的城里人过来歇脚，吃饭，打麻将。那院子就在高速公路出口附近，下了车再走个五百米就到，一大片都是各式农家乐招牌，交通很方便。

走在进村的路上，小林妈妈说：小林你还记得小表舅家的依依吧？她见到你肯定很高兴。

小林当然记得。那就是小表舅家的老二。有一年过年和大人回去，一进院子就见一个被抱在手上的女娃半张脸都包了绷带，一只眼睛完全看不到，虽然夜色中看不真切，依然被吓了一跳。

是依依吗？这是搞么事？

唉。小表舅说：我们这离公路太近——但农家乐非得开在公路边才有生意的嘛。没哪个有时间看住她，这女伢又老跑到马路中间气（去）玩，怎么讲都不听。这下好了吧！被车子撞了。身上还好，可能撞到头影响了视觉神经，等养好了，医生讲可能要配副眼镜。

那年小林刚过二十五，对小孩子从来没什么感觉。但听说表妹出了车祸还是吓了一跳：抓住肇事司机了冇得？

怎么可能抓得住嘛。撞翻人就跑毬。小表舅骂了句脏话，眼睛直直地望着小女儿，表情说不上怜惜还是恼火。他一张圆脸配上剑眉，个子挺拔，在这小镇上算一等一的体面人物，做生意又勤恳，据说前几年这边旅游刚放开的时候游客多，挣了不少钱，却没把自己唯一的女儿护好——还有个儿子，上初中了。老婆也算是镇上的美人，比小林大不了几岁，孩子却老大了。小林几乎没见过他们夫妻俩聊天，每次到他家来，都只看见两人配合默契地在厨房劳作，没多少时候便端出一桌子油亮鲜香的黄陂本地菜来——就凭这手好厨艺，逢年过节，根据点评 app 寻香下马的客人还真不少。

但这些年也不知道是不是运道不好了。依依好端端出了车祸，小表舅家日子也随即难过起来。

小林听父母背后议论，其实家道败落和车祸都没什么关系，多半还是因为小表舅赌钱。淡季没游客，各个农家乐的老板和附近的村民就爱聚在一起打牌。本来牌桌三十年，各花各的钱，但前两年来了一个开火锅店的潮州老板，一个川菜馆老板，还有一个开河南烩面馆的，总之从外头带来了更刺激的新玩法，赌注也翻了几倍不止。这一来，小表舅一年到头累死累活挣的钱还不够半个月输的。就为这，小表舅妈和他闹了几年离婚，终究没离成。听说为戒赌，小表舅还剁掉了自己一个手指头，可见决心不小。但没用。

出事那年依依还不到六岁。五六年过去，大约也该读小学高年级了。按辈分她该叫小林"姐姐"，小林倒是乐意——虽然早已到了做阿姨的年龄，但被叫年轻一点总归是喜悦的。说起来依依还真是小林在王家河唯一可能玩到一起去的"同辈"，虽然是个小孩。依依的哥哥个子比小林高出一个头，又内向，早就不是"弟弟"的样子了，没事也不爱往跟前凑。

依依呢？一进门小林就问。小林妈妈扯了一下她袖子。

大表舅据说是个不大不小的包工头，但好像生意一般，平时没事总在小表舅这里，还有几个乡邻陪着一起喝茶，一听到门口声音都慌忙站起来，一伙儿迎到门口：姐姐过年好！姐夫过年好！哎呀，小林也来了！越来越漂亮了！人来了就好，还带什么礼物，客气了哈！

大家忙着寒暄，把礼物一一搁下。两个表舅妈也在人群里满面春风地笑着，大小两个相差总有十岁，看上去却越来越像，不管发型还是衣服。估计平日里妯娌间也不少暗较长短。一般来说，做生意的兄弟易分家，好在两个表舅从一开始就没打算合伙干，到现在感情还算融洽。

小林妈妈边往里走边问：报上看你们这里的玫瑰园还尽打广告，这一带名气越来越大，生意也越来越好做了吧？

小表舅哈哈笑道：那可不，姐你没五月里过来过哟，楼上楼下全住满，简直忙不过来！

小表舅妈却立刻撇了撇嘴：你怎么不说过了五一之后好久都没生意？属喜鹊的，光报喜不报忧！

但同时也高高兴兴地拿出一大把瓜子花生来，又拿出两个巨大的文旦柚子，说是附近果园刚摘的。

小林爸爸倒早已经轻车熟路和大表舅摆开台子下起象棋来，大表舅妈和小林妈妈还有几个邻居立在一旁寒暄。小表舅在厨房里忙出忙进，小表舅妈继续忙活着从屋里端出各色糕果茶点。一过年，这些东西各家总不会少，最多牌子比城里的差一点，但也差不多是徐福记、喔喔奶糖。椪柑、丑橘、瓜子、花生什么的更不在话下，却没有小林小时候最欢喜的自家做的米糕了。

她在那堆点心里挑拣了半天，直到猛然觉得不像个三十岁的大人作为，方讪讪缩回手，四处张望：依依呢？

也确是蹊跷。来了这么久都不见人，这小丫头自己出去玩了？

小表舅妈笑道：小林这么关心依依啊！依依也最喜欢小林姐姐。说姐姐要来，打昨天起就开始高兴了，现在倒躲在楼上半天不肯下来。

小林妈妈也笑：大姑娘了唉，还知道害羞了！

小林重新打量这院子。也不知道是哪年建的三层小楼，门口还做了两根罗马柱，大概还是小表舅在浙江萧山帮厨时见过的世面。他回来赞叹说那边农民房建得一栋比一栋洋气，回来根据照片加记忆，虽然没建筑图纸竟也设法让这边的施工队依样画葫芦地搞了一套差不多样式的，早年在这边农家乐里还算气派的，刚建好时一天到晚有镇上的人专门来参观，吐一地的瓜子皮，小表舅妈怨声载道；过了几年，却渐渐被周围鳞次栉比的新房子比下去了，没那么显眼了。但小林反倒喜欢这房子住旧了以后的亲切感，似乎多了些痕迹和味道，每次来也眼看着院子里的树越来越大。这次又新添了一棵枇杷，一棵黄角兰，一棵石榴。小林却莫名其妙地想起刘赟老早和她说过的一句情话，说她最喜欢栀子，回头也弄个院了给她种栀子，不由得神思恍惚起来——班级群里之前热闹非凡，到此刻却没了动静，估计这时班上的人都到齐了。

小表舅从厨房里出来，看到小林正对着那棵枇杷树发呆，笑道：也是托玫瑰园的福，好多花木公司来竞标，没投上的就顺便问我们要不要竞标的样品，卖得烂便宜。

怪不得以前没见过。小林笑道：小表舅家的花园越来越像样了，回头本身也成了个景点，要收门票。

与此同时她用眼角余光瞥见一个小女孩正悄悄慢慢地踱下楼来。简直就像是时光停滞。下楼的这个女孩跟她印象中的总是一模一样，仿佛不再长大。

是依依。

那年依依刚出车祸没一个月。当时表舅爷爷还在世，那么敦实高大的一个老人，怜惜地把受了伤的小孙女抱在手上半天不放手。过两年再去，就是来参加表舅爷爷的葬礼，只见一个小人儿满院子自顾自地疯跑，招猫逗狗，大概五六岁了，也浑然不知道要哭——哭以后再没人天天抱着她去村头玩了。又怪模怪样地戴一副红色塑料框架眼镜，镜片厚得像酒瓶底，一张清秀的小脸基本被遮完。据说除了视力受影响，车祸倒是没留下太多后遗症。

后来又去过几次，每次都隔一两年。一回生，二回熟，依依第三次见她就亲热得多了，主动拉着小林带她去看院子里养的哈巴狗，说叫乖乖。

小林在笼子前面蹲下来：为什么要叫乖乖？乖还要被拴起来？

依依认真地说：不拴起来就不乖。拴起来就是为了让它乖一点，不然蛮凶。

又悄悄和她说：其实这不是真的乖乖。真的乖乖跑到马路上去，被车撞死了。它是后养的。

上次见面她俩还在院子里打了一个多小时羽毛球。小林没想到依依的球技竟然还可以。虽然一直戴着那副红色的厚瓶底眼镜，又在水泥地上穿着硬邦邦的小皮鞋，就着冬日午后惨淡的日头，竟把二十九岁的小林打得阵脚大乱，满院子捡球。还有几次，打出去的羽毛球都飞在了院子一棵苦楝树的枝杈上，只能用一根长竹竿捅下来。

那次回去对小林的直接影响，就是春节结束一上班，她就申请加入了公司每天中午打球的羽毛球队。相熟的同事都忍不住问：怕是太阳出错边了吧——万年宅女居然打起了球？

小林不好意思告诉他们实话，就是过年被亲戚家一个九岁的小女孩扣杀得太惨，小小受了点刺激。她最早打球就跟依依那么大，还是小学里。后来那些年里因为要专心读书，再也没碰过。

一晃两年不见，小林都三十出头了，依依看上去仍像只有九岁。她想了半天，才发现最奇怪的地方原来在于这女孩几年来完全没长高，还是那么又小又瘦，连眼镜框似乎也没换过，还是红色的，厚厚的酒瓶底。怕自己记错了，她试探着问：依依今年好大了？

依依害羞地抿着嘴：十二岁。

小林记得自己五年级时差不多已经一米五八了——虽然后来也就长到一米六二——但一个五年级的小孩子这么矮正常吗？她陡然间想起那次车祸来。会不会就是后遗症？

小林妈妈在一旁轻轻捏了她手一下。

小林另一只手更轻地拉着依依。就和十岁时一样，这小女孩依然有冰凉如月的纤小手掌，脸被眼镜遮住了半边，依然能看出眉清目秀。小林不禁懊悔：这次过来心绪不宁，虽然妈妈带了东西，但自己竟然没有专门给依依准备礼物。无望地在包里翻了半天，最后只找出一支欧舒丹的手霜，差不多九成新，还是限量版，管子上有一只在闻花的小熊。

她举着手霜问依依：这个要不要？很香的。

依依接过去，拧开盖子闻了一下，在红眼镜后面无声地抿嘴笑了一下，算是接受。小表舅妈似乎认得这牌子，赶着说：快谢谢姐姐，这个蛮贵。

小林暗叫一声惭愧。见到依依她就忍不住回想自己十二岁时是什么样子，又欢喜什么。也许比依依要高，但也并不见得比她更懂事，更招人疼。这年纪的小女孩心地敏感得像刚长成的蒲公英花球，一不留神心事就飞得一天一地。那几年她父母在南方打工，她和外婆生活在一起，老人稍微对她疾言厉色几句，她晚上都会半宿半宿地哭，一整夜抱着妈妈的旧衣服不放手。到后来衣服基本全被眼泪浸透了，阴干后把鼻子埋在里边闻，有一种深海鱼类的咸味。

依依似乎比她运气好点，父母都在自己身边，也不算留守儿童——可是，就算父母在身边，也挡不住来来往往的车把她像保龄球一样撞倒，又碾死了她喜欢的小狗乖乖。小林突然前所未有地痛恨起门口那条车来车往的国道来。但是，那么多游客也都是这条财路带来的。

因为羞愧只有手霜可送，她格外亲热地拉着依依的手，问：要不要和姐姐区气（出去）？刻意学的黄陂话，说得半生不熟。

上次打完球依依还带她到附近转了一圈。当时依依还小。只在房子周围稍微转了转，时间也短。

她这次倒是想一雪前耻，问了几次羽毛球拍哪里去了。最后依依简单地说：没有了。可能我妈丢了。

大舅妈不知从哪踅过来，手上还织着一件红色毛衣：对，四周哪有好玩的地方，依依带小林姐姐气（去）。你要好好向姐姐学，长大以后也考重点大学，读研究生！

依依低下头，声音很轻地说：我自己还天天想有哪里好气（去）。我自己都不知道这附近有什么好玩。

小林的心陡然被这句轻轻的话刺痛了。这让她想起自己漫长而孤单的童年，没一个人真正有时间陪她，爸爸妈妈一年到头在外面忙着打工挣钱就别提了，外婆一天到晚要买菜，做饭，有点闲暇就和其他老年人打牌，练香功。当留守儿童本来就容易有心理问题，加之长相平常，成绩又一般，同学们也不喜欢同她玩。

还有个特别讨厌的女同学言之凿凿地说她父母去不同的地方打工，肯定是偷偷离婚了，都不要她了。气得她当众大哭：他们没离！我有爸爸，也有妈妈！不知道是不是这样，她差不多整个青春期都灰头土脸地自闭着，别人给一点点好意一点点爱就感激得不得了，因为家境，因为家庭。也因为从来都缺爱。

我们走吧，依依。她摇摇头，不愿意再回想下去。

依依就带她走出农家院的大门。

门口是一条煤渣铺成的乡间小路，四周横七竖八插了些竹篱笆，隔开后面的菜地。东一块西一块，也分不清楚是谁家的。好几个鼓鼓囊囊的垃圾袋就随便搁在竹篱笆上面，四周也并没有垃圾桶。

会有人来收垃圾吗？小林问。

依依说：不知道。

我们到哪里气（去）？

可以带你气（去）龙腾。她想了想，像下了很大的决心。那就是她知道的"最好玩的地方"了？

龙腾？那是哪里？

依依半天形容不清楚。但强调了好几次：很好玩的！有很多人，还有抓娃娃。

气就气（去就去）。

小林和她手拉手走在路上，突然高兴起来。小时候去陌生地方冒险的快乐不知道什么时候回来了，还不是闯进什么孤坟野冢探寻宝藏之类的快乐，而是找到同类项的快乐。小林想。骨子里她好像一直就没有长大，无法适应这个成年世界的种种规则。尤其这么多年一直没有得到足够多的爱，短期内大概也没有恋爱结婚的可能。这种独自在状况之外的孤魂野鬼状态似乎从很早以前就开始了。也许从小时候当留守儿童，父母从南方回来后她感到陌生，怯生生地躲到外婆背后就开始了。一定有什么地方出了一点问题，虽然她还算幸运，并没有像依依一样真的遇到车祸。

依依没有背井离乡，在这个到处都是农家乐和游客的小镇却也像个陌生人。哪里都不需要她，因为她小，是个女孩，也因为她出过事，撞坏了眼睛，又长不高。她父母对她的成绩完全没要求。虽没明说，但明眼人一看就知道，宝全压在了要上初三的儿子身上了。但那个据说成绩也一般，也不争气。

依依，你最喜欢哪科？小林忍不住问了最扫兴的一个问题。

女孩个头才到她肩膀，低下头不予作答，手却在小林手心里轻轻地翻了一下，很明显地不喜欢这个话题。小林初中倒数第三——全班总共七十个人——那年，也最不喜欢大人问这个。她既是"姐姐"，就不该像那些可憎的真正的大人一样问东问西。说到底，成绩又有什么关系——就像后来，父母从广东回来，发现女儿成绩这么差后大惊失色，好歹做通思想工作让她留了一级，后来小林成绩的确也上去了，但留级照样有留级的不快乐。该犯错误照样犯错。要失恋照样失恋。事情并没有就此一帆风顺起来，就好像有某一环，从一开始就悄悄脱节了。

看到依依后小林就竭力忍住不再看手机。就让那群人欢聚吧。总而言之，是与她无干了。

——但刘赟发现她没有去，真的会难过吗？

走过那条煤渣小路就到了大路上。就在国道边上。马路对面依然是本地特色农家乐，走地鸡，涮羊肉，重庆老火锅。这天是个阴天，但南方的冬天就算阴天温度也不会太低，只阴恻恻的让人觉得闷气。小林抬脸往天上看，水墨画一样的云层背后微微透出一点亮，太阳像磨砂玻璃灯泡，装饰性远大于实际用途。一阵小风剜过，她俩一起打了个哆嗦。与此同时小林发现马路这边就有个茶园子，以前没发现。

我们进气（去）探险好不好？她问。

依依点点头，当即面露喜色。

茶园子中间有条路直直通往树林深处，遍地衰草丝毫遮盖不住地上的土丘，像某种中年人饱经岁月摧残后的发型。到处都灰扑扑的。毕竟是正月里，就算真正的玫瑰园大概也一样荒凉，何况这还不是旅游景区，只能算景区外围。这茶园原本很大，估计旺季各处都坐满了人，但现在却空空荡荡的。最诡异的，是好些茶树上都挂了鸟笼。一开始小林以为是空鸟笼，走近了才发现每个笼子里都藏着一只神色阴郁的鸟，有些是八哥，有些是鹩哥，有些根本认不出来。离远时这些鸟都像石头一样沉默，人一靠近，就开始不耐地在笼子里头来回撞击，而且越撞速度越快，酷似那个叫"愤怒的小鸟"的游戏。在暴烈的砰砰声中，她们根本不敢靠近那些笼子，怕万一有一两只特别刚烈的，情急之下结果了自己的小命。小林明显地感到依依有退缩之意，就拉着她向树林的另一个方向走去。

茶园深处的露天茶座倒是坐着几个人。但也只是沉默地抽烟。看见她俩神色冷淡，估计猜到是附近的人，并不是可能的顾客。一大一小两个怪女孩。不像母女，也不大像姐妹。

这里你来过没有？

依依说路过过，从没进来过。

离你家这么近。最多五百米。

夏天门口有人看门。还有狗。蛮凶。

怎么会有狗？现在狗又去哪里了？小林想，也许夏天茶座稀缺，所以不能让过路游客随便进来落脚？那些鸟笼子和鸟是怎么回事？难道淡季就转行卖鸟了？

那么多。总有三五十个鸟笼子，零零散散地挂在茶林里，这意象多少有点阴森。也许和这些鸟儿都沉默如标本地站立而毫不鸣啭、一旦靠近就疯狂自戕有关。林子另一边没有鸟笼，但地面不平整，连荒草都没有，到处都是此起彼伏的土疙瘩，像显微镜下放大的皮肤上的疹子。也许和依依他们家那边一样，最早就是一大片废弃的坟地。依依刚才带她走过去的小路旁还看到几个东歪西倒的墓碑。除了茶树也有别的，橘子，文旦树，更高大一点的白杨，也都是些看上去不大吉利的树。小风打着旋儿刮了一下又一下，叶子瓣里啪啦在高空中鼓着掌，像起哄。走着走着，小林猛然发现了一口枯水井，便拉着依依心跳加速又忍不住好奇地往里张望了一眼，很担心会看到一具白骨或者其他什么——那样她们就从郊野散客变成报案群众了。但里面竟然教人失望地什么都没有，井底几乎被长满荒草的土填满，浅浅凹陷下去，只有一点生活垃圾浮皮潦草地覆盖在上面。真是的——连死猫死耗子都没有一只。

那些喝茶的人们离她们渐渐地远了，像变焦镜头里拉远的风景。他们和她们彼此都是毫不关心的过客。如无意外，此生都不会再见。

这园子好不好玩嘛？小林刚才悬起来的心还在跳，却假装若无其事地问依依。

她这才意识到自己其实是心疼依依平时没地方去，打算帮依依开疆拓土，找个"好玩的地方"一劳永逸。关键要安全，不能总在路边玩。这样也不枉自己放弃了班级聚会和见前任，坐两三个小时车跑来王家河一趟。

忍不住又打开微信，群里有人刚上传了视频。她耐心地下载再打开，三四十秒的画面里，刘赟的脸一闪而过，再退回去看，好像真是他，但胖了许多许多。发际线也往后退了好些，竟有点像刚才林间荒草遮不住的黄泥地。她当年怎么会喜欢这样一个泯然众人的人？

更可恨的是这个人还笃定地算准了，她十年来都没翻篇，没忘记他。

依依，你在班上有没有好朋友？

女孩想了一下：有两个女同学还可以。小米，玲玲。

她们住得离你家近不近？

不近——其实我不知道。

回头你可以请她们过来一起玩。外面看上去随么子都冇得，里面还蛮有逛头。

噢。放学后她们可能冇得时间。——我也没去过她们的家。

小林十二岁时根本就没有这么懂事。那次大哭以后，好像稍微改善了一点自己的处境，到后来，也还有两三个要好的同学和她一起上下学，基本都是和她情况差不多的，父母去了外地打工，家里只有老人管。有男生也有女生，放学后没事做，常留在学校里打乒乓球。因为都没父母约束，所以一直肆无忌惮打到很晚。只有一次外婆气急败坏地自己找到学校来：饭菜都热了三五次了，还不肯回家？

记忆中那是个春天的傍晚。天气还冷着，早早就天黑了。她觉得异常没面子——那时候的学生好像都害怕家长暴露在同学面前，尤其是祖父祖母——但也只能当着好几个一起打乒乓球的同学的面，低着头被外婆硬拽回家。回去后赌气只吃了半碗冷饭，外婆也拿她没办法。那时更显而易见的问题是成绩差。除了语文还算过得去，其他科目完全一塌糊涂。尤其英语、物理、数学。她上学太早——有个原因是幼儿园的阿姨不知道为了什么和妈妈吵了架，所以只能早早扔到小学去——小学时就跟不太上，到初中更是不想写作业就不写，早上找好学生抄就是，只要脸皮厚一点肯开口，总归借得到的。放学后除了打乒乓球，还可以去游戏机厅，玩跳舞机。但其实小林不常去这些地方，一是觉得有点太"社会"，二是也没钱，又不好意思总让同学请。外婆每天才给她五块钱，也就只够吃吃早餐，课间买点零食。想租套小人书，都得连攒好几天钱才能交得上十块钱押金。她起初看琼瑶席绢岑凯伦，后来是韩寒饶雪漫郭敬明，到高中就是安妮宝贝和江南，金庸张爱玲也看，但是没那么好读。女生还好，不打游戏，男生一天到晚都在游戏机厅里鬼混，班上同学父母离开武汉的越来越多，也不知道都去哪里发展了。初一班上已经有早熟的男女生恋爱，她年纪小，跟在那些大女孩旁边像不起眼的小跟班——那境况也有点像此刻发育不良的依依。

依依，你有有得要好一点的男同学？

上五年级我们班男生都不和女生讲话了哟——也有一些女生和男生玩得好的。她们比较成熟。

小林回想起自己的小学五年级都在干嘛。那确实是刚意识到性别差异的时候，也开始对另一个性别感兴趣；但这兴趣通常以男生恶作剧的形式展开。一堆女生打乒乓球，就有淘气的男生飞冲过来捣乱，揪头发，抢乒乓球——非要女生好言相求才肯归还，或者就在背后猛拍一记吓人。跳绳踢毽子的时候也不得安生。一上初中情况就好得多了。除了她这样的留守儿童越来越多之外——那几年家长好像特别流行去沿海地区打工，也有下海做生意的——农村考上来的同学也变多了，大都在学校附近租了民房，一天到晚悬梁刺股凿壁偷光，让本市的同学看着也压力倍增。幸亏那时父母当机立断让小林留了级，否则上中学再跟不上进度，很可能大学都考不上。但她至少是武汉本地人，最多不过父母不在身边。那些农村孩子远离父母，其实更苦，老师多半也冷眼相待，一切全靠自觉。

所以其实小林根本不怀念她的童年和中学时代。明明是惨绿少年风华正茂的年纪，却也是人生中最灰暗破败泅渡得十二万分艰难的青春期。她是成绩不好，性格也不讨喜的丑小鸭。真正的人生也许是从大四和刘赟在一起才开始的：终于有人发现她是值得爱、可以爱、愿意爱的。即便是地下恋情也好，即便是备胎上位也好——那时候刘赟其实刚和一个师妹分手不久。他知道小林暗恋他已经很多年了。

五点了。微信群里彻底安静下来，拍照片视频上传的同学也都消停了。毕业十年，成家立业的成家立业，拖儿带女的拖儿带女，再念旧的人估计此时也感到了聚会最初的热络褪去后的疲惫。他们晚上还会一起聚餐吗？还是会分头私聚？刘赟今晚还留在武汉吗？他会和别的女同学一起吃饭叙旧吗？

久违的嫉妒像毒蛇一样嘶嘶地游回小林的心。

没一个人提起小林。不参加聚会是对的。虽然她早就知道，参不参加都一样不快乐。她拉紧了依依的手：这个寒凉阴湿的冬日下午，她宁愿和这个十二岁的小孩子厮混在一起。如果可以的话，她希望能和依依在一起更久，花很多时间陪她玩，无微不至地照顾她，给她最温柔的爱，念很多书给她听——告诉她永远不必因为任何事自卑。更不必压抑自己取悦任何人。如果可以的话，尽量早一点谈恋爱：爱也是需要不断学习试错的一件事。千万不要像自己那样，都三十多岁了，还完全是个爱的门外汉。除了那次被放鸽子的地下恋，能说得上像样的感情，根本没有。

这和从小欠缺爱的教育有没有关系？不过其实这几十年来，大部分中国家庭也都差不太多。父母只管小孩子的读书成绩，别的什么都不管。环顾四周，同学中正常一点的家庭模式也几乎看不到，基本全是反面教材，出轨的出轨，离婚的离婚，就算天天守在一起的据说也吵得天翻地覆——有几年，因为暗自羡慕的缘故，她格外注意身边同学的家庭，最后终于被现实情况一点点祛了魅。而她自己的父母一年到头都见不了几面，越不见，越生疏。一见就吵，砸锅摔碗。年纪大了回到彼此身边狠狠地磨合了几年，现在终于好些了——可是，那中间白白浪费掉的二十年呢？

她们此刻不知不觉间已走出了那片荒凉的茶园，而天色也不易察觉地暗下来，气温随之骤降。存在感再微弱的夕阳，也依然是太阳。暮色中她们经过了一片路边的小树林，枝头零零星星地开了些花，看花形像桃花，却有着并不像桃子的细小果实。拿出手机用软件辨认，同样地不能确定：55% 桃花，20% 垂丝海棠，10% 海棠，15% 以上结果都不是。

　　好在她们也并不真的需要什么结果。

　　依依只觉得这个软件好玩，自拍自己的脸反复试了几次，竟然也出来好多不同的结果，为之哈哈大笑。而小林只一心纳闷那个什么"龙腾"怎么还没有到。

　　一只极大的黑白相间的长尾巴鸟在路边步道蹦跶着，尾巴翘得老高。她们都走得很近了也不避让，继续好整以暇地在地上啄着。只要不在笼里，鸟总是天上地上时刻不停地寻觅着什么可以吃的。怨不得都说鸟为食亡。

　　依依有点不满地说：这鸟一点都不怕我们。

　　这鸟聪明，晓得我们不是坏人。

　　两人从大鸟旁边经过时几乎只差一步就踩到它，鸟却依旧在步道上低头啄食不已。也许是谁经过时撒了一把谷子？地上看上去光秃秃的，实在不像有什么吃食的样子。旁边是一个小山丘，山丘的小树上又零星开了几朵不认识的花，那暮色里的灰粉格外催生出一点温情来——像艰难时世的强颜欢笑，寒冬腊月的恻隐之心，狗鼻子上最后的一点余温。突然间，还真有一只小土狗从夹道里蹿出来，离那只鸟越来越近，似乎也被这鸟的大胆惊呆了，不敢轻举妄动。观察了好一会，才猛然间立住脚，瞪着它。过一会，又试探性地往前走了一小步，鸟没动。再走一步，还是没动。狗终于受不了侮辱地猛扑过去，鸟这才恍然大悟似的腾飞起来。那感觉更像是在配合狗的愤怒而不是恐惧。

看着鸟飞走，小林这才松一口气：之前还以为它翅膀受伤了，飞不动。

要是刚才狗狗扑那只鸟，姐姐救不救？

那恐怕还是要救的。小林说。毕竟是条命啊。

那救下了姐姐养不养？

养不活的吧。

与其被狗咬死，还不如让我捉回去养哟。

小林摇摇头：现在狗咬不到它了。它这样在外面大概更开心吧。

那只鸟儿站在远处稍高的树梢上斜睨她们，对以自己为主角的这场谈论完全无动于衷。

依依看上去有点想要的样子，毕竟还是个守不住诱惑的小孩子啊。小林想。也就是在乡下，城里哪有这么不怕人的鸟。虽然有柏油路面的国道，虽然到处开发得都很像城里，虽然有那么多农家乐和新房子，乡下毕竟就是乡下。依依上学在城乡接合部，不会是什么好学校，成绩还比别人差。连她自己提起来都笑嘻嘻地说："我的数学成绩好糟哦！"这可怎么办好，如果光是个子矮，成绩好将来也有出息。要么回头可以从网上给她买一点书寄过来鼓励她学习。小林小时候除了去租的那些消遣的书，自己最喜欢的是《安徒生童话全集》和《窗边的小豆豆》系列，一套七本。当年幸好有这么两套反复被她翻烂的书，她才没有变成一个彻底自暴自弃的问题少女。陡然间，她对依依生出一种很接近母性的热情来。又渴望像《麦田里的守望者》里的霍尔顿，竭尽全力保护那些更小也更无助的生命，在这个到处都充满危险又荒芜无边的世界上。

依依对身边人突然迸发的热情一无所感，只是耐心地等小林用手机拍完路边的花，又抢过手机拍那只目空一切的鸟，拍完说：姐姐我们一起照张相哈。

就我们俩怎么拍？

自拍啊。刚才我就自拍了，我妈妈的手机还可以美颜，姐姐的手机咧？

可以可以。

依依斜靠在半蹲的小林怀里，两人高度正好，在美颜镜头里笑得非常灿烂，远处有一抹山川黛色，几点桃林粉意，作为背景可以忽略不计，但暮色却制造出一种笼而统之的色调，让沐浴在这光里的人的轮廓变得意外柔和好看起来。小林一面拍，一边意识到这些照片其实不太方便给依依的：她还是个儿童，没有手机，更没有邮箱。那一刻她有点遗憾地想：为什么依依不是她的小孩？

这当然完全是痴人说梦。她想有个孩子，就得恋爱结婚，得先遇到一个多少靠点谱的人。孩子生下来，还未必聪明健康美丽。就算样样齐全，也可能会遇到从天而降的危险，比如说，马路上飞驰过来的一辆汽车。或者爱上不值得爱的人，在被持续骚扰十年之后，发现那人除了是个家住碧桂园发际线疯狂往后退的胖子外，什么也不是。

小林神经质地打了个哆嗦。趁着还没站起身，飞快地亲了一下依依的额头。大概是走路走久了，女孩细细的额发都被汗打湿了，散发着好闻的儿童的汗酸气。孩子腼腆地完全没躲，小林就趁势又亲一下。——看上去依依仿佛非常喜欢身体接触，她妈妈一定很少抱她。

要是当时和刘赟结婚，孩子大概也这么大了吧？——但这是不可能的。小林立刻冷酷地提醒自己。也幸好不可能。否则他就会背着她给别的女人发信息了。

自拍完又往前走了十分钟，"龙腾"还是没到。又经过一个养蜂场，很多木板盒子堆在油菜花田里，天已经暗得什么都看不清了，旁边帐篷突然钻出一个披着大衣的人：你们找谁？

就是路过看看。小林走近几步，随口问：大哥你在这等到割蜜啊？过两天油菜就该都开了。

哦，那你们进来看哟。

不用了不用了。

依依不知道为什么一下子落在后面，远远地站在马路牙子上不过去，望着他们。

离开蜂场后女孩说自己来过这里的。

被蜜蜂螫过所以这么害怕吗？

那个叔叔。依依有点含混地指了指后面，那个像电视剧里的领袖一样披着大衣的人此时早进去了：上次我去看蜜蜂，他也喊我上去玩。

你上气（去）了？么事时候的事？小林听到自己的声音突然变尖了。

气（去）了。他还给我吃大白兔。我不吃，他就给我吃蜂胶，甜甜的。嚼久了蛮像口香糖，满口渣子。他教我吐掉，不要咽下去。

后来呢？

后来他想让我在那个房子里头睡觉。我不肯。

他还对你做什么了？

就是把我抱在腿上。亲我，用胡子拉碴的脸使劲蹭我，我被弄疼了，就大声喊。他就放了手。

没别的了？他……没脱你衣服吧？自己衣服也没脱？

有得。依依莫名其妙地看着小林：那个叔叔为么事要脱衣服？他里头就是一件汗衫，臭乎乎的。他让我摸摸他肚子，我不肯，他也就算了。后来我说要回去吃饭，他就让我走了。

到底是什么时候的事？

就是今年夏天吵。

以后你再也不要到这边来了。小林浑身的寒战一阵跟着一阵，像打摆子一样。如果在路上遇到这个人，你就赶紧跑。

噢。依依应了一声。过了一会儿又问：为么事？

小林有点气急败坏地往前走：没么斯为么事！那男的肯定是个坏人！走两步想想又不走了，蹲下身了，用力地搂了依依瘦弱的小身体一下，亲亲她的额头：姐姐这样亲你可以。阿姨也可以。妈妈也可以。你们班上的男同学，认识的或者陌生的叔叔，统统不可以。等你再长大一点，和爸爸最好都要保持一点距离。这就是男生和女生之间的差别，懂不懂？这件事你有没有告诉你爸爸妈妈？

没有。我怕妈妈骂我。

最好是告诉她。但你如果实在不敢和她说，就一定记住姐姐的话。以后这样的情况再也不要发生了，上次幸好没出么斯事，好险。

噢。依依这次懂事地没问为什么。但看样子也是似懂非懂。儿童性教育启蒙可以买什么书？靠她父母肯定根本不行。小表舅、小表舅妈都是年轻的老派人，估计从来没和子女解释过他们是怎么来到这个世界的。

大冷天的小林陡然出了一身汗。等鸡皮疙瘩慢慢消退了，秋衣秋裤就冰凉地贴在皮肤上。晚风吹过来，又起了一身新的。

又经过一片疑似桃树林后，终于到龙腾了。原来龙腾就是另一个大一点的火锅城，全名叫"龙腾庭院"。进门的瞬间小林在门口的三色堇花圃里发现一朵紫蓝色的矢车菊，顺手摘下递给依依。依依不敢接。

矢车菊是野花，风吹过来的种子，不是苗圃里的花。

女孩这才不胜珍惜地接过去。轻轻举着，目不转睛地看。

进门的知客问：你们坐哪？小林镇定自若：我们的人还没来齐。先去厕所。

从厕所出来，小林打湿了一张揩手的纸巾。依依问：姐姐做么事?

小林笑而不答，手上却用湿纸巾轻轻包住花梗：手指温度太高，怕捏着到家就蔫了。

依依贴她贴得更紧了一点。小林心里咯噔一下。是不是不要教会她那么多愁善感比较好?

依依又带她去看抓娃娃机——原来好多娃娃是这个意思。小林问要不要给她买游戏币，她又拼命摇头。那些机器寂寞地闪烁着彩灯，发出呜呜呜的乐声。小林特意仔细看了一下，那些娃娃都不太灵醒，就算抓到大概也没什么意思；何况也肯定抓不到。

回去的路上她们又摘了一些花，花茎都好好地一层层裹在湿纸巾里。天已经黑透了。路上的农家乐都点起了灯笼，火光幢幢的。她们又遇到了那只小狗，独自酣睡在草丛里。那只鸟肯定在人和狗都看不到的某处继续蹦跶着觅食。它看上去最为适应这个世界的规则。充满自信，有能力自保，又明确地知道自己想要什么。

这次她们走得很快，没有手拉手。等快到农家乐了依依才突然站住，在黑暗中望着她。

小林由她牵住自己的手，看她要说什么。同时做好了思想准备，就算说要再千里迢迢地回去抓娃娃也不是不可以——结果依依只细声说：姐姐，你现在高兴了一点有得?

她什么都知道。她比自己还要像个大人。她怎么可以这么好。小林可以放心了，她将来能够保护自己。

暮色像渔网缓缓下沉，几乎遮挡了一切，也包括在黑暗里泪如雨下的小林的脸。

吃饭时小林用半个文旦柚子皮精心做了一个花器，把沿途所得的野花都插在里面。总计一朵矢车菊，一朵波斯菊，一小把油菜花，放在一起却有着纤弱而摇曳多姿的惊人的美。依依在一旁默默地，目不转睛地看着。一旦回到院子里，那种一路共谋和游戏的氛围就奇怪地彻底消散了。大人们问：依依带姐姐出去了好久哟，都气（去）哪里玩了？

她们谁都懒得回答。如果小林希望依依能一直记得这个下午发生的事，这当然是奢望。她唯一能确定的，是她自己永远都不会忘记这一天。

酒足饭饱后小林妈妈和小林爸爸提出要告辞。而院里始终没有开灯——本来也没装灯，只在院子中间用柴火点起一堆篝火——因为主人挽留得实在太热情，最后只好又额外多待了半个小时，就这样一大群人围着篝火闲话家常，小林远远地看过去，像回到远古部族的时代，原始人钻木取火。白天所有吃剩的瓜子皮、花生壳甚至零食塑料包装都被一股脑儿扫进火里当了辅助燃料，她还来不及阻挡，就发现那个柚子皮做的花器之前放在桌上，此刻也被毫不留情地随垃圾一起扔进去了，包括那些一路上小心翼翼地包裹在湿纸巾里带回来的矢车菊、波斯菊、油菜花。

依依一样地来不及阻止。她们对看一眼，不约而同地没发出任何声音，好像早已习惯了这样的事。

大人都在热热闹闹地告别。一些认识的村里人也赶过来相送，果然又拉拉扯扯带了好多回礼上路。哎呀真的得走了，再不走就没有公交地铁了，下次再来，你们留步，留步。——小林最后随爸爸妈妈出门前，一直徒劳地在人群里找那张被红色眼镜挡住的小脸，却怎么也没有找到。不知什么时候依依就悄悄离开了人群，独自躲到了大家都看不到的地方去。

就和没出来接一样，她也没有出来送。

十二岁已经足够理解离别了。而三十多岁了，就更应该。小林想。

时间是晚上八点半。聚会肯定早就散了。刘赟多半已经在回广州的路上。他生的到底是男孩还是女孩？她希望是后者。像野花一样美丽脆弱的，小女孩子。他待她自己并不好，但应该待女儿好一点。这样他就会明白知道一个女孩子慢慢长大有多么难，多么伤心。男孩子也难，但是他们在这个世界上得到的总归要更多些，或许。

也不一定。即便生了女儿刘赟也不一定就知道。——那么多小孩都从来没有被好好对待过，也就糊里糊涂地自己长大了。

回去的车上小林本来以为自己会感伤，但结果并没有。她只是忙着在各大图书网站不停浏览有什么书可给依依买的，又兴致勃勃地查了很多推荐书单。她在王家河时早就注意到，除了课本，依依就没几本课外读物，有也不过是《余生，请多孝顺父母》《中华历代爱国教育故事》之类的鸡汤书。据说数学最差，那么可以在童话和绘本之外，再买些增加学习兴趣的益智读本？那些专家推荐的书单她多少有点担心，总觉得要自己先看看，觉得实在好再给依依寄过去。就这样仔仔细细研究了一路，连头也顾不上抬。而她的爸爸妈妈一直低声地，亲密地说着夫妻间的体己话，商量明天吃什么，先去谁家拜年，等等。他们没注意自己的女儿根本没参与谈话。好歹供她读完书了，自己挣钱了，虽然不多——也可以了，女孩子嘛。现在缺的只是如意郎君。但将来总会有的；只要肯去相亲。一代代反正都是这样过来的。窗外一闪而过的白光黄光绿光，则是许许多多个农家乐，发展中的中国特色小镇，待开放的桃花或别的什么花，熄了灯的火锅店，黑暗中沉默隐忍的小孩子。

2019 年 10 月

抵达螃蟹的三种路径

1　相手蟹

　　K作为一个外省学术青年想为螃蟹写一篇论文由来已久。但他毕竟是一个学者而非一个作家，而且这件事也许离他自己太近，所以奇怪地迟迟无法动笔。说起来关于螃蟹的种种有很多。但他最想说的始终只有一件事：就是螃蟹换壳会死。

　　兹事对他意义重大。

　　死作为一种定期发生在生物身上的概率性事件其实本身没有什么可说的。行人走在马路上，也随时很有可能被车撞死。但是，亲眼看到这一幕的感觉还是很不一样的。但凡心智正常略有同理心的人恐怕都能意识到，换壳这件事在螃蟹原本的生存环境里是更容易的事。而现在人类为挣钱故将之捕获论只出售，每天的吃食也和它在自然环境里得到的鱼虾磷质食物等等全然不同，那它就极有可能无法换壳。简言之，这是无聊的人类需要为此负责的一桩新型罪孽。而饲主最初想养螃蟹的动机，或许就是为了看它挥动两只大螯，像个绅士一样夹起一点苹果放进嘴里。就为了这么简单的取乐，K果断买下它们：或许还有自己是巨蟹座这样一个说不上巧合的巧合。那么饲蟹是否也出于某种轻微的自恋呢？反正到后来，它们一只接一只地都死了。K第一次把相手蟹养死十分内疚——但其实这也不是他第一次弄死蟹了。反正你不买也会有别人买的，K这样安慰自己。但其实不然。没有买卖，就没有伤害。拥有生杀予夺的能力是一切内疚感的来源。但当我们感到内疚的时候，是否说明我们比内疚的对象更强大呢？会不会又把自己想得太伟大了？一个得过抑郁症的朋友有次感慨道：一个人对自己怎么好都不为过。当时K听得连连点头，好比听到了真理。但其实也许不过就是另一种心灵鸡汤。

　　K所能确定的，是自己目睹一次换壳之后就不再吃蟹。

　　海里的膏蟹，梭子蟹，河蟹，湖蟹，甚至最地道的阳澄湖大闸蟹，一只四五两的那种。从此以后，金盆洗手，江湖永别。

这就是一段贸然开始的关系之后必然带来的约束。

K其实并不是一个非常了解自己的人。

K小时候其实就是不吃螃蟹的。长大后很长一段时间也不吃，理由很简单：因为不会剥。读大学时他好几次试图吃香辣蟹都只吮到一点钳壳外的辣汁，只有在嚼碎蟹钳后才稍微尝到一点蟹肉的滋味，但和太多花椒、辣椒、大料的香气混杂在一起，就算吃到了也不知其所以然，只觉得有一点不甚新鲜的咸腥，非用如此重的香料调料不能压住。从小就听人宣扬第一个吃蟹的人是英雄。却不知这英雄当来何益。

能够想起的关于蟹的最初记忆，约莫可以追溯到七八岁时，K的妈妈单位分过一次蟹。妈妈属于电力系统，在八九十年代是福利最好的单位，一年四季总发东西：盛夏是一床底西瓜，秋冬天则是泥鳅、腊肉，还有一次竟然发了一整桶养殖的青蛙。妈妈用塑料罩子罩好，扔在阳台边很久。那时K上二三年级，已经听老师在课堂上讲过青蛙是"益虫"了。益虫怎么能吃？

于是某天下午，放暑假的K便独自吃力地把这一桶"益虫"拖到了大院唯一的水塘边，一路上不知跳出去凡几——好不容易拖到水边，接下来的事就很简单，抬起桶底往里一倒，扑腾腾众蛙归水，K的英雄壮举就算完成。拖着空桶回到家里，等到父母下班便坦然告知实情，却并没有受到任何惩罚。也许K十分心软的母亲还暗自松了一口气：本来也不知道怎么杀，现在好了，一了百了。

　　另一次妈妈单位发的则是螃蟹，约莫就是附近农村收来的稻田蟹。然而却远没有关于青蛙的记忆愉快。大概也是实在不知如何炮制，K的母亲把一脸盆蟹用塑料罩子罩住扔在客厅一角。幼年的K则好奇地每天蹲在盆前看蟹吐泡泡。在一群青黑色的成年蟹中间，K突然注意到有一只格外小的蟹，虽然小，但螯足俱全，背壳上的花纹也精巧可爱。K用筷子轻轻把它从一大群蟹里夹出来，放在一个浅浅的小塑料盆里仔细观察。那是在放生青蛙之前还是之后的事？K已经不记得了。

　　放在盆里不行。小蟹不断往盆外爬，很快就爬到地上。放在桌上也不行，蟹从盆里飞快横行到桌沿，差一点就掉下来，幸好K眼明手快地用筷子挡住——用手或许会被蟹钳伤到。如是攻防战若干次，幼年的K渐渐感到了厌烦。小蟹难道就不能够静一静吗？

　　这时候妈妈叫K吃饭了。K高声应着，把逃出的小蟹放在地上，随手用塑料盆翻过来扣住。吃完饭午睡了一会儿，下午有亲戚家的小孩过来，便也陪着一起玩。

　　K没有告诉那孩子盆底还扣着一只小蟹，也许是担心他太粗鲁，把小蟹玩坏了。也许只不过就是忘了。那小孩一直吃完晚饭又待了一会儿才走。两个人疯了一下午，一送走客人K就爬上床睡着了，彻底忘记了塑料盆底下还有一只小螃蟹的事。

等过了三五天，K终于想起，再打开看时，小蟹当然已经死了，背壳变成了一种暗淡的麻灰色，连钳足都掉了三根，也不知道在盆底经过了怎样惨烈的挣扎，也不知道死了多久，只闻到一种强烈的腥臭。

大盆里的其他蟹们倒还都好好地活着，在网罩下噗噗地吐着泡泡。

K呕吐了。

这无法可想的内疚感后来以若干种变体在K的梦境里出现。有时候是无人看管的婴孩，有时候是被辜负的大人。他们无一不因为K的疏忽，最终落到了极其悲惨的境地。而梦里的窗外总是阴天。

是不是因为这样，K才很长一段时间都不吃蟹？但在南方内陆小城长大，吃虾蟹的机会本就不多。印象中家里有蟹也就只有那么一次。而且吊诡的是，似乎家里人到最后也没有处理那一大盆蟹，后来到底去哪里了也不知道。

再之后 K 就去了广州上学。吃过的咸而无味的香辣蟹，大多都来自那个时期。

潮汕的虾蟹粥是到了零几年后才流行起来。一般是一只六七两的膏蟹，半斤基围虾，煮进白粥里腴美鲜甜，通常都是夜宵，K 那时的恋人非常爱吃。这种粥大一点的馆子反而不易做好，他们常去的是一家开在食街里的排档，旁边还有湛江烤生蚝、客家菜馆、东北饺子馆。最常见的组合是叫一打蒜蓉生蚝，再在客家菜馆叫一碟虾酱通菜或蚝油生菜端过来，主食就是虾蟹粥。

恋人是汕头人，从小吃惯海鲜，甚至会专门拉着 K 去东南亚吃蟹。有次在芭提雅附近要了一只本地渔民打上来的海蟹，据说十五分钟前才刚上岸，价格却便宜得令人咋舌。味道非常鲜甜，白色蟹肉饱满紧致，让人想起林黛玉的咏蟹诗："螯封嫩玉双双满，壳凸红脂块块香"。回程坐的是澳航，在澳门落地后再回珠海。统共就那么半天，还忙里偷闲地在大三巴附近的葡国饭馆吃了蟹肉焖面。和爱吃蟹的人在一起，整个世界似乎都充满了蟹肉的腥香。

但从澳门回来不久，K 就和恋人和平而坚决地分了手，并决定离开广州，到北方去读研。那一年 K 只有二十三岁。

那个被放弃的南方恋人后来偶尔也会在 K 的梦境里出现。在梦里不再耽于吃蟹，只是一张渐渐模糊的面孔，隐退到整个南方草木葳蕤阴雨连绵的背景里。

K本科读的是法律，考研考的是社会学。那时还并不确定自己真正想做什么。也许只是想尽微末之力改变什么，哪怕只是无足轻重的，一小部分。

研究生三年飞一样过去。头两年没有新的恋情，甚至也没有任何像样的友情。作为一个从未在北方生活过的彻头彻尾的南方人，能跟上功课，同时消化粗粝干燥的气候就够累的了。但K并不后悔自己的决定。独自在图书馆消磨光阴时，发现比起对陌生世界的求知欲，更希望的是理解自己。

研二那年，K高中最好的朋友从老家的重点中学被调到北京一所非重点教高中语文，算是外地人才入京，学校还专门解决了教工宿舍。时值秋高气爽，正是北京最好的季节，K挑在一个周末午后去访友，两人闲聊起北京见闻，旧雨新知，林林总总，正入港时，突然听到怯生生的敲门声，原来是住在隔壁的数学老师，专程送一只蒸好的螃蟹过来。她看上去约莫二十四五岁，见有客人，立刻涨红脸走了。等她走后，K就和好友把这只蟹分来吃了。

这是K和上一任恋人分手后，吃到的第一只蟹。

朋友刚来京，小厨房里找来找去，只找出一瓶李锦记生抽做蘸料，因那段时间正失恋，十分欢迎访客，但对 K 来说，这次造访却意想不到有开天辟地之功：是平生第一次，真正体会到了螃蟹的美味，而相比起来此前吃到的所有蟹都只是铺垫。

吃掉半只后意犹未尽，喃喃道：指上沾腥洗尚香。

学中文的好友立刻接过去：横行公子竟无肠。

这还是《红楼梦》里的蟹诗，不过是贾宝玉写的。这两人少年时同读一所高中却不同班，每逢周日返校，总是相约早去，坐在顶楼畅聊半日。都喜欢读书，也交换过《红楼梦》和《三国演义》。不光看，还要背，还要比较版本。

这一对答，互相陪伴的青春期一下子就被彻底唤醒，两个人都笑起来。笑着笑着，又有了一点别样的情味，好像两个人之间错失的一切可能性又滔滔地往回流了。说不清是谁先伸的手，可能是 K 笑着打了朋友一下头，也有可能反过来，朋友用纸巾给他擦了一下嘴，但两个"指上沾腥"的人就这样慢慢地抱在了一起。以前多少年没说透的话，此刻也就不必再说了。

如果 K 没有逃到北京，那么他也许已经结婚了。他没问好友是不是也被逼到了最后关头。但那天他没有回学校。当晚两人到底说了些什么，除了那只分葬两人肚腹的蟹，并没有第三者知道。

此后 K 就经常过来，每次必过夜。送蟹的女老师有时在楼道远远撞见，从此不再上门。

也是从那个秋天开始，K 才真正成为蟹的爱好者。到第二年秋天，两人约好同坐高铁去上海吃大闸蟹。因蟹结缘，这是他们第一次同游，居然还是为了蟹。

朋友姓赵，喜读闲书。此次专为蟹南下，特意带了几本谈吃食的书：《晋书·华卓传》尝言，右手持酒杯，左手持蟹螯，拍浮酒船中，便足了一生矣！

K 不由神往，问赵哪里有船可坐。赵想了半天，说到了上海再找找看。理论上教师寒暑假外再无年假，他趁全校运动会期间出游，格外有偷得浮生三日闲的喜悦。两人交好，女同事背后向领导提过不止一次。但关键还是赵教书教得实在好，过来北京才一年，班上语文成绩平均分高了近十分。校长满意，自然不去干涉其他事宜。

到上海后入住锦江饭店，放好行李后两人便到外滩散步，刚好当天有极瑰丽的晚霞。专来吃蟹，但到底去哪家还没有决定。用软件搜到石门一路有老吉士，浦东陆家嘴那边有春在，再就是据说克林顿也去过的绿波廊，都是有名的本帮菜馆子。商量半日，决定去绿波廊。不料生意火爆竟要等位，两人只好拿了号在城隍庙一带晃荡。十月底上海暑热未消，天黑得格外慢。绕了一会儿，看看庆祝完国庆未撤的彩灯，在弯桥上来来去去，似有回旋往复之意。K刚想到这里，赵就说：这石桥倒有点像兰亭，我们是两个九曲回觞的酒杯——兜兜转转，还是重遇了。

K看他一眼，想起一起看过《兰亭集序》的拓本，还是高一暑假在市图书馆。那次就坐得特别近，全不嫌弃对方身上的汗气。一晃十多年过去了，至少他们终于肯稍微对自己的欲望诚实。

沿街都是做游客生意的小店。淡季生意一般，老板见人便热情招呼：现炸的臭豆腐，新鲜老上海青团！

他们不理，只顾说话。赵突然问：我们以后怎么办？

K正好也想到了这句。其实隐约有一点感觉，赵这次约他来上海吃蟹，恐怕是分手的前兆，就像他以前突然答应陪恋人去东南亚。年纪也都不轻了，家里势必催婚。加上女同事多嘴——他可以想象赵在学校为人师表的压力。

赵的声音却又轻快起来：去看看位子到了没有。先吃蟹。

两个男人相对吃蟹其实有一点性感，K后来回忆在上海的第一顿饭时想。蟹端上来不要怕烫，趁热揭开盖子，下手果断一点，狠一点，掀开就是诱人的膏黄世界，肉倒在其次。这季节的螃蟹也着实肉满膏实——两个人都更喜欢公蟹。赵明显比他会吃，一只只蟹脚拆下来，用蟹脚爪推最小的一节，一节再推上一节，根本不必什么蟹八件，就一节节吃干抹净。K发现最绝的还在后面：赵吃到最后，还能把完好肢节重拼成一只蟹，螯足俱全，甚至有态。

对比之下K不免羞愧。他吃得急且随意，到头来面前就是一堆粉身碎骨的残骸。赵的意思，也许是好聚好散，事如春梦了无痕？

我明白了。以后我不去你宿舍就是。

赵问：那我们在哪里见面？

还要再见吗？

为什么不见？

这就更乱了。K本以为自己知道赵的意思，眼下又糊涂起来，不知道他到底要怎么处置这一小段混乱的人生插曲。

赵轻轻说：我妈给我介绍了一个女朋友，北京人。回去就要到学校来找我，你下周不要来。

K闷闷地看他一眼，突然发现面前残骸里还有一只漏网的蟹螯，挑出来猛然用力咬开，用舌尖挑出里面的蟹肉吃掉。那一刻他突然觉得螃蟹也并没有那么好吃。也不知道是不是店大欺客，螯里的蟹肉格外柴。

因为要坐船，他们第二天还是去了朱家角。河边大排档随便挑一家，都比城里的新鲜便宜。当季蔬菜也好吃，还有一种叫鸡头米的水生植物，煮熟了放点桂花，可以当甜品。

两个人就在河边对坐剥蟹。过了一晚上，倒又和好了。河里不时经过一艘小船，K学赵拆蟹脚，用小的节顶较大的节，竟然很成功，渐渐高兴起来。

河道桨声欸乃。赵感慨说：虽然没坐在船里，也像尽了半生的尘梦了。

K便笑他酸。又想起研快读完了，开的题是酷儿文化，但一整年差不多都在和赵厮混，只能延迟毕业。赵只知自己付出的代价，却不知道K的牺牲。这样想着，就有一点沉默。

赵问：你论文换题目吗？

K说：不换。

赵问：你导师同学会不会猜到了？

K说：猜到就出柜。都是搞社会学的，不至于这么没见过世面。

又一艘小船吱吱呀呀地荡过去。K出神地看了一会儿，眼睛一直跟着船望到大湖去。正好是农历月初，又是晴天，湖心上一弯上弦月像当年的小蟹一样精致。因爱故生忧，因爱故生怖。一旦爱了就生出格外的危险，无论是对于爱者还是被爱者。

再回头看赵，赵正在低头回手机信息，不知道谁的。

此后一年不到，这桩情事无疾而终。

K不再那么狂热地吃蟹，就像最痴迷于情欲的十八个月终于过去。他在北京没什么朋友，延迟毕业以为会有人来问，结果也并没有。他竟没有和任何人出柜的必要，除了父母。但父母也是天高皇帝远。

再想起赵，K会把他称作自己的吃蟹朋友。上海话里有"一蟹不如一蟹"，一查才发现是苏东坡在《艾子杂说》里讲的。虽然没有固定的感情生活，倒是不乏解决需要的人。只要登录Blued，就像失群的鲸鱼再度回到广大的同类群体，相互慰藉的可能性几乎是无限的，而且简单，方便，快捷，当然也不免偶感空虚。

只是一直没有想好要不要和母亲说。找对象这件事渐渐变成她给他打电话永远避不开的，甚而是唯一的主题，语气时而柔软，温和，让他痛心。也不小了，好考虑结婚了吧？到底喜欢什么样的女孩子呢？没关系的，比你大点也没有关系的。结过婚也没有关系。心地善良就可以了。就算脾气古怪一点也没什么，只要你们合得来……哎，你不要不说话啊，妈又说错什么了？

有时也会先发制人地发小脾气：我和你爸到底做错什么了你要这么惩罚我们？小刚比你还小，人家早早带女朋友回家了，说年底就结婚。我一直觉得院子里张燕和你蛮要好，现在都是两个孩子的妈妈了。还记得吗，你们小时候经常一起玩的？你还和她一起救过青蛙……

那次是和张燕一起放的生吗？他竟完全不记得了。他光记得表弟小刚到家里来，他害怕弄伤小蟹就把它倒扣在盆底，后来忘了。小蟹死状甚是可怖。

他打开扬声器把手机倒扣在一边，就让妈妈自顾自地在那边絮叨。只言片语从那边倾倒过来，声音的碎片，意义的真空。他爸倒是从不催他，他们根本就毫无交流。是不是也因为这样，他一直十分渴望同性间的亲密情感？

赵结婚前夕给K打了一个电话，希望能再见一面。

K拒绝了。

那是一个五月底的午后，正好是个周末。他走出学校南门，信步往中关村大街的路上，看到一家门脸尚可的本帮菜馆。以前在自己的大学里还没有在赵的中学时间多，没留意。现在预答辩完了，心头一块巨石总算落地。时间才下午四点半，K走进那饭馆，发现竟有毛蟹炒年糕。毛蟹就是六月黄，这倒是一年四季都可以吃的。他自己叫了一客。

味道却意想不到地好。毛蟹虽小，每只却都有一点黄，年糕也炒得浓油赤酱，丝丝入味。他一边仔仔细细剥蟹壳，吮蟹黄，一边想：原来黄也没有那么难吃，难怪那么多人爱吃——异性恋是不是也没有那么可怕？但他不是没有努力过。

Ｋ无法忘记的，仍然是那些和赵互相安慰的沁凉秋夜，指间还有刚吃完的蟹的余腥。每周见一次，每次说完整整一礼拜的话，相同的骄傲、理想主义和孩子气。一起读过的书就好像烙铁印在彼此的成长历程上，再加上那些互相影响形成的共同趣味。

Ｋ神态漠然地，咬开了最后一只毛蟹的壳。小得简直像蝤蛑。那种韩国餐厅里常用辣酱腌制的小蟹，山东海鲜馆里也常有。

就是在这时候手机响起来了。是赵。在似乎永不停息的铃声里，他把桌上所有的空蟹壳都一块块捏碎了。像小时候一个个挤破泡沫塑料一样耐心。

Ｋ研究生毕业直接读博。那几年其实过得不算特别糟糕。虽然分了手，但读博压力大，竟无暇伤春悲秋，何况还有 Blued。之后又申了另一所高校的师资博士后，进站津贴很高，相当于找了一份工作。但也遇到一些别的意想不到的情况。差不多每半个月，都会被安排相一次亲，还不是被父母和北京的亲戚，是被学校其他老师乃至他的博士后导师。好容易来了一个貌端体健的大龄男生，每个人手里早抓满了一把待字闺中的女青年，一张张打出来，相信只要绝对数量够多，从概率学来说也不怕遇不到让K心动的王炸。K想起赵的教训，不想太早暴露自己，就当真勉为其难地去了几次，直到所有人的牌都发完，黔驴技穷宣告放弃，此后他才有机会对学校的周边环境慢慢熟悉起来。学校就在北四环边上，对面就是盘古七星，奥运会期间修的豪华酒店。几星级不知道，可以确定的，是绝对不是真正的七星。

K甚至还走到安翔路上去买过几次灌饼——他现在终于有很多空余时间看书了，偶尔翻到一篇当代小说写到过这里。但故事里卖饼的安徽老胡在现实生活中是一对河南兄弟和各自的媳妇，小说纯属小说家言，不知为何，却又和他的生活发生了一点交集。和吃蟹时想起《红楼梦》一样，这种打破真假结界的乐趣，一直让他暗中着迷。排队的顾客多是中国音乐学院和北京信息科技大学的学生，也有住在附近的居民。他经常听他们聊天说话，就好像单方面掠取了这一片居住者的生活气息，虽然街面常拆常新——屹立不倒的，似乎就只剩下这家灌饼店和链家地产，年轻的社会学家K想：或者可以以"后奥运时代的奥运村地区商铺拆迁流变"为题写一篇论文，时代的大背景和小切口都兼顾了。他这样决定以后，就更经常地走过马路，穿过信息学院，到安翔路去。如果还想了解得再深入一点，就可以顺着京藏高速一直走到健德门。那附近有待拆的"万家灯火"家具城，以及健德门到牡丹园之间的龙翔路上，一个定好年内拆迁的小小的花鸟市场。

讨论城市拆迁的论文开始动笔了。但他其实也知道这样的题材很难发表，就像酷儿理论的论文一样。

等研究所大楼重新粉刷装修，为买些吸甲醛的植物，K首次光顾了那家花鸟市场，结果发现绿植区域的店家正纷纷低价甩卖库存，水产区附近十分腐臭，一些店家把不够健康也卖不掉的鱼捞出来当垃圾扔掉，正大肆低价清仓鱼缸和假山。

就在这样的兵荒马乱中，K鬼使神差地看到一家的鱼缸里有什么在动，以为是中华草龟，定睛一看才发现是小蟹，他从来没有见过的。

这是什么？

他问坐在门口的女老板。这是家专卖鱼缸器材的铺面，到处是堆到天花板的空鱼缸、各种型号的塑料水泵、红红绿绿的塑料水草。

苹果蟹。

什么蟹？

苹果蟹——这蟹爱吃苹果。

他觉得有趣。每只蟹背壳不过比大脚趾盖大一点，通体红褐色，花纹像深深浅浅的鬼脸，是每张都不一样的能剧面具。大螯主体通红，螯尖则是俏皮的一点白，像手套。此刻，一只蟹正好用白手套夹了一点浅褐色果肉往嘴里送，大概就是氧化了的苹果。

好玩。它们光吃苹果？

梨子，橙子，白菜帮子，肉末，煮熟的白米饭，都能吃。好养活。

食性这么杂——多少钱一只？

本来十块一只，现在十五块钱俩。

K就挑了两只背纹特别的，在水里行动比较灵活的。独居那么久，从来没想过要养什么，既然要养就养一对吧。做个伴，也等于陪他。

女老板说圆缸好，螃蟹爬不出去，再来一个有洞的假山。蟹喜阴凉，可以躲在山洞里。

他小心翼翼地带着两只蟹回宿舍后才想起忘了问是公是母。

就因为一开始错当成是草龟，他有一点恶作剧地给这俩起了名字：乌乌和龟龟。

削了苹果喂它们，两只蟹都吃得很香，四只大螯挥动如西人使用刀叉，每次只用钳尖矜持地取食最上面的一点点，有时夹多了，还要格外认真地停下另一只钳等把口里的食物嚼完，再重新开动。这样的姿态简直就是绅士风度，只差胸口围一块餐布。他当晚在缸前一动不动看了一个多小时，看得入迷。上网查了半天才知道这种蟹学名叫中华相手蟹，又名蚂蜞，是近年来宠物市场的新品种，因为价格廉宜又杂食，颇得都市青年喜爱。——在他，也许只是为了弥补童年缺憾。以及尝试照顾别的物种，或许也可以帮助他重建生活的秩序。

K又试着喂它们吃梨。果然也吃得很香。

乌乌和龟龟对熟肉不感兴趣。生肉吃一点。但最爱的还是苹果和梨。日常争夺假山，一洞不容二蟹，时常打得十分激烈，好在从来没有断手断足。偶尔也会在假山上叠罗汉，通力合作后妄图从鱼缸越狱。但幸好是内合的圆缸，十几只脚爪徒劳乱爬一番，最后仍以掉落假山告终。

他怀着一点怜悯看这玻璃囚牢里日日上演的越狱。过了一个多月，它俩才仿佛渐渐认了命，但吃水果也吃得不再像以前那么香了。有一次想再去那市场买点专用蟹粮，才发现不到一月，整个市场已化为乌有，原地建起了一座出租车专用停车场。颇有《聊斋》里温柔乡化作荒凉冢的荒诞感。那些活着就被扔弃的小鱼小虾，亡魂也不会再在这尘土飞扬的空地上方停留。停车场看上去很简陋，一些出租车停在里面。他不大明白这个城市的建设者，为什么会觉得这样一个专用停车场，会比一个花鸟市场对周围居民来说更有意义。

他的论文进展缓慢。也不再每天花很长时间观察蟹。只偶尔会在它们打得太激烈时望一眼，指节敲击玻璃缸壁稍作干预。

再过一段时间，他开始无视乌乌和龟龟的存在。甚至一连好多天都会忘记喂食。等想起来再迅速切一两片苹果投进缸内，这时缸里的水多半也早已浑浊不堪。

那段时间 K 正和一个比他差不多小十岁的男孩 Q 交往。

这次不是通过 Blued，是七月 K 的生日当天，在同志酒吧里认识的——他后来曾经短暂地理解为命运给自己的生日礼物。Q 是山西人，面容清秀，说自己十九岁，马上就要去英国读电子商务的本科，暑假随同学一起来北京玩。K 在吧台给他买了一杯鸡尾酒，随口问他住哪儿。Q 说住同学家，在石景山。又怯怯地说：你们北京可真大。

K 心念一动。这是赵刚来北京时和他说过的原话。一晃暌违数年，现在赵大概也早有自己的小孩了吧？是男孩还是女孩？

那天晚上 K 鬼使神差地要了好几瓶酒，两人最后都醉得不省人事，也不知道是怎么分开的，也忘了留联系方式。第二天 K 再去，Q 仍然在那里，就一起去了酒店。

接下来他们晚上就去那家酒吧，白天也时常约会。传说中的东单公园早清理得差不多了，主要还是去长城，颐和园，潭柘寺。大概还是那句"你们北京可真大"起了效用，他在极短时间内，设法带Q游遍了京郊名胜。这是K和赵分手之后，相对来说最亲密的一段关系，也许只是知道Q开学就要出国，交往没有心理负担。

八月最后一个周末，他们去八大处。在一条幽静的河谷一前一后走了很久，脚下都是大小不一的卵石，头顶则是不见天日的古木。

K弯腰捡了几块小石头。Q问他做什么，他说，可以放在养螃蟹的缸里。Q惊叹道：哥你还养了螃蟹？真会玩。

河谷里天色比外面更暗。两个人的脸色都阴晴不定。

K说：养了半年多。两只小相手蟹。

一听就是高级货。不打架？

不打架。

会交配吗？

万一都是公的呢，怎么交配？

Q嘻嘻地笑起来：你说呢。

那晚回到城里已经九点多了。K进门发现两只蟹都一动不动地蛰伏在假山上，才想起自己好久没有给它们换水。好几天前喂的一点苹果早已萎缩变干，它们也并不吃。

熟悉的内疚感袭来。K 想：反正也照顾不好，不如找个公园池塘放生吧。不知这种蟹在北京的自然环境里能存活吗？

但他也只是这样想想，换完水转过头就忘记了。

Q 接下来说要和同学办留学签证，连续几晚都不在。但到周六又约 K，说已经买了下周去伦敦的机票。还是约在最初认识的酒吧。酒吧他们只去那家。

K 想了很久给 Q 什么礼物。终于决定买一只浪琴，不是最贵的新款，是去年圣诞的纪念版，但也要一万多。起因是有次和 Q 经过王府井，Q 盯着商场海报看了半天。

在酒吧里刚掏出表盒 Q 就笑了：买这个做什么。还不如换成酒喝掉。

但一面说，一面还是很自然地伸手接过去了。

而 K 其实只是内疚。明知自己对 Q 的感情远远比不上赵，也就是太闷了找点乐子。就像把两只本来没什么关系的公蟹随便地扔在一个缸里。

Q 看上去却很当真：哥会不会去英国找我？

K 说：机票很贵的……我等你寒假回来。

但到了十月底大闸蟹开始大规模上市的季节，有一次 K 经过五道营，却看到一个非常像 Q 的男孩和一个老男人一路嬉笑着走过去。也可能年轻人穿衣风格都差不多，他一阵惘然，强行命令自己不要回头。

那天倒正好有人请吃饭，在一家淮扬菜馆请吃当季的蟹。K在席间演练以蟹之矛自攻其盾，引发好一阵喝彩。Q 走后没有消息，发微信也从来不回。但所谓情场失意，职场反而得意，他的一篇论东亚性别平权运动史的论文发在国家核心期刊，刚好年初台湾彩虹大游行，一整年知网的查阅率和引用率都极高，还得了当年的全国社科优秀论文奖，席间好些人过来轮番敬酒，也有小道消息说他马上就能出站留校了，算得上是春风得意。

他一边就着黄酒，一边耐心地继续把吃完的蟹钳蟹壳拼回去，再度引发同席女士惊呼。

从此所有人知道 K 爱吃、也会吃蟹。知道他将来可能要进学报，有发稿权，就有好些并不熟的年轻学人给他快递蟹券。当年 K 就收到不下十张。回家后看到两只小蟹沉默的背部，不免心虚。不当着它们的面对其同类大开杀戒，是他的最后底线。

有一天，他又深夜从酒局归来。无意间瞥了鱼缸一眼，突然觉得异样。平时两只螃蟹很少同时出来，必有一只躲在山洞里。但那天外面有两只。定睛一看，才发现一只正紧紧挂在另一只身上，呈乳白透明状。

吃此一吓，黄酒几乎全醒了。再一看，才发现两只蟹的下部紧紧连在一起，而下面的蟹其实只是节肢钳甲俱全的空壳。

是乌乌在换壳。

再看假山洞的黑暗中有两只眼睛。是没换壳的龟龟。

喂了小半年，K还是第一次知道原来螃蟹会蜕壳。他第一反应是想拍视频发给赵。虽然除Q以外，并没有其他人知道他养蟹。但赵也会问起两只蟹的性别吗？就像他关心赵的孩子一样？

K是后来才听说有一些年轻男孩会自称马上出国，在同志酒吧里当酒托，干两个月就换个地方。他和Q认识刚好就是俩月，差不多也请喝了两三万块钱的酒。

也许他出手格外大方，只是并未真正动情，却瞧不起自己的无法忍受寂寞。

他晃晃头，再度强迫自己不想这些乱七八糟的事，全神贯注地观看眼前乌乌的蜕壳。才发现乌乌原来并不是一只八体健全的蟹，可能买前就断了一只右脚。正因为只有七足，所以蜕壳时无论如何使不上劲，只能极尽艰难地间或挤出一点半透明的新身体——大部分的时候，只能和它的旧皮囊一起在还有苹果残渣的十天没换的脏水里载浮载沉。他趁着醉意，将脸无限贴近缸壁：加油，乌乌。他听见自己口齿不清。对不起，忘了给你们换水，加油。

那初生的肉体看上去如此脆弱，他甚至看见了一团乳白色里两只黑色的小眼睛，让人直起鸡皮疙瘩。一团混沌中，慢慢分出了眉眼，手脚，节肢……

用个不恰当的比喻：就像从空虚中唤出一个新的灵魂。

早上从沙发上醒来后，K才发现乌乌已经死了。

新的身体从半透明状变成了一种可怖的无生命的胶质，七只脚整整断了三只，残肢和主体都了无生气地泡在脏水里，最末端还粘着那个永远摆脱不了的旧壳。龟龟像上帝一般盘踞在假山顶上注视着这一惨剧。因宿醉而头痛欲裂的K把乌乌和旧壳一起轻轻捞出，在水里尸体就已经分崩离析。又把龟龟捞出来。发现两只蟹真的都是公蟹时K终于潸然泪下。说不清楚为什么哭。但是他趁着一点未散尽的醉意，哭了很久。

大概一周前，Q在朋友圈更新了照片。比剪刀手的同时秀了手上的新表。是欧米茄。不是浪琴。地点显示在香港。

赵年底生了二胎。头一胎是男孩，二胎是女儿。这是K私下和高中同学打听到的。

乌乌和龟龟都很久没吃过苹果之外的其他东西了。营养不良、不见天日导致的极度缺钙，加上先天残废，都是无法完成换壳的重要原因。现在龟龟独自一蟹盘踞在被洗净的空鱼缸里，终于可以独霸山洞，却不再急于进去。眼珠一瞬不瞬，冷淡地看着外面痛哭的K。它也同样失去了同伴或狱友。它看上去却不以为意。

龟龟后来一直养到第二年夏天。K从网上给它买了蟹粮，又不断喂它水果，养得比以前要精心得多。因此到第二年三月份换壳，一切都很顺利。当然也和龟龟八足俱全有关，总而言之，是天时地利人和。

而自乌乌死去那天开始，K就不再吃蟹。

不光大闸蟹，连海鲜火锅里的蟹肉丸和蟹肉棒都不吃。潮菜馆里的虾蟹粥不留神喝了一口，嘴刚碰到蟹钳眼前就浮现死状凄惨的乌乌，立刻脸色苍白地站起来，到厕所里去吐掉。既然已经知道一只蟹要蜕无数次壳历经百劫千难才能长大，他好像一夜之间就失去了对这种动物作为食材的全部兴趣。

此外他仍然没日没夜地写论文。专心学术之后，留校擢升之路倒很顺利，但公示期间，有人向官网留言匿名举报他性向不明，作风不检，不宜留校担任教师工作。

此时距他进学报还不到一个月。Q也突然打来微信语音，恭喜他顺利留校。

他问 Q 是怎么知道的。

Q：网上不是都公示了？你朋友圈还转发了。

K：你还挺关心我的。

做梦也没有想到，自己和 Q 的对话有一天变成这样古怪的一来一回。

Q：哥，我现在在澳门，需要一点钱救急，可不可以先借我二十万？

K：我已经有女朋友了。你说什么他们都不会相信你的。

Q：借十万也不行？算我求你。

K：我马上就要结婚了。还要和银行贷款买单位的集资房。

Q 在那边笑起来：嗳，嫂子长得漂亮不漂亮？

K 想问匿名信是不是 Q 写的。但又觉得表现得太在意——突然间他开始理解赵曾经的懦弱——处境只会更加被动。他听见自己的心跳变得非常快，呼吸也越来越困难。乌乌死前，会不会也感到同样的窒息？

他想起八大处昏暗如谜的河谷。轻声说：乌乌死了。

谁死了？

乌乌——就是我给你看过的相手蟹照片里，两只中大一点的那只。它只有七只脚，蜕壳时怎么都蜕不出来，就死了。

Q 说：啊，真可怜。仿佛短暂恢复了之前的温情——随即又说：借我八万，五万也行。哥是读书人，我们好歹在一起那么多次，你总不忍心见死不救。我不会和嫂子说的。

不光在一起那么多次。还说过那么多话。互相端详过。笑过。凝望过。

为并不够爱内疚过。

就如故事中那个等待另一只靴子落地的失眠者，把 Q 从通讯簿永久删除后，K 一直在等待另一封告他包养男妓道德败坏的匿名信。但一直到一月底，整学期过去了，风平浪静。

也许两件事同时发生只是巧合。

K 再也没有去过那酒吧。

龟龟在八月底换了第二次壳，十一月中旬换了第三次，差不多每三四个月就换一次，只在第三次不慎拉断了一只脚。那么，这也意味着下次换壳它需要的时间会更多，整个过程也就更漫长，更危险。乌乌残躯断腿的惨状还历历在目，K 从网上查了许多资料，有些人说相手蟹的脚失去了还可能再长出，有些人则说终身残废。他现在常常长时间凝视着它，直到幻觉里它变得完整，没受过伤，也没有失去伴侣。

自从乌乌死后。他现在再也不会忘记喂食和换水。营养过剩反而可能造成蟹换壳过于频繁，增加了潜在的风险，也许。

有一天早上K喂过蟹才出门。下班回来后换鞋，放下公文包，在沙发上坐了好一会儿才无意识地望向鱼缸，猜想龟龟躲进了山洞。等他烧完水泡完茶，又削好苹果，特意切下一块果肉搁在鱼缸假山上，龟龟依然没有出来大快朵颐。再往洞里望去，黑暗中并没有一双亮晶晶的小眼睛。

他把假山从水里整个拿出来。空空如也。

龟龟去哪里了？他浑身冷汗，趴在地上找遍宿舍角落。从小到大，螃蟹几乎代表他生活方式的所有隐喻。要隐藏自己的真正取向，用坚硬外壳掩饰内心的爱欲。要一次又一次蜕壳才能成长，要定期晒太阳补钙锻炼身体。现在，螃蟹没有了。这次的启示又是什么？

两只螃蟹无论公母，如果最终无法彼此理解，被关在一个缸里有何意义？但人类包括K自己，都是乱点鸳鸯谱的爱好者。眼下他趴在地上，再也找不到自己仅剩的，唯一的螃蟹了。如孤独的末日幸存者，独自吃下若干苹果、梨和看上去无滋无味的蟹粮，表情全刻在背上的，被命名为龟的，中华相手蟹。

相手就是敌手的意思。敌手没有别人，就是自己。

他突然想打个电话给妈妈。又想打个电话给赵。想来想去，还是打给了后者。但他没想到打通后响了很久，对方一直没接。错过的，大概就永远错过了。他当时没有原谅对方，就永远得不到原谅。

文学史上最著名的 K，在自己的小说里把主人公变成了一只甲虫。我们受过高等教育的 K 此刻也慢慢从趴姿改成盘起腿，手肘向内弯曲，做成钳子模样。随即，他张开左手虎口去够放在桌上的那个削好的苹果——部分果肉已经因为他漫长的寻蟹过程而氧化变褐——用力夹住，再优雅地放入嘴里，小口小口地吃，像外国人使用刀叉。他边吃边在想乌乌和龟龟困在鱼缸里仍坚持换壳、并终于因这古老天性而死的一生到底有何意义。就在这时他突然看见了疑似龟龟的一小团赭褐色物事沾满尘土地困在一个角落里。也许只是蜕下来的空壳而已，而龟龟的灵魂早已自由地飞升至另一个我们所不知道的蟹的天堂。

鱼缸里的相手蟹是死了还是活着更好呢？ K 不知道。关于自己和螃蟹的一切，他全都不能明白。

2 大闸蟹

他失去她之后总是反反复复想起那些抱在一起睡觉的亲密时刻，想得久了，觉得人应该也可以学会冬眠。隐居。遁世。两个人相拥在黑暗寒冷的山洞里穴居，像苦行僧一样逐项关闭生理机能，只剩下微弱的体温互相维持，直到热量彻底流失殆尽，两人渐渐昏迷失去知觉，最好时间步调一致。随后一切意识归零，身外复杂莫名的世界变成一片空白。

如此这般大抵也就相当于殉情了。但殉情的问题在于：需要两个人同时愿意。

他又继续幻想此后他们能够复活。就像那种在非洲被筑进墙壁里的原本生活于泥涂的肺鱼，会瞬间脱水变成鱼干，只要很少的一点湿意就可以存活若干年。等待未知的漫长的雨季降临，泥墙被洪水冲垮，这种鱼则可从枯干状态回复湿润，神奇复生，瞬间脱逃。

书上只说瞬间脱逃，他却不知道是蹦跶着跃向未知的方向，重新面临干涸和假死的危险，经受烈日炙烤——还是真正足够幸运地在大洪水中双双曳尾而去。这样一想就非常疑惑，宁可选择回到洞穴里，做两只很瘦的冬眠的熊。熊也吃鱼。纪录片里常有棕熊守在鳟鱼洄游的瀑布跟前，待鱼起跳便伸掌捕食；也有北极熊的饿殍倒毙在毫无指望的觅食路上。狼狈的肉身本来就需要外界更多的能量供养，而浓情烈爱更是如此。

"浓情烈爱和丰功伟绩一样有巨大的风险。"

其他时候他想起她来总忍不住想起某种食物。味道不尽一致，有时软糯甜蜜，有时涩苦难当；有时几乎寡淡无味，有时又浓烈不能忘怀。看她进食也可以看得入神，因为她吃得分外认真。嘴唇是薄而湿润的红菱，舌尖是冰凉细巧的小鱼。瞳仁大如黑杏仁，或说紫葡萄更合适。甜的，冰过的，盛在碟皿里黑白分明。皮肤则介于一种粉蝶白和半透明瓷胎之间，也让人联想到饴糖外面的糯米纸，又比细瓷略多一层红晕。不知因为熟龄还是保养得当，她几乎从不长痘，偶尔会轻微过敏起一层疹子，一般是春天花粉肆虐之际，形状也如花粉，两三天也就消退如初：而花粉也是可以吃的。

总而言之都是食物。他说不好更爱她的皮相还是灵魂。

但他想，就算是灵魂，大概也有美味和无法下咽的区别。他确信她的灵魂属于前者，时常想象自己如水蛭般贪婪地攫取。但更有可能的是反过来，她如女鬼般擅长摄人阳精。捕获、吞食并消化他，像母螳螂交配完吃掉公螳螂。

事实上她的确擅长给人留下吻痕。半真不假，蓄意为之，专挑难以解释的明显部位下手。脖子，手腕，脸颊，耳根。他倘若笑着试图推拒，她就如小兽般温柔而执拗地一次次发动进攻。最终他放弃抵抗，她也就兴尽松口。那些印痕的确有，可最多一两夜就会消失，从来没有真正在工作日惹过麻烦，包括看似很深的牙印，也只不过一夕即褪。他很想问她如何掌握这微妙火候。又恨不得死在这唇吻之下。这是他暗自发作的最疯狂的爱意，但他从未说出来。

他们以前常在一起吃饭，但各有忌口。他对虾蟹的甲壳轻微过敏因此从来不吃，但更主要的原因是觉得麻烦，又怕满手汤汁影响形象。而她则不吃葱蒜韭乃至于芫荽等一切有特殊香味的植物调味料。

他们第一次见面就是因为工作。

他在一家影视承销公司上班，负责帮一部筹备中的电影剧组找前期投资，她则是投资公司考察影视项目可行性的分析专员。本来影视公司老板和制片人也要来，结果当天有事飞去了霍尔果斯，他被紧急叫过去当全员代表，结果等跑到影视公司把一切有的没的手续资质证明备齐，比之前约定的时间整整晚到了两个小时，赶到投资公司附近已是午饭时间。对方说可以出来谈，就临时约在附近的台湾菜馆见面。他先到餐厅，坐下后闲极无聊研究菜谱，发现一道名叫苍蝇头的菜，看图片是碎肉炒某种植物，颜色青翠可喜。断定里面没有蟹虾，就点了。又看到一道金不换，莫名其妙想到金风玉露一相逢，叫来侍应问这是什么。穿雪白金色双排扣制服，打猪肝色领结的高瘦男孩一口软糯的台湾普通话：先生，金不换就是九层塔啦。那九层塔又是什么？九层塔就是九层塔。男侍应说得这样笃定又理所当然，他看着对方礼貌的脸，不好意思再盘根究底。随后又点了一壶薄荷茶，一个冬阴功汤。交代下单二十分钟后再上菜，这样专员赶到时正好可以开饭。

少顷她姗姗来迟。虽是第一次见，不知为何他一眼就发现了她。从进门起他的目光就忍不住一直跟着那陌生而神采奕奕的女郎：墨绿色风衣里一件修身的姜黄色毛衣，配深棕一步裙，一双细腿又长又直。超短发下的脸庞像完全没化妆——是后来他才知道那叫裸妆，粉底是最适合亚洲人肌肤的象牙白——眼睛很圆而眉毛似乎没修过，看上去虽然不像刚毕业二十郎当岁的学生，却奇怪地拥有一种轻盈的无龄感。就仿佛一个人曾竭尽全力地对抗过沉重的什么之后，最终取得了决定性的胜利。总而言之，在人群中像一只闪闪发光的鹿。

他脑海中刚闪过模糊快速的联想，就发现这女郎笑着走向自己：你是刘先生？

菜一道一道上来了。从第一道金不换开始，意想不到的事情发生了：那一顿她什么都不能够吃。苍蝇头的主要配菜是韭苔，金不换原来就是罗勒，同样在她忌食的香草范畴之内。薄荷茶同理，而冬阴功里有香茅良姜，最后女郎只能好脾气地坐在对面看着他独自搛菜大嚼，而体贴地表示自己并不饿，最多单要一碗免葱蒜的海鲜米粉。而他那整顿饭都食不下咽，唯恐这个项目最终因为自己的擅作主张而黄掉。更冤屈的，是完全无从诉说自己的良苦用心：他原本以为女生都喜欢台湾菜，这家也是附近点评分数最高的餐厅。这种面对陌生人过分自信的笃定，效果要么百分之百，要么是零。错了就是错了，毫无回旋余地。雷区比他想象中更广阔。

但他没想到他们后来会成为情人。是因为两个人太不相同因此彼此好奇，还是除了饮食习惯尚有其他值得探究的一切？

食性尚且容易了解，而性格却更加难以琢磨。他们在一起后她总爱根据他的饮食偏好展开分析：爱喝黑咖啡，毋庸置疑能吃得苦，不贪甜；然而克制力也着实有限，因为喜吃油炸食品，明知不健康还吃个不停，只图一点香脆口感。最大的问题是很容易凭借自己的偏好想当然耳，因此总不大能够理解他人的选择：除非这选择正好和他一样，方可以一拍即合。

比如花生。不能不提的，花生。

他和她再次相见，真正成为朋友就是因为花生。一群因工作原因坐在一起吃简餐的人，分头来自影视公司、他所在的承销公司和投资公司，也包括他和她。除按人头点了几份套餐外，商家格外多送了一小盒油炸花生，炸得正好，不焦不生，他撷了几粒嫌费事，又猜测并没其他人爱吃，索性狠舀一勺。说迟行快，他的勺子撞上了另一个塑料勺——是她的。饭后他借故走到她面前：你也爱吃花生？

她可爱地鼓起腮帮子，流露出与年龄不尽相符的天真：关于我爱吃的花生——这已经成了个段子。

比起上次什么都不能吃的窘境，她这次活泼得多了，和他说起大学关于花生的趣事。当时每个星期都要去小卖部买安徽老奶奶花生，五块钱一大袋，可以吃很久，是穷学生的恩物。她时常买了边走边吃。一次身边有个男生走过，皱眉道：你什么时候生日，我送你花——

她正把一粒花生高高地往嘴里抛，闻言差点呛到气管：不要不要。别那么客气。

那男生说：你以为送什么？我是说，送花——生。

说到这年代久远的糗事，她哈哈大笑，露出洁白到耀眼的牙齿。这才是他们见面的第二次，一回生，第二回已经像是老友了。何况又有共同爱吃的花生。

第三次见面是私下单约，甚至没找任何工作上的理由。见面是在咖啡馆，她到了先找位置坐下，他随后气喘吁吁地赶到，从口袋里羞涩地掏出一大袋老奶奶花生来。她不由得惊喜地叫出声：这在北京可不好找啊！他再从身后慢慢拿出一束花。是她读大学的城市特有的姜花，搭配一大束浓绿的栀子叶。也是第一次吃饭实在尴尬所以无意间说起的，她说自己不吃葱蒜韭菜，却可以吃姜，十分怀念这种南方特有的带姜香的白花。

她此刻吃惊地看着这个其实比她小的男孩，拿不准该接受还是该拒绝，也不知道这样算不算违背了投资界的商业准则。他则不知道该怎么解释地涨红了脸。找这些姜花实在用了很长时间，找遍了近处的花鸟市场和高档购物商场的实体花店，有栀子，有迷迭香，也有荷兰进口的葱花——唯独没有姜花。好在他终于发现可以异地网购。花了比花的实际价值还高的运费后，一大束鲜切姜花很快就送到了。此刻这异常辛辣的芬芳让他悄悄地饿了——不知寺庙里戒除的五辛包括姜吗？好像不，姜同样并不属于五荤。那是不是说明了，喜欢姜花的她也并不在任何戒律，比如投资人和投资需求者不能私下亲密接触的约束之下？

她伸手接过花时他顺势握住了那只柔软的手。那天一见面他发现她完全没化妆。才第三次，她已经敢以真面目示人，不见得更美，但鼻翼边的雀斑俏皮而性感，倒显得之前像个装大人的女孩。

就连这唯一一次送花都和食物有关。后来每次见面总会有很长一段时间在黑暗里昏睡，醒来后的问题就是：咱们吃什么？

也许因为工作太忙，又暂时必须和各自的公司隐瞒恋爱事实，公司又分属朝阳和海淀两端，中间远隔三十公里，他们一个星期都很难见上一面，一见面总是很难出门。明明见时还是下午，等离开房间已是深夜。每次必定饿得实在受不了才出去。然而最大的问题是永远会错过饭点。两个人无论多么热情似火，有情饮水饱，总有油枯灯尽的时候。有时裸身相拥，肚子却竟相发出饥肠辘辘的声音，那正是昆德拉在《生命中不能承受之轻》里写到过的，特蕾莎第一次迈进托马斯寓所门槛时肚子发出的叫声。昆德拉认为"疯狂地爱和听到肚子咕咕叫，这两者足以使灵魂和肉体的统一性——科学时代的激情幻想——在顷刻间化为乌有"。而对于他们俩来说，幻灭倒未必如此明显，只是那声音在静夜里听来突兀，揪心，效果惊人，提醒这一对男女除了荷尔蒙的存在，还有强烈到无法忽视的食欲和需不时填喂的肉身，以及随时可能吞噬现时情爱的，不断向前轰隆隆运行的巨大的现实——究竟要不要在电影拍完上市以前，就公开恋爱关系？——那笔投资其实最大的疑问就在于后期能否真的收回成本，因为所有预测都基于拍摄一切顺利甚至票房大火的基础上，但她默默地帮他补齐了所有前期资质证明，又对电影题材、男女明星号召力和后期推广运营计划写了足够正面的评析意见，事情竟然就这样一帆风顺地成了。电影开机的那天，她和他都去了现场，是站在人群里隔得最远，在照片上却笑得最甜蜜的两个人。

就这样一直和所有人隐瞒下去也可以，反正谈恋爱也不犯法——那么，究竟什么时候可以结婚？

认识之前两个人都在公司附近各自买了一套小房子。都是按揭，月供都不算少。谁彻底搬去谁那边住都不方便，因为第二天都要上班，早高峰在北京城里驰奔三十公里是完全不现实的。所以每次见面，都像是一次跨城的异地恋，而且起初非常公平，这次去他那里，下一次就去她那里。好在仍然还有足够强烈的生理需要可以维系这段关系，她有次笑着说。但他却担心起来："是不是生理需要消失了，你就不要我了？"

大概是工作压力太大的缘故，他们单独入睡都有点障碍。因此除了上床，更有吸引力的是之后抱在一起睡觉——真正的睡觉。两个人在拉上窗帘的小房间里睡得天昏地暗，不知今夕何夕。醒来也不知道几点，并排躺在黑暗里说话，一面试图与腹部一阵一阵紧缩痉挛的不适感共处。

"电影拍到什么地步了，怎么还在不断追加投资？剧组不会出什么问题吧？我老板前两天还问我怎么换了男主角，要我尽快确认下。"

"我也不知道。明天打电话去问问。"

"嗯，最好能给一个项目执行明细表。这是我的工作，不能因为我俩好就省略掉步骤。"

"那我现在就打电话？"

"别，现在都几点了。——哎都十点半了，我们吃什么，叫个外卖？"

此刻两人饿瘪了的胃都在严重抗议。随着它们被忽视的时间越长，越来越脱离大脑控制独立存在，要求得到更多重视，正集结起来发表抗议声明。如果可以的话，也许还希望脱离母体来一场真正的革命，联合身体其他被情欲忽略的器官来一场"非暴力不合作"。太阳穴随即也开始发花，腿发软，手臂麻木，拒绝再撑起身体做任何运动。

等这对男女实在敌不过这联合罢工终于起床，男的总归利索一点，很快就坐在床边穿衣服。她比他速度慢，还非要裸身再趴一会儿。一旦决定起床就好像没那么饿了。当然也有可能是饿得没有力气再感到饿。

他买房子的地方实在太偏了。用手机软件查了一圈外卖，不是烧烤饺子就是小龙虾——前者常有葱蒜，后者他不能吃——让人无甚胃口。更可怕的是基本上都得一个小时以上才能送到。只能硬撑着出门觅食，也许还能快一点吃上东西。

门外月色如银，夜凉如水。找了好久才找到唯一开门的饭馆，是个江浙小海鲜馆。她随便叫了几个小菜，腌笃鲜，千张肉。又怕饿久了伤胃，没要米饭，只要了一锅鱿鱼菜泡饭。

他说，要一点酒？

好。啤酒还是黄酒？

黄酒。

店主是个沉默寡言的中年女人。脸是寻常江南人的团团脸，黄白色，面相疲惫和善。也许早上起来轮廓会稍微清晰一点，然而深夜已濒临崩塌边缘，呵欠连天，随时都可能睡着。过了好一会儿酒才端上来，早贴心地加热过了，温度适宜，又加了姜丝话梅。然而这其实并不必要，因为没点蟹——现在正是大闸蟹的季节。这家店白天这套温酒服务想必熟极而流，到深夜仍未或忘。

他本想也给她点一只蟹，而她坚决不要，说晚上吃蟹太寒。其实她除了花生，至爱大概是蟹，但此刻仿佛身体的欲望解决了，食欲便消弭一空。——当然也可能只是他不吃蟹，她又不愿让他多花钱。到他这边总归是他来请，但在一起快一年，不知道为什么她花他的钱仍十二万分谨慎。有时候他会往好里想：也许这样才是理想的贤妻。他是愿意娶她的。但话头递过去，她从来不接，逼急了只说等电影上市大卖了再说，否则现在这样不明不白结了婚，请柬都送不出去——原本老板就怀疑她和他私下交好，因此假公济私。其实也是老板看中了影视行业这几年风生水起，自己也有意向。但事情都是这样的，好的时候是领导独具只眼；不好了，就全怪分析专员不行，尤其是女生外向，更靠不住。这微妙的节骨眼上知道他们恋爱，她的工作就保不住了。

他先夹了几筷子热菜下肚安抚肠胃，再腾出手来倒了两小盏酒。热酒以很快的速度凉下去。倒得极满，亮晶晶地差点漫溢出来，是《西游记》里白龙马用过的逼水法。

我妈又催我结婚了。他突然没头没脑地说。

哦。

让我这礼拜就去相亲。我没答应。

哦。

一连遭遇两个"哦"狙击，他也说不下去了。其实他才不到三十，男生家长一般催得并没有那么急。但是他究竟要怎样表达诚意，她才肯嫁他？

不然你就别在你们公司干了，主动辞职。他突然愣头愣脑地提议。

开玩笑，这节骨眼上辞职，以后我怎么在这行混？你和我说实话，那项目到底怎么了？这投资必须至少回本，我才有脸见江东父老。

我们公司也只负责前期引资——电影到底能不能顺利拍出来，导演导得好不好，演员档期和状态出不出问题，最后口碑和上院线情况怎么样，都不好讲的。

所以再等等。

所以我们到底得等到什么时候？

稍晚一点的时候他在他自己的小房间里吻她，又问了一次。到底什么时候可以公开，我可以光天化日去你公司接你下班，去三里屯吃饭？

她在他怀里哧哧地笑起来：干吗非要去三里屯，神经病。

那里网红餐厅最多嘛。年轻人都去那里玩。你每次说去那里肯定会遇到同事，不是你的，就是我的。

她开始很认真地和他解释：我是从小地方来北京工作的，学历也不算高。能做到这个位置，不容易。陈老板对我有知遇之恩，我不能对不起他。

他有时候喜欢她的认真。女生对工作上心，格外有一种性感——不是都说，工作着是美丽的？那还是他母亲年轻时看过的一本小说的题目。他母亲也是个工作狂。他从小就必须争分夺秒地从她的工作里抢一点时间来获得关注，这导致了他一辈子都缺爱，看上去高高大大，其实是比谁都幼稚的一个大男孩。是不是也是这样，他才如此依恋她？或许怀着某种隐秘的，童年亲情缺失的阴影。他渐渐习惯了枕在她胳膊上睡觉，像小孩子。

她则常常厌烦地笑起来：你把我弄疼了——放开我，我得起来了，还有个邮件要回。

再睡一会儿。就一会儿。他像个小孩子似的央求。

她就僵硬地忍耐着一动不动。等他终于睡着了，再轻轻把胳膊抽出来。他再醒来时，只能看到台灯下工作着的背影。像小时候的许多夜晚，像他妈——是不是因为这样，父亲才早早离开他们母子？

虽然如此，母亲却也并没有放弃他的抚养权，选择了一个人带大他。虽然照顾得无比吃力，也粗心地没留意到他比同龄人脆弱。

他则渐渐开始和她要求更多。更多。比如能不吃外卖就不吃，他喜欢她给他做饭，说她做的比外面的好吃一百倍。她总是叹一口气：你上班累了我不累？

我不管，我就爱吃你做的。不是有个说法，要得到男人的心，得先抓住他的胃？我是完完全全被你抓住了。他吐吐舌头，做了个彻底臣服的姿势，一脸赖皮。

你在家是不是也是……妈宝？

我妈对我其实不怎么上心。他说。所以要找个娘——新娘。

滚。我才不要找个儿子。

但她和他母亲一样，天生的母性大概也足够充沛。很多时候都皱眉微笑着，并没有真正拒绝下厨。叫了生鲜配送把肉菜送上门，焖炒煎炸，南北风味，火锅备料，竟然全都不在话下，而且——真的比外面一般小餐馆做得好吃。做完以后他傲娇地等她端上桌子，她也就默默地端上来了。盛饭盛汤。一勺一筷，一碗一盅。与其说是贤妻，毋宁更像从小就训练有素。问她怎会这么娴熟，她说母亲早逝，从小在家习惯了给父亲做饭。

对此他照单全收。与其说像个习惯了被照顾的丈夫，更像被宠坏了的弟弟或者儿子。偶尔也反过来笨拙地给她撺菜，但是她总习惯性拒绝，说自己闻油烟味已经吃饱了。

他则怀着巨大的幸福感把一桌饭菜都慢慢吃得精光。吃着吃着，就可以想象未来许多年也是如此：吃她做的饭，抱着她一起睡觉。人生不过吃和睡两件事最大，她竟然都可以满足他。他何德何能？这大概是上天知道他从小没有得到足够多母爱，因此格外补偿他的——以及他未来的孩子。

他是真的喜欢她。

因为一直不能公开恋情，那电影又遭遇了主角吸毒、临时换角、逾时预算不足、天气异常等各种情况，拖拖拉拉超过预计拍摄时间半年之久，又临时追加了一大笔投资。这时候投资人的心态就变成了类似赌徒的心态，反正本已经砸进去了，只能继续下注豪赌，只求不离开桌子。但对他们两人而言，这话题渐渐变成了不可触碰的雷区，一周一次对彼此身体的探索反倒乐此不疲，他想也许因为身体实在合拍的缘故，就像一个人爱上一道菜后永远吃不厌。因此他们在一起时，不是在床上，就是在吃东西。

他很少送她礼物；而她过来看他，总会记得带一点油炸食品：花生米，奶油爆米花，油条，麦当劳的麦辣鸡翅，脆薯饼，炸虾球。各种炸得香脆的中式点心：油条，馓子，江米条。有一次他们还专门去护国寺小吃尝试了焦圈，就着豆汁津津有味地吃完了。

他告诉她自己最喜欢的还是巧克力。可可脂含量高的黑巧克力最好。一天中最幸福的时刻大概是端一杯热美式（至少也要是星巴克的），同时掰碎一块黑巧送入口中。当然可可脂含量也不是越高越好。因此她曾经给他买过从 50% 一直到 100% 从歌帝梵到瑞士莲的各种牌子不下几十种。他最后告诉她，超过 85% 就很难进口了，太苦。最好吃的就是 72% 左右的，微微苦涩，又有余甘。

那还是刚爱上时做的疯狂小事。什么人会一口气买几十种比例的黑巧，只为检测到底哪种配方最讨情郎欢心？他受宠若惊地想。如果这都不算爱，什么才是？

但这种激烈和疯狂往往难以为继。她就大肆采购过那么一次，后来就不再买了。好像真的只是做实验，得到结果便不再投入金钱和时间。只是偶尔看到炸物还是会顺手买下。

我怀疑你已经不喜欢我了。有一次他一本正经地说。你都不给我买巧克力了。

你抢了我的台词。她叹了口气：你都从来没给我买过吃的。

对白发生时他们碰巧又在那个江南饭馆里。又是深夜十一点。又点了泡饭。这天她起床后坚决不同意再做饭，他怎么央求都不行。最后还是她先甩开他出的门，他只好亦步亦趋地在后面跟着。

你也从来没有给我做过饭。她停了一会儿，又说。

我不会嘛。一般人谁有你做的好吃？

买单后两人一前一后走出饭馆，到了夜色里手自然伸向对方。十指相扣，却又长久无言。刚才落肚的热饭菜带来的安慰仍然有效，肠胃满足，脾气仿佛也变得更好。

我大概把你惯坏了。她突然没头没脑道。所以你对我不太好。

他怔了一下，迅速反应过来，笑了。

你爱吃泡饭——不加火腿肠的。喜欢吃大闸蟹、黄泥螺和黄鱼鲞，宜芝多的乳酪蛋糕、大白兔奶糖、蜜饯杨梅和水煮花生。巧克力只吃牛奶巧克力。月饼最喜欢大班冰皮。不喝咖啡，对酒精过敏，超过一杯就全身通红像煮熟了的大闸蟹。他在夜色里说。

你知道为什么从来不买？夜色里看不出她脸红了没有，但挽着他的胳膊紧了一点。

你说过你怕胖啊。而且你冰箱里满满当当，不全都有？再者零食这种东西，不都是女生给喜欢的男生买的吗？男的买零食太娘炮了一点吧。

那你究竟可以为我做什么？

买花啊装电器啊将来给家用什么的——不过，你不觉得花这种东西太容易枯萎了，不吉利？

她不再说话，看向街道的另一边。

有时他们也叫外卖。不管在谁家，多数都是她来叫，因为他说不知道她想吃什么，忌口又多。而她点的东西多数都合他胃口。他喜欢在床上赖着，等她跳下床去开门，把食物端到床上来分享。

她有次突然开玩笑似的说：哎，你要不要和我 AA 制，怎么每次都是我下单？每次一百来块，你有手有脚工资又高，干吗要我包养你？

他涨红了脸。但他用惯了手机支付，没有现金。

下周见面的时候，他趁她去洗澡的时候，有点受伤地往她包里塞了下班后取的一千块钱。

等下下周，他发现那个装钱的信封又不知道什么时候放回他包里了。他笑了：就知道她不会和他分得那么清楚。毕竟将来是要结婚的啊。

一年多就在这样的见面、睡觉与吃饭中晃荡着过去。他越来越无法离开她，主动去找她的时间越来越多。但奇怪的是，她的工作似乎越来越忙。她给了他一把钥匙，有时他会在她房间里一直等到深夜才能见到她满面倦容地回来。回来后立刻去洗澡，洗完倒头便睡，也懒得和他说更多的话。他走的时候忍不住想：是不是还是为那个项目的事？她竟如此功利，如此现实，下周不来了——但从周一到周末，他有整整一周时间可以找各种理由为她开脱——最终还是心软地想：她只是太累了。也怪他没用，没办法保护她，让她业绩更上一个台阶。但影视公司的项目哪有说得准的？对他来说，那就是一个案子而已。他怎么想得到还能顺便抱得美人归？又想起她对他林林总总的温存来，比如说，那几十种比例不同的黑巧克力。给他枕着睡觉的瘦弱的胳膊。亲自下厨做的美味家常菜。叫的外卖也永远比他叫的更合胃口，待他甚至比母亲更细心——他不知道为什么总忍不住拿她和母亲对比。倒很少想到，她其实只比他大四岁。

这样想着，他就忍不住重新坐上了去找她的地铁——总共要坐二十一站，五十三分钟。其实他这边的工作并没有那么忙，每隔两天去找她、甚至每天去找她都可以。只要她不嫌打扰。但她非常认真地和他说过：每周最多只能见一次。每周末也只能在一起一天。另一天，她要去公司加班的。

她的公司在CBD。他第一次和她谈项目就在公司楼下，后面只去过一次，之后就再没机会去。有时候办事从东三环坐车经过，也会伸长脖子徒劳地找她公司所在的高楼，希望找到她所在的办公室，如果有可能，最好能看到她忙碌的纤瘦身影——但是他其实根本就不知道她到底在哪个房间，短期内大概也没办法知道了。她一直都不肯说。

那个礼拜五下班后他又去找她，突然发现钥匙打不开她房门了。

他把钥匙拔出来，又试了一次。这个小区比他买的小区要贵，装的锁也高级许多。他怀疑是不是锁的电子系统出了问题。又拔出来试了一次，还是不行。

他打电话给她。奇怪的是，她一直没有接。再打，还是不接。他仔细回想上周最后一次见到她的情形，想起来在她房间待了七个小时之后，他几近虚脱。想到结婚之日还遥遥无期，他就忍不住想把眼前这个女人连皮带骨地吃下去。但事实上是他一次又一次地被她吞吃掉。

他气喘吁吁地说：真的不行了。我要死了。

再来一次。她浑身汗涔涔的，紧紧地抱着他的头。最后一次。

什么叫最后一次？又不是以后不可以了。

谁知道呢。她奇怪地笑起来。

那天他吞吞吐吐地告诉她，那个项目大概真的不行了。拍完了送去广电总局，结果里面有敏感内容过不了审。

她看上去有点漫不经心地随口应了一声：噢。

他简直不敢相信她就这样轻轻地放过了他，只能更卖力地让她满意。但过程中她突然把脸别过去。

他担心地把她的脸扳正。发现她漫然流了满脸的泪。顿时难受起来：对不起。我知道这件事对你的影响很大。我可以做点什么补救？

她不答，只一径无声流泪，像某种控诉。

他俩并肩躺在床上时两人都几乎死过去。但她坚持一言不发。

终于准备起床时，他问：我们今天吃什么？

等了很久没有回答，这才发现她又哭了。他呆呆地看着她不断耸动肩膀的背影。明白这个问题如此熟悉，熟悉得足以让她泪如雨下。他们之间曾经发生过无数次与之类似的对话。是另一个和昆德拉一样苦于太畅销而永远难获诺奖的作家说的：失去一个人，就是无法再与他共享亲密的时间。但他相信她绝对不会因为这件小事离开他的——那么多一起吃过的饭，一起睡过的觉，怎么可能因为一桩工作进行不顺利就此告终？因此他如此顺理成章地问出这最简单的七个字：我们今天吃什么。今天。就像不光拥有昨天，还有可指望的明天一样。还有未来无数日子一样。

他轻轻地俯身过去抱着她。她满脸都是泪痕，好像短暂地睡着了。他把她翻转过来，很轻地用嘴唇吮掉那些眼泪，源源不绝像大海的水，也像一道吃过无数次的菜，有着非常熟悉的咸涩。

但她终于停止流泪，开口说话。

我想吃一次螃蟹。

随即又说：你请我。

他一件一件穿上衣服，坐在床边开始认真地和她讨论起来。三里屯的一片海是网红店，他们一直想去，但今天肯定不行。平时他们也是能不去市中心的热闹场所就不去。人多眼杂，最可怕的就是被人看见而不打招呼，而他们自己完全不知道。那么，比他家或她家还偏远的高级日本料理店？感觉太寒凉了一点。而且生鱼刺身也很容易让人想起情欲——早前他们有一次去吃怀石料理，他看她爱吃鸟贝蘸芥末酱油，还开玩笑说：听说爱吃刺身的人欲望都强……他至今仍记得她当时含羞带嗔的眼神相当动人。但这次既然已经精疲力竭了，就还是算了吧。

要么找附近好一点的中餐馆。但中餐实在很容易油腻。湘、徽、闽、川，他不觉得任何一个重口味的菜系有资格表达他的歉意——他不是不知道为了让这笔投资顺利通过，她私下做了多少努力，又担了多大干系。那么火锅？火锅也有很多种：重庆火锅、广式打边炉、潮汕火锅和豆皮涮牛肚。同样遇到和炒菜一样的问题，没有一种火锅足够高级：不是太辣，就是太膻。

而事情的真相绝对不是一个年轻男人想要处心积虑骗一个年长女人的钱。不过就是两个工作中认识的未婚男女，发生了不那么合乎程序却也十分常见的情感关系。他知道她一定会谅解他的。之后具体该怎么办，可以再商量——实在不行，她可以引咎辞职。他这边倒是没有必要。问题是，短期内更不能让人知道他们在一起了。

最后他决定选择精致程度和价格介乎西餐与日料之间的淮扬菜，在国贸那边的。她要吃蟹，正好。如果被人看到怎么办？那也是应得的，应受的。仿佛就等一切大白天下的这天：那些通俗小说和电视剧里的狗血情节，只要是最后一次，就一定会被人看见的。最多不过她辞职——但他一定会对她负起责任来的。至少，他一定会和她结婚。

但这次在餐厅里她却不肯再给他搛菜。点了清炒虾仁，桂花芡实，丝瓜毛豆。都是青翠可喜、可堪入画的摆盘；也懒得照相，自顾自盛了一碗芡实，眼睛仍红肿如桃——蜜桃是他最喜欢的水果。他心疼地望着她，却不知道说什么好。

少顷，她终于开口：我该怎么和公司解释？

我想过了。为了表达我的歉意——请嫁给我吧。

就像那些影视剧里的浮夸场景那样，他突然离开座位，单膝跪地，顺手拿过隔壁空桌上的一支粉色康乃馨：我们结婚吧。

她震惊地，不能置信地看着他。眼底里似乎浮动着笑意。

我想过了。实在不行，你就和公司说要结婚，想休息一段时间备孕——反正也是女生，没关系的。

她看着他。几次张了张嘴，终于什么都没有说。

到头来她也没有接过那支康乃馨。他宽容地想：大概是嫌不是玫瑰不够正式。但没有关系，仪式可以再补。

他重新回到座位上，决定给她好好撺一次菜，结果像小孩子一样笨拙，差点送到她脸颊上。她受惊吓似的看着他。他说，张开嘴。

对于这种行为她通常都是拒绝的。但这一次她顺从了。是海鲜汤里的牡蛎肉，他特意挑了最饱满最肥美多汁的一颗。往常她一定会让给他吃的。

他还慷慨地点了她平时舍不得要的大闸蟹。因为他对虾蟹过敏，所以他们在一起的时候她从没为自己要过。她对此没有拒绝。那天晚上，她非常缓慢地吃完了整整一只螃蟹，而不必分一丝肉、一点黄、一口膏给他。他目不转睛地看着她轻轻活动腮帮，认真咀嚼后咽下，脸上流露出不无欢愉的神情。就在那一瞬间，他确定自己果然十分依恋这个比自己年长的女人。她在他面前似乎也能够自然而然地袒露一切欲望和弱点，肚子的咕咕叫，汗液，身体的愉悦感，以及让人吃惊却也可以原谅的职业热情。她这么能干，一定会找到别的工作的。这样他们就可以尽快结婚了。结婚以后会生至少两个小孩。他一定不会同意她像他母亲那样把太多精力放在职场上……甚至他养她也可以。他会努力挣更多的钱，努力负担起养家的责任。他知道这很难，尤其是他的能力可能并没有她那么强……但谁让她是女人，他是男人呢？这是他们俩各自的社会分工，各自的人生责任。就像另一个没得诺贝尔文学奖的作家那篇《带小狗的女人》的结尾："两个人心里都明白，离着结束还很远很远，那最复杂、最艰难的道路现在才刚刚开始。"

再叫一只蟹吧。他觉得自己如此建议，她不会拒绝。

但她突然站了起来，告诉他自己要去公司加班，让他先回家——他自己的家。看到她坚定的眼神，不知道为什么他竟然有点胆怯。他没有反对。

之后整整一个礼拜他们都没怎么联系。他是回到自己家后才反应过来，有点不高兴她没有在被求婚后表现出更多的热情和喜悦来——不管怎样，求婚应该是一个男人能给一个女人的最高敬意了吧？但是她甚至连笑都没有笑，只是说：会认真考虑一下。如果不行——不如就分手吧。

又笑着说：你完全不了解我。从来就不。

他也笑起来，只当她是在说笑。他怎么可能不了解她？他俩差不多一起睡了整整一年的觉——或者说，整整四十八个周末的觉。一起听了若干次古典音乐。吃了至少二十顿她亲自下厨的美味。她总是那么具有母性光辉，那么会照顾人。那了解他——那么完美，那么好。

谢谢你。她又说。螃蟹真的很好吃。

他想她总是那么客气。在一起这么久，偶尔请她吃一次而已。——不过真的很贵，才一只，竟然要九十八块钱。

此刻他站在她家门口，无论如何转动钥匙都没办法打开房门。也许她加班去了还没有回来？但他同时又听到了房门里有人在轻轻走动的声音。还传出了她喜欢的音乐声。他大力拍门。那边安静了片刻，音乐又响起来了。是巴赫的大提琴无伴奏。应该是纳瓦拉的版本，悠长，绵远，朴实，恬静。完全褪去了急躁和功利的色彩——她曾经多次放给他听过，也当面和他讲解过。过了一会儿，又变成了普朗克的双协奏钢琴曲。这是一首需要两个钢琴师一起演奏的乐曲，合作的难度比演奏技巧更高。他们曾经在很多次睡觉前用蓝牙音箱在耳边细细地放着这曲子，她告诉过他里面最难配合的部分是什么——但他全忘了，最多只记得整体的旋律。当时正是困倦万分的时刻，听得有心无意，听着听着就睡了。这时再次听到，却恍如隔世。他在门口坐下，仔细地听她接下来还要放什么，肖邦，德彪西，门德尔松还是比才的《卡门》。听了很久很久。直到里面音乐终于彻底停止。他站起身来，转身离开，在门把手上留下了最后一朵玫瑰花。

3 寄居蟹

1

那只螃蟹的眼睛很善良。

基本上每只被做成公仔的动物的眼睛都很善良。其实没什么样子真正邪恶的仿真动物：邪恶很容易就导致商品卖不出去，滞销在库。

林雅悄悄地把螃蟹藏在身子后面。最后能不能把它带出去还不知道，她想试试看。女儿是巨蟹座的，她想给她弄一个螃蟹公仔回去。在过去的十五个月里，她已经从这个工厂里悄悄带走了一只浣熊、一只猫头鹰和一只树懒，样本库渐渐齐全起来。而女儿饼干也从三岁变成了四岁零三个月，已经是非常机灵的小姑娘了。她目前没有法定意义上的爸爸，但这没什么。饼干的眼睛比任何公仔的都要善良，并且看上去聪明，林雅试着找一个形容词来形容，比如像小鹿的眼睛，工厂里最好的仿真小鹿的眼睛也不过是用玻璃球制造的，据说是奥地利工艺的一种玻璃，通透性特别高，硬度也够，这样装在小鹿的眼窝里，就会像真正的鹿眼一样熠熠生辉。但是小饼干的眼睛比那个还要美丽。她的眼睛里面有一些真正的星星。

而这只螃蟹的眼睛不过就是凸出来的黑色绒布做的罢了，绣了一点白色的部分假装眼白或星星。但其实螃蟹眼睛很小。林雅家里就在江苏，她知道。她家没怎么吃过大闸蟹，大多都是毛蟹。就算在江苏本地，大闸蟹也是更金贵一点的品种，平常人家等闲不会买的，尤其村里还有专门养殖大闸蟹的人，养肥后立刻就被收蟹的人带走了，收的价格比市价低，但依旧不便宜。想吃蟹最好就是自己捉，河里，湖里，池塘里，到处都可以捉毛蟹，小青蟹，蟛蜞，但家里也不怎么吃，半天才一点点肉，吃这东西也太耗时间了。

是到了华南后，林雅才经常怀念家乡的各种吃食。有时候也不无炫耀的成分。比方说她中午刚看到来了一批螃蟹公仔的样板，就忍不住和一条线上的孙美妮说：我们在老家经常吃蟹的。妮子你吃过吗。

孙美妮是北方人，大庆的。林雅猜她这辈子都没见过一只活螃蟹，没想到她说：吃过啊。

你们那也有蟹？

盘锦离我们那嘎达不远，稻田蟹老出名了。

盘锦在哪？

辽宁。有个红海滩挺好玩的，你没听说过？

林雅就不说话了，继续缝螃蟹眼睛，缝完了用机器把蟹螯、蟹腿和身体之间的线走一遍，反过来再车一遍。她知道饼干爸爸老家也在辽宁，但他从来没和她说过什么稻田蟹、红海滩，大概是他们还不够熟，在一起的时间其实也不够多。

要么就是他也不知道。其实他对于家乡什么都不知道。林雅惘然地想。

饼干爸爸叫军军，如无意外……现在应该还在五隅。那地方据说现在特别出名，东瀛电视台都报道了。最早就是 S 城若干郊区人才市场之一，后来不知怎么的就慢慢集结了一大帮打短工的人。一到晚上，尤其是夏天，市场后的窄巷到处都睡满赤膊，冬天就多一副铺盖，脏兮兮地直接铺在凉席上，像火车站。附近的网吧也每晚人满为患，有些人刷着刷着就往键盘上一倒，死了。军军说那些人只打日结散工，干一天，歇三天，没事就天天泡网吧。但军军更绝。他连日结都懒得，没钱宁可不去网吧，天天躺在铺位上玩手机。

军军大名叫田又军，从小跟妈妈来了 S 城，说起来还算是半个本地人。林雅和他认识在火车上——那次军军说是回东北老家看奶奶。老人家在村子里病得快死了，父母一个在 S 城做家政，一个在浙江当保安，一时都请不到假赶回去，就让军军回去当全权代表。

林雅那次倒是第一次离家远行。才十九岁，啥都不懂。来自S城的军军在她眼中就是洋气的代名词，穿着谈吐都和村里的男孩子全不一样。嘴里还不断蹦出洋气的新词儿，什么沙雕，窝里蹲，女团，饭圈，大神，一个接一个让人应接不暇。又管可乐不叫可乐，叫快乐肥宅水。

她没听明白，傻乎乎地问：肥皂水？

军军哈哈大笑：没错，就是肥皂水，喝了正好洗胃。

可乐多好听，为啥叫肥皂水？

咳，你不懂。

军军又给她展示自己最新的山寨手机。说是S城最大的电脑城买的，功能跟苹果比一点不差，两百六十块钱，像素和苹果6差不多。说她坐在窗口的模样好看，不由分说给她拍了几张，就势要了微信号：否则我怎么把照片发给靓女？

林雅是第一次被人称作靓女，很新鲜。那天她的注意力几乎全在这个S城男孩身上，窗外经过那么多城镇，平原，电线杆，田野里孤零零的树，远路上芥子大小的行人，她全没在意。不知不觉间列车已疾驰过小半个发展中的中国。

军军说他到S城都已经十五年了，五岁那年跟妈妈一起过来的，但一直没住一块儿。他妈总在雇主家里，他从小就被托给五隔附近的老乡，就周末见一面。

林雅不知道五隔在哪，但这地名听上去挺有意思，颇有沿海地区特色。这个男孩也有意思，一见面就说他妈干家政。她怯生生地问：S城好找工作吗？

军军表情沉稳地想了想，说要看到底想干什么了，想去服务业还是工厂，有没亲戚朋友投靠，有人介绍没准能找个待遇好点的工作——如果不想也干日结的话——而且女孩子本来也更好找事做。说完他奇怪地笑了笑，那瞬间超过了实际年龄的二十岁。是过了很久以后林雅才想明白那笑的意思：S城市区里还好，但五隔一带到处都是洗脚城，洗浴中心，发廊，美容院。

当时林雅只茫然道：我是和我妈大吵一架跑出来的，谁也不认识。——除了你，她心说。虽然也只认识了俩小时，但目前已是眼前最能代表S城的熟人了。

谁都不认识就敢跑这么远，还敢和母上顶嘴，有个性。

母上是什么？

母上就是你妈。父上就是你爸。军军发现这样说话有点像骂人，笑了：你从来不上网的？大乡里，哈哈。

林雅傻傻地张着口：大乡里？

就是农村人的意思——对不起开个玩笑。

她有点局促地笑了：本来也是。不过我们那现在也是社会主义新农村了，村里马路修得挺宽的，也盖了好多新房子。我们村里好多人都发财了，尤其是前几年那些养螃蟹的。

养螃蟹？大闸蟹？

就是大闸蟹。我们苏北就出蟹，好多号称阳澄湖大闸蟹的都是从我们那运到苏州去的，在阳澄湖里泡两天，贴个牌，价格就连翻好几倍，他们都叫这种"洗澡蟹"。

你们那儿收购价多钱一斤？

林雅说了个数，军军瞪大了眼：这么便宜！

不便宜了，毛蟹才几块钱。

毛蟹谁吃它！你听我说，搞不好我俩可以合伙做点生意。你们村不是养蟹的人多吗，一多就卖不上价。还不如让我进点儿到S城卖，市里那玩意儿卖得贼贵，也不知有啥吃头，半口肉。

她奇怪地发现他管S城叫市里，不过也兴奋了一下，想想又说：可我不认识那些养蟹的……好多都是外乡人。有兴化的，连云港的，听说还有山东人。

军军说：那你让家里人问联系方式，我来。

那还要打电话回去才知道……我才刚跑出来。

说着她耳根不期然热起来，觉得暴露自己是个问题少女是件丢人的事。但对方看上去完全不以为意，顷刻间就放弃了致富大计：你跑啥？你家里人逼你嫁糟老头？

都什么时代了，哪还有这种事。

那你跑啥？

我不爱读书，想在镇上读完中专就打工，我妈心血来潮非逼我考师范，说减免学费，现在老师待遇又好，考上就轻松了。我不考就骂我没出息。也不想想，我们村这五年来高中生都没一个考上二本的，我一个中专生怎么考？高中文化基础课压根就没学过——加上我也不怎么想当老师。所以一拿到毕业证就跑了。到外面干点啥不好？广阔天地。

林雅笑嘻嘻说了一长串想好的话。但真正的理由她当然没说。和她决裂的其实也不是她妈，而是她爸。她爸以前一心想让她留在村里，嫁个养螃蟹的外乡人最好，早早就逼着她选了学费低的中专，家里有点钱都供她弟读高中了——自从二胎罚了一大笔钱，十几年来家里经济情况就没好转——结果弟弟成绩太差，她爸又懊悔了，不知从哪听来一耳朵，一拍脑门非逼着闺女重新考学，说当老师社会地位高，待遇好，尤其S城那边的老师，正式编制每月至少一两万。可这哪来得及？她中专学的是服装设计，师范得考数理化，她爸不知道功课丢了就是丢了，道走错了就是错了。她妈则是墙头草，在林雅和她爸吵架摔盆子时全程一声不吭，末了蹦一句"女孩子家读那么多书没用，不然早点嫁人也挺好"，气得人吐血。嫁人有什么好？被丈夫欺压了一辈子又有什么意思？四十不到的人，头发都花白了，看上去五十还不止。林雅看她妈窝囊样子，早寒透了心，知道女的在这家的地位还不如根草。哪怕不考师范上班挣钱了，没准儿也还得一直供弟弟复读，上大学，考研究生。与其如此，不如趁早远走高飞，再混出个样儿给他们看。

更不堪的往事也不愿去想了。比如从小就让她吃剩饭，让她给弟弟洗脚，颐指气使地说一切并不必颐指气使的话。就像弟弟才是这个家庭真正需要的传宗接代者，而她只是他出生前失败的试验品。十二岁那年姐弟抢糖，他毫不犹豫地就给了她一巴掌。也就比她小一岁，使尽吃奶力气的一掌呼在脸上，疼得她眼泪立刻就下来了。哭着去找她爸告状，她爸二话不说，又是一巴掌。

就是那两巴掌让林雅记恨到现在。但眼前这个秀气的男孩子一定想不到这么多：重男轻女也就在农村还常见，说出来都像上个世纪的事，也真没比嫁老头强多少。他是独生子女，还在 S 城长大，那个大城市一定像电视里一样又繁华，又现代，高楼林立——连理应最穷的老师月工资都上万，像天方夜谭。她打工也不求那么多，一月几大千就可以了。好久以前就传说那边遍地黄金，这神话在苏北流传二十年了，她依然信。不过村里去浙江、上海的人多，她反倒不乐意，嫌离家太近。要跑就跑远点。

你读过中专？

是啊。服装设计。其实就是高级裁缝。

挺厉害的。对方脸上闪过一道也许过于明显的艳羡阴影，随即露出雪白的牙齿笑了：做衣服当然比读书强。读书是没啥意思，换我也跑。听说现在大学生也就是每天通宵打游戏，打着打着就挂了——这不和我们五隅一个样。

五隅在哪？

你没听过五隅？是个人才市场，就在S城西郊，现在可出名了。

中专生在那能找到工作吗？

没问题。人才市场嘛，各种层次的人才都需要。

你说话可真有意思。

湿湿碎啦。

什么意思？

小意思，哈哈。

……

就这样不停歇聊了一路。一直聊到站了还舍不得分开，在月台互望着恋恋地笑。虽然早就借发照片互加了微信，也反复说了几次回头再约吃饭。

还是军军主动开的口：你不是在S城暂时没地方落脚？要不要我直接带你去五隅？——反正也是个人才市场，正好。

林雅这时候才发现漫长的一路好像一直就在等这么一句话，心底放下一块大石地笑了：好啊。

因此这段关系就是这样看似随随便便地开始的。相遇的第一天，从火车上一直到五隅，一路上她看军军的眼神一直都是星星眼，脑子里空空如也。暗自觉得他长得帅，对她又绅士，比任何镇上的男孩都风趣，穿着谈吐也不俗——后来才知道，那次军军回乡，是特意穿了最好的一身衣服。火车上八小时，坐地铁转公交再坐摩的又是俩小时，十小时内她自认彻彻底底缴了械。只要他不嫌她"大乡里"，她天南海北哪里都敢跟他去。也不是不知道会发生什么——都十九岁的人了，又不傻——但真出了什么事她也会毫不犹豫地说：我是自愿的。

就像那些电视剧里悲惨又漂亮的女主角一样——但她没想到最危险的还并不是所托非人。

2

显然这个叫田又军的 S 城男青年绝非人贩子，更不是什么处心积虑的流氓。

他并没有直接带林雅到小旅馆去，而是真的就带她直奔五隅——晚上门口就成了大通铺的五隅人才市场，旁边的海信大酒店灯火通明，大门口横七竖八睡着的也全都是人，保安走来走去的并不管。她走了半天才发现五隅街上几乎没什么女青年，除了巷口看上去就不大对劲的几位：十厘米跟的松糕鞋，低胸爆乳一步裙，大浓妆，头发染成五颜六色，都管去找她们叫修车。据说里面最出名的叫红姐，红姐好惨，修车修到四十五岁，还在修。还有人说她前后包养了三个小白脸，现在还伺候着一个不到三十岁的。

但林雅当时只是傻傻地问军军：我晚上睡哪里？

军军摸摸头：你有钱去开房吗？景乐新村那边倒是有泊寓，日租很贵，八十块钱一间。

泊寓是什么？名字还蛮好听的。

林雅也没想到自己的第一次就这样交代在八十一晚的城中村"泊寓"里。好一点的大闸蟹旺季收购价要六十块，这还不够两斤大闸蟹的。但其实还是军军送她过去后的表现打动了她，虽然一路都暧昧，但进屋后却并没有像她想象中的猴急——而是尴尬地站在门口，随时准备离开的样子。"泊寓"房间很小，床离门才一米，放下他俩的箱子，基本就没可落脚的地方。

你休息吧，坐一天车也累了。我先走了。军军迟疑地说，脚下并没动：我明天再来看你——

再坐一会儿。我烧点水给你喝。林雅笑着，表现出驾轻就熟的姐姐模样——但在这方圆不到十平方米的房间里找了半天，并没找到电热水壶，渐渐窘迫起来，也只好局促地坐在床边。

再怎么落落大方，并排坐在这种房间的床边和火车上坐下铺的意味显然是完全不同的。随着时间过去，空气里说不清道不明的密度越来越高。军军坐下后一直低着头，偶尔转头，眼神立刻又心虚地收回去，像被她的模样灼伤了似的。

林雅突然前所未有地快乐。她知道自己在这个男孩子眼中是好看的。

而他呢，他在她眼中也堪比二十岁的柳下惠。倘若就这样让他走了，她这天晚上反而会睡不着的。就算是陪她度过在 S 城的第一晚吧。

讲不清是谁先伸出的手。也许就是林雅。她似乎也不清楚自己在做什么，胆子却一下子变得很大，整个人处在一种燥热的迷乱中。他倒很吃惊的样子，整个人急遽一颤，手背却老老实实地覆在她手掌卜，一动不敢动。

你手好瘦。她轻声说。我有个弟弟，比你胖好多。

可我比你大。军军闷闷地说。我 94 年的。

这时候她才发现他眼睫毛垂下来很长。笑着指出这一点，那睫毛更像蝴蝶翅膀一样抖个不停，像被笑声惊动了似的。军军怕冷似的缩了下脖子，手却突然反过来用力抓住了她的手。

你干嘛？

我喜欢你。他几乎是悄声说：我第一眼在火车上看到你，就好喜欢你。你真靓，我在五隅从来没见过比你更靓女的。

这时轮到她不说话了。心跳得越来越快，就像有个小人横冲直撞地在练习跑步，从左心室大步流星走到右心房，又楼上楼下拼命跺脚——气都喘不匀了，心痛得像立刻就要死掉。但那个可恶的军军仍然抓着她的手一动不动，就好像比她死得还快，还无助。两个人这样僵持了好一会儿，楼上真传来了声音。仔细听，是一个女人细细的猫一样地叫。过一会儿，又传来床板被撞得砰砰响的声音，如果再仔细听，间或还有男人粗重的喘息声。一切就像发生在他们面前。

一时间他们谁都不敢看对方。但军军的手心渐渐沁出了汗。又偷看她一眼，无意识地舔舔嘴，像猫巴望着什么吃不到的好东西。她身体猛然间滚烫。

笨蛋。她轻声说。

真抱在一起她才发现军军如此急切，莽撞得像只小兽，又全然不得其法，笨拙得教人怜惜。她反倒比他还更有经验一点，虽然这经验也着实有限——在镇上的中专半真半假地处过一个男朋友，并没进行到最后一步。

但现在人都出来了，一切都不同了。

　　等都结束了，军军筋疲力尽地睡着了，她才发现灯还没关，也没力气去关，浑身汗涔涔地——不全是她自己的汗——平躺着，茫然四顾周遭。不到十平方的小房间，天花板低矮得踮脚伸手就能够到，最多一米二的床靠着墙，床心无可挽救地塌陷了，两个人并排躺上去就止不住一起往中间滑，两个沉重的肉身黏答答地靠在一起。现在都十月底了，华南的秋天真热。墙上还有疑似蚊子的尸体，一摊摊褐红色的血迹像凶杀案现场。床单没洗褪色前大概是粉红，上面是喜羊羊与灰太狼的图案，现在大概也沾了血——她的——竟然也懒得起身查看。也许看一眼这一晚上的梦就全醒了。就算是农村姑娘，就算是"大乡里"，她想象过的第一次也应该是和这完全不同的。但她此刻十分乐意就这么懒洋洋地躺着，整个人把身体抛到了全新的惊涛骇浪里，同时体会到一种奇怪的自由感，而毫无想哭的意思。那一瞬间她甚至觉得那些影视剧里坐在床边痛哭的女人太矫情了些。无论如何，这一切是她自己决定的，没人强迫她。没人骗她。而且她想她真的爱这个瘦弱得像鸡仔一样的男孩子。这是她在新世界里遇到的第一个男性，一个和以往生活毫无关系的崭新人物，暴风骤雨般带给她隐秘痛楚的成人礼，一次毫无仪式感的廉价洞房。但这一切也许都是必须经历的。

她大睁着两眼躺在白惨惨的日光灯下，以为自己会彻夜失眠，结果不料旅途劳顿加上倦意，不知何时就昏睡过去，没做任何梦。再醒来她发现他正一动不动地裸身平躺在她旁边，脸转向她，眼神充满无辜，仿佛比她更惊奇自己为什么会在这里。她刚睁开眼又害羞地闭上，满心以为会得到一个吻。

但并没有。良久，他只是搂住了她，又把头深深地埋在她胸口呼吸着，像小孩子。那么用力，同时又有一种奇异的小心翼翼，仿佛生怕弄疼了她，又像突然得到了一件旷世珍宝，大气也不敢出。

你是真的吗。他用一种不能置信的气声问。你是谁？怎么会和我睡在一起？我不是在做梦？

傻瓜。你什么时候醒来的？

醒来好久了。一直在看你，看不够。

林雅情不自禁地笑了。她想她一辈子还没有听过比这更动听的话，就为了这句话，一切都值了。窗帘拉着，灯还没有关，依然是昨晚睡前那种惨淡破败的光景。但她笑着跑下床去，光脚站在地上关了灯，一种奇异的暗处发出的光却瞬间涌满了整个房间。就好像刚才军军说的话打开了什么开关。暗处他男童一样的身体也在发光。

她重新赤身躺回到他身边。他继续像小孩一样偎依着她。

她说：这房间原来有空调的。我刚发现。

他说：噢。我不热。怕你着凉。

他整个身体的确一直在轻轻地发着抖。不知道为什么。

头一晚她并没有哭。但他这过分孩子气的话却把她弄哭了。她悄悄擦掉眼泪，也侧身回抱他，只觉得手手脚脚都像多余的枝杈，只能笨拙地反复摸索更合适拥抱的姿态。两个人的汗慢慢在床心的凹陷处汇成一个小水洼。但谁也舍不得先分开，起身去开空调。

他们昨晚两个人都没有冲凉。

3

不到半个月，林雅身上带的现金就花了一多半。其实头四天都住在泊寓里——连住四天还是她坚持的，说好歹多住几晚——正因如此，这四天就像泡在蜜罐里，两个人腻在一处几乎下不了床，像冒险家骤然发现新大陆，一天到晚没完没了地向对方探索，也不断挑战自己身体的极限，除非饿得实在不行。是第五天眼看着坐吃山空，才终于咬牙换到了男女合住的集体宿舍，也在附近的城中村里，这样就只能和军军分开了，男一间，女一间，一间房六个上下铺，十五平方可以住十二个人，每晚十五块钱。

到了五隅林雅才知道，军军买完回来的车票身上只剩不到两百块钱。她跑出来前好歹还带了两千，想着出来就找活干，混过第一个月就成，总不至于饿死。

他这几天基本跟她混吃混喝蹭住，交钱时都悄悄后撤一步，让她上前——她糊里糊涂地也就都给了，怀着一种母性的柔情，想象不出他认识她以前是怎么活着的。

我一般都干日结。军军说。去年去福士康干过几个月，流水线真的好苦。有一次机器出故障，差点把腰砸断了，吓死了，后来就不去了。不过现在日结也越来越不好找了，最近身体又不太好——

林雅说：那你就再休息一段时间。没事的。

放心，我随时都能去开工。

她就假装发火：谁让你开工啦？我还有钱。

他们日常总是吃宿舍楼下的炒米粉，军军爱吃这种"挂逼粉"。四块钱的只有豆芽，六块钱的加鸡蛋。辣椒酱免费，盖子上全是油，有一次掉在露天的地上，老板顺手捡起继续盖在辣椒酱上。

林雅总不能习惯这些细节。但军军视若无睹。

他整个人细长精瘦，穿西装空空荡荡，大概因为缺少营养的缘故。问他，他就嬉皮笑脸地企图让这个话题没那么沉重：那今天炒粉加个蛋。

天天吃粉，全是地沟油。吃多了脑子都坏了。

她被自己的大人语气吓了一跳。但军军笑嘻嘻地只假装没听见。

没几天她发现军军也没正经读过什么书，只勉强读到初中，因为S城郊区的农民工子弟学校最多只管九年制义务教育，老师还大多数是凑合请的民办教师，以及少数有一搭没一搭的城市志愿者，教学质量和工资水平一样低下。他一直也没混上S城户口。老家只剩奶奶和一间破屋，死也不让军军父母把他送回去，说"村里冬天太冷，雪厚，烧不起俩人的炕"。这边倒是四季如夏。他父母也不太担心他——只逢年过节打个电话，确定一下都还活着，至于怎么活、活成怎样就管不了了，彼此能力都有限。他爸一直在浙江，他妈一年到头都住雇主家里，十八岁起就任由军军在五隅自生自灭。雇主家在城里，五隅在西郊，单程三十多公里，坐地铁倒公交得两小时以上，几个月才能见上一面，见面也都只报喜不报忧，偶尔想起来才塞给他一点钱——要没这点钱他可能早完了。林雅想。军军有一次也和林雅说他其实恨他妈：不管我干嘛生我？又把我带来这么个鬼地方。要哪天真挂逼了，做鬼也不放过她。

集体宿舍总有没人的时候，他就踅摸到女工屋这边找她。网吧也不常去了——当然主要还是没钱。她成了他生活中最大的、甚至唯一的主题，总是一见面就猴上身，大半天大半天地压在她身上，还和那四天一样紧紧搂着她，说些孩子气的傻话。但同样的状态在泊寓是柔情蜜意，换在公共场合就完全不同，至少林雅在下面还得随时眼盯着门。虽然有床帘，但也不顶什么事，偶尔有舍友进出，看到里面在动只假装没看到。但到晚上，即便彼此都不怎么认识，只要有人交头接耳，林雅就神经过敏，怀疑她们都在背后笑话自己就知道天天陪男朋友做那事，又不开房。原本甜蜜的隐私迅速变成一块触目惊心的疮疤，碰不得，除了暴露他俩的穷之外，尤其显得贱。她后来就渐渐不肯让军军过来了。

　　不然去开个钟点房，我昨天去问过了，才五十块钱。终于有一次她竭尽全力推开军军，说。

　　五十块钱！再加三十可以过夜了。你好有钱。

　　那怎么办？

　　管他的，她们现在又没回来。

　　随时可能进来的，又不可能把大门锁上。昨天丽娟就撞上了。

　　撞上就撞上，又不能把我们抓起来。她没男朋友，嫉妒啊？

　　根本不是这么回事。眼看军军又要猴上身，她一急，套上衣服彻底下了床。

不要。

军军就像要不到糖吃的小孩，一下子颓了。他一直管林雅叫"你"，没任何别的昵称。他在五隅也几乎没有朋友，男的女的都没有。此刻他坐在床边眼巴巴地看着她，像只受伤的小狗。

林雅说：不然还是去找活干吧。两个人都找，钱稍微多点，一起租个房子。小点也可以，现在这样，让我觉得自己像……牲口。

军军不出声地点头。低头看了一会儿手机，又无聊地放下。挨她坐了老半天，房子里静悄悄没再来人。渐渐心思又活络起来，手悄悄伸到她 T 恤里。

少来。她隔着衣服打他一记，力道并不重。其实她也犹犹豫豫的，觉得恐怕伤他自尊心了，尤其牲口那句。

军军就像小孩子一样立刻觉了，瞬间高兴起来，搂过她脖子开始痴蹭她的脸，又闭眼找她的嘴，舌头也悄悄滑进去。她很快也喘气不稳，他就势把她推倒在床上。一推她倒又反应过来了，却无论怎样都推不开。床沿硬硬地抵着她的背，他力气变得空前之大，整个人都要冲进她身体里，带着兽类的决心和本能。

林雅则在他身下喘不过气来。不是因为重量——就是整个的窒息。她租的长期铺位在下铺，本来顶就低，宽不到一米的床位，放上行李坐起身都困难，再加上一个一米七三的大男人，再瘦也有骨头的斤两。而且根本不知道这瘦身体里有多少耗之不竭的气力，打不死也用不尽的热情。两个人的四肢渐渐融到了一处，他的汗滴到了她眼睛里，蜇得生疼。

门响了一下。林雅一惊，身子一阵冰凉，不知从哪生出一股子蛮力，差点把他掀翻。自己坐起来喘粗气。

军军吃一吓，头撞到上下铺的铁梯子上，整个人紧抓住床沿才没掉下去：干么这么凶？这梯子角好尖，撞正了不死也得瞎只眼。

有人进来了。

哪？

刚有人开了门，伸进来看了一眼，又走了。

操他妈。谁这么无聊。

你才无聊。

他裤子穿起来了，下面还兀自兴奋着，像村里那些交尾到一半却被人用棍子打开的公狗。上半身却可怜兮兮坐在床沿，东一下西一下用手指抹脸上密密的汗。林雅心底瞬间涌上怜悯和恶心交织的情感，同时既可怜又憎恶自己：身上到处是你的汗。我去外面冲个凉。

你要去澡堂？我陪你去。军军说。你不知道五隅有多少流氓，你这样的出去洗个澡，小心有人在暗处强奸你。

轮奸都说不定。想了想他又补充了一句。

才下午三点半。一整个白天燠热漫长，外面不知道哪里的树上还有鸟在叫——她倒不知道五隅还有树，还有鸟。不知怎的又绝了望：算了算了，就坐这里说会话，等会洗完回来又搞一身汗，等晚上再去。你莫再缠我。

他垂着头。像没听见。

军军在火车上的神气劲一到五隅就全没了，一天更比一天彻底地打回原形来：除了第一次见面那身西装，他根本就没有任何一件像样的衣服。好几天不是套着同一件油脂麻花看不出本色的格子衬衫，就是一件图案掉得差不多的旧 T 恤。一条脱下就可以自己站起来的邦邦硬的牛仔裤。集体宿舍没洗衣机，要洗衣服只能自己去集体卫生间手搓，林雅问了他几次有没有现成的盆子，他先说买过，不知道扔哪了，又说随便和人借一个用就是，总之不必买。

这种东西怎么能用别人的。

她暴躁起来，自己下去买了一大一小两个塑料盆，大的蓝盆子管外套裤子，小一点的粉盆洗内衣裤——加起来才二十块钱。又买了块雕牌肥皂。当天就把军军那件格子衬衣搓了，洗出来几盆黑水上浮着的全是白花花的人油，汗腻子。因水电费是公摊，进出厕所的人都死瞅她。她只权当没看见。

买盆时军军还寸步不离地跟着。那天下午就只能光着膀子躺在男工宿舍床上玩手机，到傍晚衬衣才阴到半干，他就迫不及待套在身上要出门，声称马上要闷出病来了。

她知道他直奔网吧，今晚大概不回来了，下午就没交今晚过夜的钱——他行李全存她这边。住一晚宿舍上下铺得十五块，网吧通宵才十块，他觉得划算。

第一个礼拜林雅就全明白了五隅到底是个怎样的地方——就是全国各地来S城打工的人的集散地。还有所谓的"五隅大神""挂逼"——都是五隅特有的词，算是"屌丝"升级版。军军让她加入百度的五隅吧看看有没有什么机会，她上去研究了半天，别的没学会，只学会一堆网络热词。"挂逼"只可意会不可言传，大概意思是说一个人穷得马上要死了，随时要挂在墙上，同时还需要丧和颓到一定境界，还可以无限延展开来，和任何东西组词。比方说没挂之前，可以吃吃挂逼面、挂逼粉——前者有青菜肉末，要五块钱；后者就是军军爱吃的那种鸡蛋炒粉，比汤面油大。还有挂逼水：水是生命之源，人人都离不了。著名的庆岚大水，两升才一块八，是五隅所有瓶装水里性价比最高的。

贴吧基本上没什么工作信息，要找工作还是得去五隅人才市场看每天都更换的张贴。

市场白天永远车水马龙，热闹喧哗得像过年的集市。尤其到了中下午，更是各处高音喇叭喊个不停。打个不恰当的比方，招工者有点像影视剧里闹事的街头领袖，同样地振臂一呼应者云集，同样地富有煽动性，只除了下面围着的黑压压的人沉默如鸡，并不同样以口号相回应。市场一楼被分隔成无数间门面房，里外川流不息，到处都是拉着行李箱来找活路的年轻人，基本都是男的。军军每天都陪她去，有他讲解，她才明白人才市场那一间间门面分属于不同的老板，虽然每间房子里张贴的广告都大同小异——说白了，就是卖人的人不同。有些大点的房间布置成银行办事大厅的样子，属于势力比较大的公司，里面每个举着高音喇叭的招工者面前都围满拖着拉杆箱的男青年。

墙上 LED 屏滚动播放，除掉那些触目惊心的招工广告，有一条格外引起了林雅的注意：

1、现场人多拥挤，请照看好自己的行李。

2、兆辉不提供行李寄储服务，请随身携带或找专门的寄储店储存。

3、自行放置于求职大厅的行李物品与兆辉无关，兆辉不承担任何责任。

4、如大厅行李放置超过三十六小时的，将视为遗弃物品进行清理。

三十六个小时都不管自己的行李，那行李的主人到底去了哪里？未及细想，她的注意力立刻又被那些高音喇叭吸引过去了，虽然喊的内容和滚屏大同小异，但毕竟是人喊出来的，更多了几分可信度：

"沙井捷运电机厂，发普通工衣，入职就奖励两千元，听清楚了，入职就奖励两千元，空调车间，空调车间，要求十八岁到四十岁，无文身，无不良记录，男生不能染发，身体必须健康，厂区严禁吸烟。正式工加入职奖励，月收入可达五千块，再说一遍，月收入可达五千块，包吃包住，餐补七元一天，入职购买社保，还有夜班津贴！每月十九号发薪！"

"维基电子厂，二十七号出粮，不包中饭，不要求体检，文身没有关系。少数民族从优考虑，今天中午一点半集合，集满一车，有意的带着身份证过来排队。一点半集满一车就走！"

"底薪加班加提成，干满三个月再翻番，感兴趣的就拿身份证过来登记！听清楚了没有，二十六号发工资，加班提成加底薪，干满三月有奖励，女工多得数不清！强调一下，全是不到二十岁的细妹子！"

最后一位手举扩音器、看上去长得像经理模样的胖子面前原本才稀稀拉拉围了二三十个男青年，人数远没有前几个高音喇叭面前多，但这时他前面的和路过的人轰然一下全笑了，笑声经久不息。立刻就有人拖着箱子从别的高音喇叭前面走过去，原来这些高音喇叭之间还有竞争。

林雅站在一旁，很快耳朵里嗡嗡的就什么都听不清了，只能努力看 LED 屏上的字，一行一行闪动得飞快，全是黑体字，背景或荧光黄或荧光蓝，格外有一种炫人耳目的刺激性。她看久了也头晕眼花，转而开始注意地上那些被拉着的拉杆箱。

大部分拉杆箱看上去都簇新，箱子的主人眉眼也更怯生生一点，通常紧抿着嘴，手死攥住拉杆不放，军军在一旁讲解说这些都是菜鸟，初来乍到，还没找到地方过夜，随时都可以上车，最好骗的就是他们。也有一些箱子一看就饱经沧桑，暗示出箱子主人是各个人才市场的常客。这种老油条就厉害一点，会动不动抬出劳动仲裁法，出事了知道找工会，甚至还有几个维权律师的电话。但这类老鸟有些地方还专门不要，怕太难搞。

林雅想自己的箱子就是银灰色新硬箱，当时买的时候故意挑了个商务款，没想到反而暴露了没经验；军军的箱子就是普通的黑色软布箱，也看不出来脏，显得低调。他望着她，仿佛知道她在想什么，笑了笑：像不像菜市场？厂子挑人，也被挑。你先看两天，我们有地方住，又是两个人，不急。

四处都摆满塑料椅子，方便找工的人随时坐下歇脚。但其实很少人真的坐，大部分人都紧紧拉着自己的箱子，伸长脖子四处看各种张贴。

起初几天林雅天天都去。最常去的当然也是最大的兆辉大厅，最多的是电子厂和快递公司，也有服装厂，条件大同小异，但让她不舒服的是经常用手写字体注明"妹子多，大量岗位招女工"。这样的厂军军倒是愿意去，说女工多的厂活稍微轻省点，但她不喜欢，感觉僧少粥多，怕一去三个月车间莺莺燕燕，军军的心思乱了。而那种一看男工就多的厂军军也不想去，说"狼多肉少"。

两个人商量来商量去，反倒比一个人难决定得多。有些地方注明男女工都要，人数一样多的，偏偏工资又少，发薪又晚，要求还多，比如说不准有文身——军军身上有个文得很失败的鹰，据说还是十五岁的时候不懂事别人带他去弄的。结果一多半的厂子都不要有文身的。

一个吉达电子厂的张贴在一大堆花花绿绿的广告里吸引了她的注意力，因为尺寸格外大，还用铜版纸印刷，最上面并排三张彩打车间示意图，感觉比较正规，一排看过去流水线有几十上百人的样子。下面用黄色加粗色强调了"空调车间，空调宿舍，普通工衣"，更粗的黑字写着"包吃包住，不用体检"，下面是几行小一点的字：

男女不限，男的优先，能干夜班优先。十六到四十七岁，身份证为准。可以有少量文身。全天不能吸烟。

每月工时二百八十小时左右。休息时间保证超过二百小时。

住宿：提供住宿，先消费后扣。（入职满七天，可申请一百元饭卡，工龄补助干满一年涨一百。）

主要产品：马达

集合时间：十二点半

她站在那里算了半天的钱，但军军把她拦住了："不要去。这种男工多的厂最野了。"

他俩并肩站在人群里，自觉像人群里的异数，因为成双成对的求职者少得可怜，偶尔有人经过，也会投来不无羡慕的目光。军军也觉得了，手上加了点力气，笑盈盈地看着她，就好像她也是他的胜利品。

脸上写满焦灼的男散工中，偶尔也穿插着少数穿着制服的年轻女孩，不拖箱子，只拿着几张轻飘飘的纸走来走去——远比红姐她们的打扮要入时得多——但也都化了妆，有些漂亮得让林雅自惭形秽，更怀疑军军之前的情话骗她：说在五隅那么多年，从来没见过她这么靓的。胡说，眼前就有一把。问军军"那个好不好看""这个呢"，军军的眼神倒真的无动于衷：不喜欢这种天天化妆的，皮肤肯定没你好。

她便悄悄放下一半心，又和他手拉手地看招贴。

这些女孩也负责招工，就在人才市场里各个不同的公司上班。有时也会站在张贴旁亲自讲解工厂要求和福利待遇，比如有一家电子厂看上去待遇就特别好，别的地方一小时十七到十九块，他们那里二十二块一小时，仔细一看，才发现还是十九块底薪，三个月稳岗后再加三块。林雅问海报前穿红白制服的女孩：稳岗是什么意思？

那女孩看上去不过十七八岁，丹凤眼，一张下巴尖尖的狐狸脸，发现面前是同性，甜笑立马收起了一半：大姐稳岗你都不知道？就是稳定岗位。要在这家厂干够三个月才好拿补贴，事先说清楚。

——这些人的口头禅都是"事先说清楚"。类似"丑话说在前头"，吃过无数"没说清楚"的亏似的。

那厂子在哪？

这可得先说清楚，厂子在武汉北郊，一会儿大巴车过来，愿意去的就先把身份证交给我，一点钟正式发车。

这里还招外地工？

当然了。这次女孩看她的眼神除了没收尽的媚态，还隐隐多了一层看"大乡里"的笑意：大姐你昨天才来的吧？我们五隔全世界哪的人都有——连东南亚非洲哈萨克斯坦的人都有，什么地方的工都招，是全国性大型人才市场。

武汉就算了。林雅还没说话，旁边的军军立刻说：S城多好，谁要去武汉？

又回头硬气地对林雅说：回头我还要带你去中华民族园，去世界之窗，去华强北女人世界。深南大道你还没去过吧，两边都是榕树和鸡蛋花，像公园！

她默默地跟他走开了。

到处都是张贴，黄的红的蓝的印刷体，黑色加粗字号，大多要求年满十八岁，但具体细则都不太一样。比如有一家南山爱普生打印机厂的，就格外要求会二十六个英文字母。还要无刀疤，无传染性疾病。员工底薪两千到三千，加各种补贴三百到八百。每月十二号发工资。打卡三天奖励九百元每人。小字部分也许更值得注意：小部分岗位要穿防尘服。防辐射服。

她约莫知道辐射是怎么回事，但想象不出防尘服是干嘛的。

还有些用更富有煽动性的话写着"入职不用体检！长白班！

坐班！包吃包住！有夜宵！"下面一行小字"水电费平摊，人走账清"。很多术语要想一下才能明白。"长白班"就是"长时间白班不需要加夜班"的意思？

林雅每天读招工广告读上了瘾，极大开拓了想象力和眼界，但新问题还是天天有。这天她问军军什么叫"身份证没磁性可接受"。前一晚他在网吧连赢几把，搞了不少装备，心情不错，就从头多和她解释了几句。

现在哪黑心厂都多，尤其夜班多加班时间长的，一天十五六小时，上厕所都得两个人互相盯着，这还不神经？——福士康就是这样逼得好多人连环跳的。不过也有人说那里是被人下了降头。反正我是不敢再去了。上次差点死在那里。

也有人没发神经的。

就算不神经，谁肯年纪轻轻就落一身病？现在都是九零后，信息渠道也多了——所以各个厂都闹找工荒。条件也放宽不少。要搁以前，没身份证你做梦。

大家都找日结？

反正五隅日结的人特别多，今朝有酒今朝醉。

那我们也去。

又讲外行话。几点了，以为还等着你？一大早就没了。又不是双十一双十二，快递公司每天要几百上千个人。我去干过顺丰，也就比别的日结高几十块，累死人。一点程序都不能错，错了就扣钱。妈的我就搞过那么一次，再不去了。

没磁的问题你还没答我。林雅说：扯这么老远。

条件放宽了还不懂？身份证没磁了就是注销过的，你不知道好多人卖身份证？真的假的也卖，价都差不多。

买身份证有什么用？

用处多了，皮包公司买去当法人，有些欠过债有案底的坐不了高铁飞机，也买。反正有挂逼饿疯了，只要能换口吃的，什么都敢卖，一张身份证才七十块钱，吃住两天就没了，以后干什么都不方便。军军盖棺定论：蠢得哭。我才没这么要钱不要命。

七十块，还不如一斤大闸蟹。林雅说：但消磁了不是也坐不了车？

消磁肯定也有消磁的用场。反正好多地方就是看一眼，又不拿机器验。你回老家拿户口本办挂失，补办后自己用新的，旧的转手就可以卖——反正只要是真身份证，都卖七十一张。不过也有风险，像张小黑，明知人家拿他当法人连开三家皮包公司，还憨居居吹名下好多产业。结果有天派出所过来抓人，才晓得这些公司都欠上千万，拉他一个挂逼当垫背。人家公安说了，买卖身份证本来就犯法。五隔到处都拉横幅，你见过吧？

林雅下意识摸了一下自己的钱包，硬硬的还在那。不放心，专门又打开看了一下，身份证也还在。

你怕我卖你证啊？放一百个心，只要你不走。

乱说。我能走哪去？

就是这么一说，怕你嫌我吃软饭。军军低头避免看她眼睛：再歇两天。歇两天我就去干日结。火起来找个厂子待三个月也不是不行，我就怕你一个人在外面没人陪，太寂寞。

她张了张嘴想说什么，又没说出口。

是遇到你我才知道做人有意思——以前几十年都白活了。老想和你守一起，想到要去工厂坐十几个小时班见不到你人，就心慌得不行。怕我下了工你已经被人家拐跑了。又怕你在线上出什么事。你没去过那些厂，不知道有多苦，多累，多枯燥，多让人发疯。我以前也没觉得有钱有什么好，现在好希望我是王思聪。

林雅低下头，不说话，喉咙也哽住了。大厅里人声鼎沸，没人注意这一对小情侣，没人理会男的在说什么，女的又为什么哭。有三四个搬纸箱的人像坦克一样轰隆隆地过来了，伸手不耐烦地推开他们：好狗不挡道！

军军忙伸手护住林雅：你们干嘛！谁是狗？

她赶紧扯他袖子：别生气，是我们挡了路。

那几个人立住，最前面的个子最大，索性把纸箱放下了：龟儿嫌命长嗦？

军军嘴上从不肯输人：大神赶着去修车还是团饭？

你妈卖批才是大神。你们全家都是大神。妈的老子先不去集合了，先揍死这龟儿。

是四川口音，搞不好是重庆的棒棒，专门做搬家公司的，现在S城的搬家公司据说全是重庆人。几个人都一起捋袖子，手臂上鼓鼓囊囊的全是腱子肉，林雅刚才只是眼酸，现在真吓哭了：大哥，他不是故意的，就是嘴欠。

妹儿长得倒是蛮乖——我日你先人板板，一个吃女人饭的还嘟么凶。

你说谁吃女人饭？军军喉咙也粗起来：你哪只眼睛看见我吃女人饭了？

你不吃女人饭，怎么大白天的不做事？我在五隅见你这种宝器龟儿还少了？大个子微微一笑，倒是放下了拳头。

军军却像头红了眼的豹子一般扑上去。立刻就被小鸡一样拎起丢在地上：你爬！

几个人大笑着扬长而去。军军坐在地上半天挣不起来。嘴唇也自己咬破了，出了血。

就在兆辉大厅这个小小的角落里，其他人甚至都没有注意到这边一场小小的闹剧。只有林雅哭成了泪人：你有没有事？痛不痛？

那天晚上林雅提议说下个馆子吃点猪肝补一下，军军躺在男工宿舍床上背转身子不看她：不去。

我明天就去找个厂子上工，我们马上就有钱了。

你干嘛，要去我去。我找个日结，你在这里等我下班回来吃饭。

不要。你受伤了。

这种小伤算什么。上次从福士康出来，我半个月都起不了床。

总之不要你去。我先去试试看。

你懂什么！根本就没有女的做的日结！

怎么没有。好多地方都要小时工，家政。

你做了家政就回不来了，像我妈。军军过了好久，才闷声说：我宁可你去洗脚城，白天还能去看看你。

神经病。林雅说。

去洗脚城可能还比美发店好点。

我去服装厂，去玩具厂，好多厂都可以。干满三个月就有稳岗补贴。你也找个男工多的电子厂子待着，我们周末见。

你去了就知道多惨。还想有周末？人都见不到了。我和你说，尤其不要去牛仔裤厂，去了就知道。

这也不准去，那也不准去，我就只配洗脚？

洗脚也累，但至少没毒。而且就在五隅。

你去死。我才不要给别的臭男人洗脚。

那你想给别的臭男人洗哪里？

军军急了，猛地翻过身。林雅也瞪着他，过半天才想明白他大概还在介意那几个棒棒夸她"妹儿倒是蛮乖"，并由此立刻判断他是"吃女人饭的"。他受不得这个气。

要是可以去抢银行就好了。军军突然说。要是有好多好多钱，就可以带你去香港，去澳门，去美国，去日本，去意大利。我们每晚都住五星级酒店，每天睡到自然醒。在海滩上拉着手散步，看夕阳，看海龟生蛋，螃蟹在沙子洞里爬。你说美不美。

林雅听不得他说这些傻话。她的眼泪又下来了。

你别老哭，脸都哭花了。他轻轻地摸她的脸：等有钱了，就可以给你买最好的化妆品。你比她们哪个都好看。

你不要一天到晚做白日梦。兆辉每个招贴下面都写，任何人的成功都是经过千辛万苦、勤奋努力得来的，千万不要偏信不劳而获或者一夜暴富的鬼话，以免误入歧途！

你真的觉得我们都去厂子就能成功了？他望着她，凄凉地笑了。

不去就只能当挂逼，饿死。

饿死就饿死。和你一起死也蛮好的，至少不分开。

发神经，要死你一个人死。

军军说：我错了。我就错在太喜欢你了。我从来没这么喜欢过一个人，喜欢得让我觉得自己一点用都没有。

我发现你真的神经病。

我错了。我真的错了。——我活着根本就是个错误。我妈就不该把我这种废物生下来。

林雅泪痕未干，气也没消，木着脸僵着手，决心让这些没完没了的"喜欢你""我错了"都变成水蒸气在空气里消散掉。最好连这个废物也一并消失。但"废物"紧紧地抱着她，任由她的眼泪流他一脸，还伸出舌头尝了一下：甜的。你的眼泪是甜的。你整个人都是甜的。

好话说多了终究还是有用。脸上的冰霜在此地十月的秋老虎天气存不住，过一会儿全化了。

但军军再不争气，仍然有让人格外眷恋的一面。比方说睡着的时候。她几次下午过来找他，他还没睡醒，整个人在午后阳光里睡得迷迷瞪瞪的，像小孩。她凝视着他的脸，虽然瘦得颧骨凸出，也还是白白净净，青春痘都没冒几颗。男童一样细长的身躯，睡着了以后尤其纤弱，手臂长长地垂在床边，像没生命的什么雕塑，但分外俊美。如果不是投胎在家政和泥瓦工之家，大概多少也是个"靓仔"吧？反正在林雅眼里，也没比那些鲜肉差什么。最多就是人靠衣装，他没靠上。

带着一点迷蒙的心情，她努力回想自己第一次在火车上看到他的情形。又突然恐惧地发现，那种怦然心动的感觉已成过去，再想不起来了。

倒是他现在越来越黏她。有时候她想自己下去走走也不让，总跟着，把整个五隅形容成一个遍地流氓的贫民窟。穷倒是真的，但在林雅看来，真的穷凶极恶之徒并不多——街面上走动的人，大多数挂着一种懒洋洋的、做梦一样的神气。这神气军军脸上也常有，就好像活在另一个不那么真实的世界里。他有时心血来潮，和她说，不如去市区转转吧，请她去看最新的电影。她每次都说好。结果他仪式感还特别强，出去之前非得冲个凉。等花钱去澡堂冲了凉，又嫌衣服太脏太破。但总共换洗衣服就那么两件，除非林雅天天洗才换得过来。她回了两句嘴，他就发起脾气来，说不去了，坐在床边生闷气，怎么推都不理。几乎次次都是这样。林雅有一次也火了，抄起包说自己去。

他伸一只手把她挡住。看她不动，就又伸一只，慢慢做出用手臂把她整个拥在怀里的式样。好在同屋的男人进进出出，看他们秀恩爱已经看惯了。大家都装作没看到，拒不接受投放免费狗粮。

你干嘛。

算了，别去了。

你自己先说要去看电影的。

现在快八点了。出去了等看完，没地铁了。还要打车回来。

下午就说要去，你非不起来。等五六点起来了，你又要冲凉。冲完凉又嫌衣服脏。搞什么，干脆以后别出门了。

就是不去了。

那我自己去。

你自己也不要去。求求你。

你是有病吧?

军军不响。过一会儿开始掰着指头和她算细账：现在随便一张什么电影票都要三四十块钱，两张就是七八十。加上地铁来回十几块，再随便吃点喝点，大一百块轻轻松松就出去了。要是回来晚了，还要打车，更加一百五都打不住。有这钱还不如买件新衣服，班尼路，以纯，贵人鸟，几十块钱就能买件新 T 恤。一百五都能买全身了。他说：不然你买条新裙子? 你其实也没什么穿的。

那你下午发什么神经，突然说要看电影?

我就是随便说说，谁知道给你个棒槌就当针。

林雅气得说不出话来，坐在床沿不理他。过一会儿军军同屋叫老董的回来了，看上去四五十岁，是这屋里年纪最大的一个。不知道日常靠什么过活，看身架子约莫是北方人，不是山东就是东北。那么大个子，脸上却总挂着讨好的笑意。

哎哟，小俩口吵架了？

两个人都齐刷刷望过去。林雅还板着脸，军军先端出了笑：没事，小雅闹着要现在去看电影。

我有个爱奇艺账户还没过期，你们要不要？好多新片子上面都有，手机就可以看。

要看你看，反正我不看。林雅小声说。我走了。

军军说：那我们明天白天看。谢谢董哥！

八点来钟男工宿舍这边的人也都陆续回来了。她回女工宿舍的路上要经过好长一条走廊，眼望着窗外的夜色潮湿艳丽，而走廊两边的墙壁墙皮都掉了，破破烂烂。到晚上五隅就变成另一个五隅，白天的破败残旧全被霓虹灯遮起来。

她突然想下去走走。刚到楼梯口，就有个黑影闪出来，低声说：靓女。

她被这声音吓得魂飞魄散，手护住胸口半天不敢动。仔细一看，竟然是老董。

靓女你要去哪？

自己去楼下公园散散心。

我陪你。都这么晚了。

不用了，军军会陪我。

我陪你也是一样。不然请你到市里去看电影，回来再吃宵夜？

不要。她声音尖起来。

你那个军军那么瘦。我身体比他好，也有钱。

黑暗里老董走近一步，她恐惧地汗毛倒竖。

我有天下午见你们做过的，才几分钟，小伙子身体不行。我来教教你。

你走开！

楼梯口正好上来了一个人，也是个男的，抱着洗衣服的盆子望过来。老董也吃了一吓。林雅趁机飞快地跑回女工宿舍那边。跑回去倒在床上，才发现自己背心全被冷汗打湿了。刚才那么黑，要是真用强，她怎么跑得掉？在那条长长的没人的走廊里被搞死都没人知道。

这件事要不要告诉军军，她想了一夜也拿不定主意。告诉他肯定会去打架。他又的确打不过老董。

4

她第二天什么都没说。只晚上再也不过去男工宿舍那边，就算去，也每次都要军军送她回女工宿舍。

军军还是没上成工。日结的活都是每天清晨放，招满就走，理论上让人从早八点干到晚六点，干满一天。所以差不多每天早上六七点就有人在那里虎视眈眈地守着了，好些人直接睡在市场门口。他因为睡宿舍，每天洗漱要排队，等七点过再去，人家招日结的早招满了。也试过一次六点就守在门口，结果招工的一来，轻轻松松就被人挤开了。林雅不信，第二天跟去看，发现当真竟争惨烈。军军也就在她跟前逞逞强，在这群如狼似虎的人面前就成了菜鸡，一推就倒。

每天都是这些人上工，别人都不找活路了？

军军忙捂住她嘴：算了。他们也不是故意的。

她气就气在这时候他倒又脾气好了：那今天怎么办？又是一天白费？

再去那边看看有没有好一点的厂，最好还是两个人可以一起的。

以前不是没有，你不嫌工资低，男工多，就是嫌工种不好，危险。

反正来来去去都是在市场一日游。林雅后来又见过那几个重庆棒棒几次，才猛地醒悟过来：他们以前肯定见过他的，所以认识他，知道他游手好闲不干活。以前是他妈给他钱，现在是她。他们说得没错，他就是吃女人饭的。

也还是因没逼到绝路上。她算明白了，只要手头还有钱，军军就不会真去找工。

再不上工真的只能挂逼了。一天晚上她正式宣布道：这是最后两百块钱。

你意思是我们明天先去市区耍？我查下最近有什么电影——哎呀这个月流量快用完了。你给我开个热点。

看个鬼电影。你明天到底去不去找事？我真的不想管你了。

凶什么凶嘛。一说到这个军军声音就小起来，生怕被宿舍其他人听到：你不是说你带了两千出来，怎么这么快就没了？

两千块钱经得起怎么花？再省，两个人每天四五十总也要的。我都过来一个月了，还没找到事。

那你明天自己先去看看？

一股不知名的怒火腾然而起。之前说过的话全都不算数了。那些眼泪和柔情，海誓山盟和许诺，比蜜糖还要甜的情话。此刻林雅想起来全都成了刺心的笑话。他以前还一直骗她说舍不得让她去工厂。其实就是懒。最好大家一起挂逼，一起死。

好。我一个人去。——你就不怕我以后不回来了。她咬着后槽牙说。

你不会的。我对你这么好，你怎么舍得？

你对我好还是我对你好？你怎么不去死！我舍得你死！

好好我死。我去死可以了吧？

你最好今天就死！挂逼！

凶什么嘛。你凶什么嘛。他倒又软下来，像小孩子一样靠在她身上：你是不是不喜欢我了？我乖。我什么都听你的。好我明天早起，去找日结。

但林雅清楚他不会去的。能混一天，是一天。

每当这时她就觉得前路一片漆黑，恐惧得只能自己把自己的心吞吃掉。一个男宿舍里十二个人，同屋的换了好多拨，老董也早就不在这儿住了。过了九点就熄大灯，所有其他人都躺在床上，脸对着手机，屏幕闪闪烁烁，衬得一个个脸庞都像地狱里的青面獠牙，鬼火幢幢，望都不敢望。回自己那边也没事可做——反正军军现在习惯了每晚都送她回去，送过去她又怕他去网吧，留住不放他走。两个人坐在床边面面相觑，只能相对刷手机。到了九点多钟，同屋的人都回来了，他如释重负地起身要走。

你去干嘛？

回去睡觉！

你不要去刷夜。

哎呀，知道了。

但她不放心，他出去后又悄悄跟出去，看他消失在那条漫长的走廊尽头。也许今晚不会去刷夜了：已经交了住宿费，又没给他一分钱。但那个网络世界里显然有更多乐趣，是她所不知道也不理解的。有时军军会和她形容自己怎么怎么开了挂，一夜之间又挣到了多少装备，在游戏的世界里，他叱咤风云，君临天下，令行禁止，万民臣服，因此通宵达旦地攻城略地。

而她只怕他刷着刷着一头死在键盘上。

最绝望的时候林雅想过干脆就此分手：反正也管不了，好比从来谁也没遇到过谁。

但军军回答得也很干脆：可以分，没问题。那以后生死不要相见。你走你的阳关道，我过我的独木桥。

我走了你怎么办？

你也有意思，手都分了，还管我做什么？

那你就饿死？当挂逼？靠团饭过日子？你还不如去市里要饭！

要饭也不关你事。等你日后发达了，第一件事就是赶紧忘掉我，别觉得欠我田又军一条命。是我自己没本事，废柴，自寻死路，和你没半毛钱关系。

你威胁我！你以为我上辈子欠你的！

是我欠你的，但这辈子估计还不清了，下半辈子当牛做马再报答你，好不好？

我真的好想你去死。你怎么还不死？

好好，我明天就去死。他笑起来：活不容易，死还不容易？我现在就死给你看。

两个人抱头痛哭的时候也不是没有。林雅推他，喊他名字，哭着求他。他也哭，说她和外面那些女人其实一样，根本不理解他。同屋的人起初还劝，后来也渐渐习惯了这种琼瑶剧戏码，反正过两天还要上演的。

是在离开五隅很久以后，林雅才开始试图理解整件事。也许算她特别倒霉在火车上遇到军军，可怎么解释五隅会有那么多和军军一样的人？那些人都从哪里来，最后又到哪里去？

也听说有带了二十万到这里花天酒地了一年，最后一贫如洗挂逼死在五隅的。其实人真要死起来也很慢，尤其饿死，或者被自己一天天分泌出来的绝望毒死。

林雅最后是怎么意识到绝对不能待下去的，不是因为一天比一天更和军军吵得天昏地暗，也不是当天早上两人翻箱倒柜搜遍全身才凑出最后八块钱吃了两碗清汤寡水的"挂逼面"；不是因为那天上午去男工宿舍催又打了半宿游戏的军军找活，却怎么都推不醒，不知是装睡还是真睡；也不是亲眼看见一只很大的蟑螂慢慢从军军的脸颊爬过去，她用力咬住发梢才没有尖叫出声；甚至不是因为当天五隅真死了一个人——来了一个月，还一直没见过跳楼的大神。

原因其实很简单，就因为那天上午她终于发现身份证不在钱包里了。

看到钱包夹层空了的那刻脑子嗡的一声，又瞬间平静下来。好像这么久以来她一直在暗自等待这一天。他其实一直都怕她离开，一直都想方设法困住她，要她养活他，吸血吸到死。

她这两天骂他特意用了一个刚学会的新词，冚家铲。意思就是死全家。他和他那个干家政的妈、当保安的爹一起在S城冚家铲好了，最后还要拉她一起死？

她又不是他妈。又不是他老婆。他也永远不会给她们家一分钱彩礼。她爸要知道她在外头这么贱，肯定杀人的心都有——有这爱心还不如伺候她亲弟、亲爹妈。这么多天都是她养活他，现在倒还要卖她身份证？

怒气一点点上升，膨胀成随时将爆炸的气球。她刚刚才从那边来，现在又要咬着牙过去。但那条走廊太长，长到她走着走着就清醒过来：他再瘦弱也毕竟是个男人，力气终究比她大，硬抢抢不回来的，要再想想别的办法。

她突然听见楼下面人声鼎沸。有人跳楼了！有人跳楼了！奔走相告声里，远远地听上去有一种癫狂的，属于末日的喜悦。楼下脚步声、喊叫声织布一样往来穿梭，间或有人互相问询：阿水（警察）来了没有？没有，阿水还没来。死的是谁？好像是老孙？老孙又是哪个？

林雅坐在床边摇醒军军：起来起来，死人了。

她本来想直接问身份证在哪里的。转念一想，问也白问，白淘一场气。不如让他下去，她自己找。

谁死了？在哪？

军军之前怎么喊都不起来，这会儿倒是一骨碌就翻身坐起来了，因为动作太大，铁架子床一阵尘灰扑鼻，上午的阳光射进来，无数尘埃和皮屑一同在阳光里飞舞，整个屋子一起散发出呛鼻的男性体臭。

就在下面。我不敢去看，你去看。

军军趿拉着人字拖下去了。她立刻开始翻找他床垫下，枕头下，上次吵架搬回来的行李里，哪里都没有。狂怒和绝望同时击中了她。他是光着膀子下去的，薄薄一张塑料卡还能藏在裤衩里？

莫名的急迫感促使她加快了翻找的力度。熟悉的拖鞋声从远到近了。

这是 2014 年一个相当寻常的五隅的秋日。外面有鸟叫。

你在干什么？

她猛地回过头。

……

5

林雅下楼的时候警察还没有到，远远只看见一摊物事无遮无拦地躺在地上。旁边稀稀拉拉围了一圈人。可能一开始看热闹的人还更多一点，看了一会儿见没什么进展，就都骂骂咧咧地散了。那跳楼的大神看上去也不太瘦，似乎和军军身材差不多，很难说是彻底饿得没办法才"挂逼"。比较惊悚的是头脸侧向一边，马路那边的人应该能看见整张脸。她从这边倒也看不出什么致命伤。本来五隅也随时都有人倒在路边，从网吧出来劣质啤酒喝大了，什么急病发作了，吸粉吸嗨了，都有可能——然而有一滩黑色的血正很慢很慢地从那大神脖底下流出来，带来一种全然不真实的情境，像电影里的慢镜头。她站在人群里，也悄悄地，擦了一下自己的手。

有人在旁边说，这不孙大胜吗。好几礼拜没见他找日结了，还以为他早挂了。

不是孙猴子。你看，这人比孙猴子胖一点。另一个说。

怎么好像是老董？

就是老董。

化成灰林雅也认识他那身衣服，破旧的蓝色哗叽裤子，不知道哪个厂发的灰扑扑的的确良工服。她突然想老董的爱奇艺账号再也没人知道了。也许是他在这世界上唯一的财产。

但也比军军好。军军要是真死了，连这点遗产都没有。只剩下她的回忆。她记得他身体的温度，手的形状，笑起来的样子。

突然间林雅控制不住地干呕了一下。

对街卖二手衣服的四川女人远远地端坐在一大堆破烂衣服里，像个洞悉一切的上帝。女人都爱买东西，林雅早就去那堆里翻拣过，一无所获的同时叹为观止。她发现只要你想得到的，肯拿出来的，这里任何东西都可以重新进入循环交换系统，旧得不能再旧的棉毛衫啦，破破烂烂沾满了漆的皮鞋啦，快断成两截的皮带啦，哪里发的厂服、保安服啦，厚一点的军大衣也有。一件普通厂服只要四五块钱，连买碗挂逼面都不够，可见收进来的价格更低。但摆在那里卖就说明有人买——有些厂子不提供工衣，又要求穿厂服上班。此刻这女人异常漠然地往这边看了一眼，晓得这么多人围着，死者的衣服是指望不上了。

老董也永远不会再是她的顾客了。

林雅慢慢从人群里退出去。这是她第一次亲眼看到确定已死的人，其实也没那么可怕，看着就像睡着了一样。但也许就因为像睡着，细想才格外可怕：一只蟑螂以极缓慢的速度爬过老董的面颊，很像刚从军军脸边爬过去的同一只，不是德国小蠊，是有翅膀能飞的大的，老家叫偷油婆的那种——周围的人也都看到了吧？但没一个人肯伸脚去踩。不知是懒得还是怜命：人都死了，想爬就爬吧。

几只苍蝇不知从哪里兢兢业业地飞来，站在一旁还活着的人肩头搓手搓脚，扑扇翅膀。又被陌生的手不耐烦地挥开，只好将将就就委委屈屈地落在另一个人身上。还是地上不动的人好，不赶它们走。如果警察再晚一点到，它们就打算在这个好人身上干点儿更长久的勾当。这么热的秋老虎天。

或者另寻出路也可以。到处都有人在流血。

但还不及等苍蝇们找对位置安心下蛆——两个警察终于慢吞吞地过来了。

林雅又想呕。这段时间她总这样。军军总是趁下午没什么人的时候要她，做贼一样速度飞快。搞不好就是怀上了，因为总也舍不得买套子，都是体外——她跑到一边去呕了一点黄水，再冷静地直起身，远远看警察把地上的身体装进一个不透明的黑塑料袋里抬走，这时围观的人反而多了一点，但全程不再有人说话，就是沉默地围着看。等装完了抬到附近的车子上，所有人才说笑着，叹息着，渐渐散尽了。她也远远跟车走出人才市场后面的街道。牛仔裤内袋还有最后一百块钱，军军之前肯定翻过她钱包，绝对想不到她会把钱缝在内袋里。她犹豫了一会儿要不要再回去看一下，想了想又木然地走进五隅市场一个以前没怎么进过的隔断里。

靓女你想找什么工？日结还是长做？

长白班。在不在S城无所谓。发工资要早点，包吃住，不押身份证。

要求这么多。不过靓女你条件好，好找。——今天虎门有家服装厂正好过来招人，每月一号预发下月工资，今天都三十号了，正好。底薪两千五，包吃住，有加班费，干满三个月加10%，不过是三班倒，不是长白班。

再不决定来不及了。有什么东西马上要追上来了。林雅拼命压下一阵强烈的干呕的欲望，问：什么时候集合？

马上。那边已经等了几十个人了。你有身份证吧？

没有。

怎么身份证都没有？算了算了，没有就没有。

她出门前顺手拿了包，除了身份证所有细软都在里面。但卡里钱早取空了。

只要不和爸妈打电话、不回去拿户口簿补办身份证，她生生死死都没人管。就当这个世界上没她这个人吧。爸爸见面会骂什么都猜得到：阿木林，我们还以为你早死外头了。

他就永远不会这样对弟弟讲话。她想。就算弟弟混得再不好，混到了五隅，混成了挂逼，只要还肯打电话回家，爸爸就永远不会这么和弟弟说话。当然还是自己没出息，落到这步田地。

在大巴车上她又剧烈地吐了。身边的人表情嫌恶地递给她一个空塑料袋，没说话。

一路上都没人说话。没人问她从哪里来，但大家都好像知道要往哪里去。

6

林雅在那个服装厂里也就干了六个月。当时招工的女工作人员说是服装厂，到了才知道是专做牛仔裤的——但当时就算直接告诉她，她也不知道原来牛仔裤厂就意味着矽肺病，比电子厂更招不到人，怪不得连身份证都不要。

车开两个半小时后就到虎门。刚下车，就看到了有人正三三两两和她一样脚步虚浮地往外走。明明是上班时间，厂区不大，开在一片农家院似的平房里。一进厂就发现车间昏天暗地，每个人都戴着简易口罩，在不同的流水线上忙碌，对刚进来的人不屑一顾。仔细辨认的话，会发现空气呈轻微的烟雾蓝色，用胶片相机拍出来如梦似幻。她是上班四个月每天咳得喘不过气来，才终于搞清楚，空气中那些肉眼几乎看不见的蓝色颗粒和周围铁丝网上挂着的黑色物质是什么：是喷砂工艺大量释放出来的二氧化硅和其他废料，吸入肺部总有一天会把血全部染成有毒的蓝黑墨水。

什么预发工资全是鬼话。干满六个月，还得过五天才发上月工资。林雅又头晕眼花熬了几天，最后准备领钱走人，才知道新规定出台，没干满六个月的临时工只能发 70% 工资，否则押金一分不退。有小姐妹建议她根据《劳动仲裁法》找律师或干脆报警——这段时间没长别的本事，光听人交流各种讨薪大法了——她摇摇头，有功夫报警还不如直接撒泼。试了一下往地上坐，却发现坐下已很吃力了：肚子里那个已经七个月了。

其实还有一条找环保局告状的路：为牛仔裤做旧效果的大量污水是从厂子后直接排出去的。怪不得都说水磨牛仔，水洗牛仔，牛仔布根本就是水做的——镇上唯一的小河蓝汪汪的，像动画片里波光粼粼的河流，据说会一直流到珠江去，想一想就美。会不会把鱼啊虾啊都染成靛蓝色？鱼吃了二氧化硅又会不会死？

但她最终还是怕动了胎气。拖着箱子头也不回地走了。

　　两个月后她在镇上唯一一家社区医院生下了女儿饼干。当然没准生证，但往产科那个五十多岁的女医生手里塞了几百块钱，倒也顺利。医生一副见怪不怪似笑非笑的样子，到处都是和她一样大着肚子行动艰难的单身女工，有男人陪着过来的反倒是少数。生下来也没法上户口，要上户口就得回江苏，听说还要缴纳一笔和她爸妈年收入相当的社会抚养金。这些她都搞明白了，也就放弃了。一方面觉得苏北户口在 S 城也没什么用，另一方面也实在交不起那笔钱。姑且把孩子养下来，一天拖一天的，竟然也就大了。

　　之后长了教训，就听人介绍，专找稍微轻松一点的成衣厂，玩具厂。最后一个玩具厂待的时间最久，一年半。她每次偷拿次品出来都心惊胆战，生怕被工头发现开除。但最后离开的原因却很宏大：代工厂整个搬到越南，这边的厂只能关门。就近找的其他工都在镇上，工资不高。没法再回五隅了，宝顶和龙山人才市场她没身份证，更不熟。

　　饼干没法放在自己住处养，白天没人看。还是听厂子里的同乡小姐妹介绍，放在一个老乡私人开的托儿所里，收钱不算太高。那里这种情况的小孩有五六个，有大点的，也有小点的，一起跌爬滚打稀里糊涂长到了四岁。吃的也还好，至少比她厂里的食堂好。她每周末把饼干接回家，周一再送走。一开始送饼干去托儿所还哀哀地哭，后来习惯了就不哭了，每次来接都满眼溅出星星：妈妈。妈妈。送走时不哭不闹，仍然眼睛很亮地看着她。

林雅说饼干眼睛里有一些真正的星星就是这个。

她也不知道这星星什么时候熄灭，但至少现在还有。

但饼干越懂事她只有越心疼，偷出来的玩具也越多。除了这些她也实在不知道能给饼干什么。饼干没有爸爸，没有奶奶，没有外公，也没有外婆。她也没想到饼干最喜欢的玩具竟然不是动画片里的小猪佩奇，汪汪队，而是从没见过的螃蟹公仔。这让她想起第一次和军军在火车上相遇的那天，他煞有介事说过想做大闸蟹生意。

结果最后自己也就是只寄居蟹。在S城待了一辈子，依旧是陌生的壳，到死都混不上户口。

——她之所以叫女儿饼干，也是因为军军以前最喜欢吃饼干，尤其是奥利奥。因为太贵，很少买。

离开五隅当天林雅就关了机。等拿到了第一个月工资后，第一件事就是换了一张手机卡。但看了一眼旧卡也没什么信息——

那人也许永远不会再发信息了。她茫然地按了清空键。仿佛只要清空，那天之前的一切就可以变成抛诸脑后的梦魇，连同军军本人一起。

林雅有时甚至不太确定到底有没有在火车上遇到过这样一个长相秀气的男人，但饼干却又是真真切切存在的，正在她无暇顾及的地方一天天长大，越来越可爱。无论如何，自己是逃掉了。——但饼干没户口这事却终于一天比一天更沉重地压在心上。只有这种时候她才偶尔会想，要是在火车上没遇到多好。

林雅其实谈不上恨军军。不遇到他，大概也会遇到别的男人，别的泥潭和陷阱。更惨的是被人卖，还得养活那王八蛋，就像红姐——如果不走，保不准最后结局就是如此。

她还去粤海城一户人家当过月嫂，去了才发现她偷给饼干的仿真毛绒玩具那家人几乎每个都有，甚至也有一模一样的螃蟹公仔，只是眼珠稍微升级了一点，白线移到了黑绒球中间，眼里的星星更多，可能是卖到国外又当进口货买回家的一级品，和自己偷的残次品不是一码事，那户人家的螃蟹眼睛看上去格外的明亮，又善良。饼干的那个则越看越像在翻白眼。就像地上躺着的老董。

那天林雅临走前终于还是忍不住回头看了老董一眼。并没有就此变成盐柱。——她也没读过《圣经》，根本不知道这个典故。

她只是越来越经常地，避免想起以前的事。

7

玩具厂倒闭后，林雅从宝顶到龙山，一直找不到合适的工，终于决定去福士康看看。那边自从十几连跳之后就长期缺人，据说工资待遇也比别的地方稍好一点，反而比较正规。

消磁身份证这两年也涨价了，要一百了。买了立刻面试，只要年满二十岁确认不是童工就不犯法，当天就有工开。她坐了两个钟头车过去，压根没看清厂区规模就上了流水线。等第三天上完白班，换完工衣出来十点多钟，发现外面广场灯火通明，竟然是个不夜城。

——这竟然是她来S城这么久，看到最有城市气象的地方了。

这生活区比她待过的任何一个厂也更大，更成气候，也许因为工人也最多的缘故，全国有那么多厂，这个分厂的人至少二十万以上，人口规模快赶上她们老家的县城。此刻正是白班下班时间，几千个准备上夜班的人也开始陆陆续续地进去打卡，广场夜生活的繁荣程度正达到一天中最鼎盛的状态。在厂区通往宿舍的路上，有卖盗版光盘的，摆麻辣烫小摊的，还有卖炒粉烧烤馄饨的，林林总总，不一而足。

福士康自己有食堂，但也要交钱，同样也是流水线生产出来的伙食。几乎每个工人待几天后，都会选择在外面解决，十几年来终于发展出一大片和厂区配套的生活区，至少养活了周边上千户城中村农民。如果林雅当时能考上师范，大概会觉得这里和大学城附近的城中村很像，连店铺构成都差不多——头顶的天线纵横交错，地面上污水横流，四周都是四五层楼的农民房。只是大学城周边再热闹，也远不至于二十四小时不间断营业；而只要福士康千千万万人还在三班倒，此地街市就永远歌舞升平，从不关门。

她经过炸韭菜盒子的摊子无意识地看了一眼。沸腾的汤锅一年四季都不关火，油大概也一直是同一锅油——刚想到油，那个奇怪的男孩就出现了。

之所以说是男孩，因为他除了一条四角短裤压根没穿任何别的物事。看那瘦长到未发育完全的身体就知道不可能超过二十岁。说他奇怪，是因为他光着膀子，手里却挥舞着一把西瓜刀，但又完全不愤怒，是个带一点嬉皮笑脸，没什么攻击性的现代侠客。

林雅在原地一动不动。某个远古的模模糊糊的记忆熟门熟路地还了魂。

发现男孩挥舞着刀的广场上其他人也全惊呆了，卖麻辣烫和板面的店家，盗版碟小贩，路上准备上工或刚刚下班的人。刹那间人群就空出小小的一块，并在男孩附近形成了一个旋涡般不断扩大的真空。走过路过的人都屏住呼吸，竭力降低存在感，如鲶鱼般尽可能快地贴边溜过去，不让这个奇怪的男孩注意到自己。

他看上去也的确不曾注意任何人。

只一直大步流星地往前走，走到人群更密集也更热闹的地方去，离厂房越来越近。

还有人暂时没注意到他手里有刀，很快又有更多人发现了。向空中挥舞的刀不断砸起小小的惊呼，制造出更多的空地。男孩看上去很快活，经过煮板面的汤锅就用刀背敲锅，经过盗版碟摊，就用刀背敲敲牌子："一张压缩碟在手，你想要的全都有，电影美剧网文游戏，走过路过切勿错过。"四句广告字数全然不合辙。从挥刀的力度来看也并没有多少恫吓的意思，更像随随便便和人打个招呼。经过水果摊时，仿佛拿不定主意该敲苹果还是西瓜，就在虚空中无意义地轻轻挥舞了一下。水果贩子的脸整个变成了橙色。

除掉刀威风，其实也就只是一个瘦弱而手无缚鸡之力的年轻人。肋骨根根分明，精薄皮肤下是不断跳动的心脏，鲜红的血。

林雅怀着一种久违的柔情想：傻子，一天到晚不好好吃饭，就得这么瘦。

一个路过的女工拉住林雅问：这人是不是疯了？

她正在怔忡间，反倒被这个没威胁性的动作吓得叫了一声。惊呼声非常短促，却仍惊动了男孩，转头径直向这边走来。林雅一动不动，那个女工倒是飞快地跑了。

直到男孩把刀架在她脖子上她也还是一动不动。后来有人回忆起来，说"那女人倒像是主动向疯子迎了过去"。

如果不是林雅阻挡，这位穿着四角短裤的侠客也许会一路畅通无阻地走到厂区里去，此刻那里是流水线上劳作困顿生不如死的十万男女工人。对他们来说，这个夜晚正和成千上百个其他夜晚一样宁静，一样枯燥，食堂里的食物一样难吃到极点，上厕所一样必须两个人相跟，而号称开到凌晨一点供职工使用的游泳池一样永远空空荡荡。没几个人真会去游泳，放工了大家都只想躺着，连谈恋爱都没力气，只能看看碟，刷刷网络小说，以厂房外香喷喷的地沟油伙食果腹。如果大刀砍到他们的肩膀上，胳膊上，肚子上，就能轻易知道他们今天都吃了些什么：桂林米粉、重庆小面、沙县小吃、四川回锅肉盖浇饭。这些以廉价食物维持运转的年轻身体从白昼到黑夜飞快创造出无数手机、电脑、行车记录仪的细小零件，一刻不停，眼花缭乱，城里人再用这些组装好的手机点外卖——好多也都是地沟油产品。送货的则是他们的老乡、同学，或者早晚可能是他们自己。上升的一切必将汇合，天下大同，九九归一。

和上次在五隅一样，阿水来得很快。这次是三个。

其中胖一点的阿水隔着人群大喊：小伙子你放下刀！冤有头债有主，有什么难事好好说，别人是无辜的！

有人看见刀架在那个长相秀气的年轻女工脖子上，她只笑了笑。

真的就是笑。他们后来赌咒发誓。

靓女你叫什么？阿水又冲林雅喊：你快告诉他你是谁，和他说你也是和他一样的流水线女工，让他赶紧放下刀。到目前还没造成任何实质性伤害，没事的。

林雅真的就开始对他说话了。当着众人面，说了很多很多话。但是男孩看到突然围上来这么多人早就吓蒙了，什么都听不进去，听见也不知道该怎么反应。只下意识地想结束一切。他玩儿似地在那个不停发出声音的脖子上试了试刀锋。奇怪那个女人只喘粗气不叫唤，就又试着稍微加大一点力度。鲜红的血马上流出来了，怪好玩的。

她果然再不说话了。外面人群却开水倒入油锅样响起一片惊呼声。

这样的声音林雅以前也听过的，第一次是刚去五隅找工时，那经理说完"全都是不到二十岁的细妹子"，人才市场大厅就响起过这样滚水开锅般的欢呼声。还有最后一天在五隅，有个大神跳楼了，楼下嘈嘈切切熙熙攘攘响成一片的，也是这样事不关己的欢呼。他们究竟在欢呼些什么呢？S城真是最最繁荣的大都会，有林雅在哪里都见不到的世面，见不完的人，开不完的工。但她来这里四年半了，到现在还没看过一眼世界之窗，中华民族园，华强北女人世界，两边长满鸡蛋花和榕树的深南大道。

军军说有钱了，以后要去香港，澳门，美国，日本，意大利。晚晚都住五星级酒店，每天睡到自然醒。在海滩上手拉手散步，看夕阳，看海龟生蛋，螃蟹在沙子洞里爬。

"你说美不美？"

"美啊。真的好美。"

饼干走过来了。紧紧抱着她的螃蟹公仔，眼睛很亮地笑：妈妈。妈妈。

后来那个男孩被阿水也就是警察制伏按倒带回派出所，做笔录时已经彻底醒过酒劲来了，高举双手痛哭流涕：我不想杀人的。就是上班太烦，下班打通宵游戏脑子有点木，又喝多了点啤酒，一下子觉得自己天下无敌。

警察反手就是一耳光：杀了人你他妈还天下无敌！老实交代那个女工最后和你说了些什么！仔细想，一句话都不要漏！

男孩想了想茫然道：她叫我田什么军。一直说军军，对不起。那个梯子角真的好尖。我不是故意的。

田什么军？办案警察和他下属飞快使个眼色：你去查一下，最近这几年 S 城几个区有没有失踪的进城务工人员姓田的。她还说了些什么？

说饼干特别特别可爱。对，就是饼干。还说她后来就一直没身份证用，问军军到底藏哪了。

报告，有三十七个姓田的失踪人口。还有十三个猝死的，四个在宝顶，三个在龙山。五隅也有六个，但名字里都没有军字。

那女人还说什么了？

她说，军军，我一直好想和你去看一场电影。带上饼干。

2020 年 1 月

刺猬

刺猬的刺有多硬，肚子就有多软。

通常刺猬的故事，都和朋友有关。但筱君记得高中时妈妈和她讲过一个关于刺猬本身的故事。

那年她十四岁半，刚上寄宿高中。学校是刚成立的区重点，离S城市区大约三十多公里，从她家坐车过去单程要一个半小时，每周只能周六回去，周日晚上再归校。妈妈自然百千万个不放心，但也是筱君自己考的，考上了也就只好将错就错地让她去读。后来妈妈回想起那三年，第一反应竟然是庆幸：幸好你高中不在家里住。那时家里太乱了。

所谓的乱，自然不在于东西多，而在于人多。筱君妈妈面软心善，从县城到S城打工的老家亲戚基本都在筱君家里落脚，颇有几分老乡招待所的意思。问题是筱君家那时也只租了两室一厅，在一个老小区的一楼，加上筱君的父母、奶奶、外婆，以及一对住了至少一年多的高考陪读母女，一个筱君的表叔——爸爸失业的姨表弟，常住人口七个；再加上从老家过来找工作的亲戚，鼎盛时期家里最多容纳过九个人，统统挤在那不到九十平方米的出租屋里，连沙发上都没法坐——从早到晚躺着光膀子一百八十多斤的表叔。等筱君回来正好凑成十个，够两桌麻将还多。S城是沿海特区，夏季差不多有十个月之长，加上又是一楼，整年燠热得像蒸笼。所有人都在那小屋里辗转腾挪不开，爸爸又被人忽悠得辞了国企工作下海，结果很快和老板彻底闹翻，失业了一年多，天天在家里玩386电脑上的扑克游戏，也算是"家里蹲"的先驱了。——又因为他天天在家，没法开源只好拼命节流，为省电不开空调，这样造成的效果，套用一个现成熟语，就是"摩肩接踵，挥汗成雨"。

高一暑假，筱君在家里天天给爸爸做饭。做完中饭做晚饭，连早饭都要她一早起来去小区的早点摊子买油条豆腐脑。而这还好，给家里无所事事的男人们洗衣服才是更苦的差事。明明都不出门——出门也没钱花——不知一个二个都从哪里蹭得一身油汗。家里用的还是房东不要的旧式双缸洗衣机，每次一缸洗完要动手拿出来放到另一缸甩干。整个过程中筱君被迫接触到许多陌生男人的内裤、衬衣、外裤和袜子，只能一边用指尖小心翼翼地拈起来一边恶狠狠地发誓：将来只给自己的男人洗衣服。

但这是一个十分柔弱的誓言。

家里面到处是浓重的人味儿，偶尔没人的时候，就充斥着接近回南天的霉味儿和赶不尽也杀不绝的蚊群。以至于不管过去多久，筱君只要一回想起那气息，立刻就被拘回了那狭小阴暗的小房间。

后来她才明白，那不是别的，就是一种城市贫民别无出路的气息。

那么多人住在家里当然不是长久之计。慢慢地都走的走，散的散，找到出路的一个二个头也不回地离开，事后也从不感激筱君的妈妈。有些人老死再无往来——往好里想，大概是都不愿意面对生命里曾经最落魄的日子，比如筱君那个光着膀子在沙发上躺了半年多的表叔。他本来在机场开大巴，没结婚前挣的钱都买了各种吃食。后来不知怎的也和司机队队长闹翻了——这简直像是筱君父亲那边男性亲属特有的天赋——在筱君家躺了大半年后才终于不甘心地回了老家。此后二十年杳无音信，回老家扫墓时再见面，已经是一个十几岁高中生的父亲，几乎和记忆中一模一样，只是从一个年轻的胖子，变成了一个中年的胖子。据说依旧没工作，白天在祖屋二楼睡觉，吃饭时才下楼和筱君一家打个照面，立刻冷淡地调开眼睛，开始用最刻毒的家乡话骂自己儿子不长进。

要是筱君妈妈早知过二十年还是如此，她当时还会不会答应收留他，帮他？

当然也有混得好一点的，比如那对母女，母亲陪着女儿一直住到她考上 S 城最好的大学，几年后女儿毕业，再设法打通关节留校当行政，工资颇高，从此全家人扬眉吐气地迁居 S 城，隔几年会来筱君家打一次麻将。尽管如此，那个妈妈仍永远盯着筱君家日子有没有比自己现在过得更好。从这个层面上看，又的确非常像亲戚才有的做派——但她们其实和筱君家任何一个人都没有血缘关系，只不过就是同乡。

当年在这样人挤人的情况下，还永远明里暗里摩擦不断。谁用了谁的东西。谁说了谁一句不好听的。几乎所有人都在找筱君妈妈诉苦，告状。既然她是这个家里唯一的养家者，是绝对的一家之主，最权威的仲裁者。

很长一段时间，妈妈也是筱君小小神龛里，唯一的神。

筱君读高中的那段时间，表舅也过来了。他原本在老家化工厂里当技术员，九十年代刚下岗，就在厂子对面开了一家小吃店，据说味道不错，书记也经常过来吃早点——当然是赊账而且永远不还。后来终于开不下去，来S城投奔表姐。起初在筱君家附近几公里的城中村借钱开了一家小饭店——叫好再来饭店，其实也就是大排档。租不起好地段，就开在市区一个立交桥桥洞附近的农民自建房里，看似是干道调头必经之地，门口却根本没地方停车，也少有人步行经过，客人即便觉得"好"也难再来。因此撑不到一年就宣告倒闭，投资——其实是借钱——失败的筱君家则多了无数盘、碟、碗、筷，以及一种奇怪的不锈钢食盆，不知道原本是做什么用的，造型简陋却坚固非常，用了十几年都毫发无伤。

小吃店倒闭了，筱君妈妈又想办法让表舅在郊区开了一家文具店，为图房租便宜选址再次失误，离最近的学校也有两站地，没一年也倒了。筱君家里随即又多了无数涂改液、胶水、自动铅笔和签字笔，够她从高中一直用到下辈子博士毕业。

那么多人靠过来，就像蚂蟥一样附在人的手手脚脚上，甩不脱。就在如此狼狈的境地里，筱君妈妈却每天看上去都兴高采烈，每天下班都会带一点新鲜的时令菜，有时还会买一种蛋糕边回来——家附近的西饼店一到傍晚，就会处理掉白天切剩下的蛋糕边，装满一袋子以惊人的低价卖掉，看上去其貌不扬，却非常好吃。

每当有蛋糕边的日子，就是筱君秘而不宣的节日。

塑料密封袋里有戚风、奶酪，也有巧克力蛋糕，边边角角，形状不一。有的苦，有的甜，有的加了薄薄的杏仁片和巧克力碎屑，有的甚至还有罐头水果。就像筱君当时还想象不大来的更富足也更复杂的成年人生。

那时候筱君妈妈才四十岁不到。筱君再长大一点，才意识到其实那正是妈妈最快乐也最自信的时光。她喜欢自己被很多人需要。喜欢照顾很多人。喜欢人人都说她好，甚至在别人说丈夫配不上自己时笑而不语。其他来求助的都是过客，只有她爸才是唯一的，让人嫉妒的永恒受益者。

而筱君从学校回来只能往自己的小房间一躲了之——不管家里塞了多少人，不到八平方米的小房间永远是她神圣不容侵犯的个人领土，这是筱君妈妈唯一的执念：即便客厅里睡满了人，也不能染指女儿的房间。而筱君也不是不争气，高一上学期还是年级一百七十多名，第二学期就猛地开了窍。期中考试前的五一假，她躲在小房间里没日没夜地复习四天再回校，一跃而至年级第一。而且这第一的含金量还非常之高，九门功课几乎门门第一，只除了英语——分主要扣在听力上。这不能赖筱君，她初二才随父母过来S城，而这边小学四年级就开始学英文了。真要说吃亏，这就叫输在了起跑线上。

但是，另一方面是不是也说明，所谓的起跑线其实也没那么重要？

她是怎么发奋起来的，起因不过是妈妈给她写了一封信。是寒假最后一天收到的，看上去很随便地放在她小房间的桌子上，压在一本书下面。字迹是一度很流行的毛体——妈妈毕竟是当过红小兵的妈妈，龙蛇走笔，又不失敢教日月换新天的潇洒。内容时隔多年已完全忘了，原件也并没存底，大概是说现在家庭情况如此如此，感到十分抱歉，但希望女儿能够尽量不受影响。无论如何，这封之后不知所踪的信当时的确发挥了奇效，足以让筱君明白要从暑假给爸爸和其他住客洗衣做饭的日子中跳出来，只有好好读书。但她当时以为自己只是不想让妈妈失望。

筱君妈妈那时候还没有叫筱君刺猬。

而筱君在日记里写：我最爱和最敬重的人，就是妈妈。我的愿望就是让她不再那么辛苦。

从没给她看过。但筱君妈妈当然知道。

接下来高一第二个学期，筱君每天早上六点就去教室自习。

那时她宿舍还有另外一个女生一起用功。前一天晚自习到十一点半再洗漱，躺下差不多都十二点了，第二天不到六点，根本不需闹钟，两个女孩就会在熹微晨光里一前一后醒来，相差不会超过一分钟。再摸黑无声无息地拿毛巾牙刷洗漱，尽可能快地换衣服下楼。

一个大宿舍住十个人。也就是说，其他八个人都还在香甜的睡梦里，她们就已经开始暗自较劲地比谁更早到教室了。多数时候筱君不如人家快。偶尔第一个走进晨光中的教室，总有格外的喜悦。但随即那女生就无声无息地滑进来了。筱君坐在靠前的位置回头看她，清瘦的侧面平得像一张纸，只有鼻子嘴巴倔强地翘起。

筱君从来没有问过那个女生家庭情况怎样。某种意义上她们是战友。但战友当然也可以不熟。

她只渐渐发现起太早有一个明显的坏处：犯困。常年睡眠不足的她几乎在所有课上睡觉，包括体育课（边跑边睡），物理课（边做实验边睡）。这样一个"特困生"拿了年级第一，拍成日剧大约会很励志，但对于她而言，却始终只欠一场好睡。

妈妈对她成绩飞跃当然是高兴的。这样的情况，女儿寄宿是唯一也是最好的选择。而不管多忙——忙着照顾一大家子人，忙着加班，忙着想挣钱门道和替亲戚想挣钱门道——到周日返校时间，她都会设法赶回来送筱君到小巴车站。从家到车站，走过去十分钟不到。在这十分钟里，妈妈会想办法和筱君聊聊最近看到的新闻。也不知道妈妈和她究竟是不是看的同一份报纸，为什么筱君看到的都是娱乐八卦，而妈妈永远能一眼瞥到最惊悚的社会新闻，什么割肾卖器官啦，女大学生被拐卖到山区啦……对此筱君基本上嗯嗯啊啊，左耳进右耳出。但偶尔，妈妈也会说一点让她动心的事。比如有一次就突然说，听说城管最近不小心打死一个卖西瓜的小贩。

这应该不是报上说的而来自街头巷议。小巴眼看快到站了，筱君背着鼓鼓囊囊的包蓦然停下：后来呢？

小贩吗？就被打死了啊。

城管怎么处理的？

话音未落，小巴已经进站了。筱君紧跑几步上了车，向妈妈招手的同时还在说什么。隔着巴士玻璃，妈妈明显地听不清，有点困惑地笑着，一直站在原地目送她离开。

筱君到学校第一件事，就是去小卖部给妈妈打电话。那时候都还没有手机、BP 机之类，只能用固定电话。

妈，后来那城管有没有偿命？

什么后来？哦，后来当然把城管抓起来了，杀人偿命嘛。

那被打死的小贩呢？

他一个人来 S 城打工，也不知道他的家人朋友在哪里，尸体一直没人认领，也许就扔到护城河里去了吧……妈妈趁机教育筱君：所以我们还是要对家里那些亲戚好一点。万一他们出去也遇险了呢？

这明显的信口开河却导致很多年后筱君看到护城河仍有一种不洁之感，仿佛里面还漂浮着若干无人认领的小贩尸体。而妈妈这些难辨真假的新闻播报，大抵都只为了起到具体的教化效果不要在外面乱晃啦，不要太晚回家啦，不要多管闲事啦，等等等等。没想到却不小心激发了一个高中女生朴素的正义感。

就像小时候给筱君说故事一样，永远会被追问"然后呢"。但人生哪里有那么多然后？筱君猜想这才是妈妈最想说的话。

有段时间妈妈甚至发明了一个永远讲不完的故事，比筱君长大后看的米切尔·恩德还厉害：从前，有一只老鼠进了谷仓偷米吃……

没等说完，幼年的筱君立刻打断了她：老鼠偷米吃，然后呢？

然后啊，就开始偷。偷了一粒又一粒……

然后呢？

偷了一粒米，又一粒……

然后呢？

偷了一粒又一粒……

怎么老是偷了一粒又一粒？偷完然后呢？

别急呀。你想想，谷仓多大，一只老鼠多小？它一粒一粒地偷，可不要偷很久才能偷完？

听上去很有道理，筱君就不再说话了。又过了一会，妈妈发现她睡着了。

那时候筱君才三四岁。让人吃惊的是这个偷米的故事妈妈竟然讲了数月之久，而不再费心去找其他童话故事，这个故事本身就带有某种永恒的意味。的确，以谷仓之大，恒河沙数无穷尽，无无穷尽。她甚至都想不起来这个故事什么时候结束了。大概听的人不抗议，说的人也总归有厌烦的一天。有一天晚上筱君妈妈终于宣布米偷完了，老鼠回家了，偷米故事就此戛然而止。但其他更有内容的故事筱君却一个都没有记住。

是从这个无法称之为故事的故事里，筱君第一次理解了时间，无条件的信任，等等。

而整个高中时代，除掉小贩被抛尸的可怕故事，筱君记得的，就只有刺猬的故事。

那次是秋天。S城即便到了十一月，天气闷热依旧。但小区门口的大妈也开始卖煮好的山东大花生了，煮时还加了八角大料和盐，闻起来很香，难免让路过的北方人生出莼鲈之思。妈妈送筱君去坐小巴的路上看到，就停下来买了两斤。那时候家庭条件不好，除了蛋糕边，其他零食几乎从来不买，而筱君从小最喜欢吃花生，忙着剥开一颗趁热吃了，果仁饱满，满满一花生壳汁水咸中带甜，好吃得让人心花怒放。

她立刻剥了一颗送到妈妈嘴边：你也吃。

妈妈挑剔道：咸淡还合适。

母女俩就这样边剥着花生边闲聊，时间大概是下午五点来钟，天色已渐渐地暗下去，是南国暑热未消的初秋，道旁的高树顶端也开始被西伯利亚吹来的风带得有一丝神经质的微颤。天还热着，但也许马上就要凉了。也许明天就凉。

上次……我在报纸上看到一个新闻，很好玩。

又是什么凶杀强奸的社会新闻？筱君已经有点不耐烦那些千篇一律的道德训诫了。

这次啊，和刺猬有关。

就在水煮花生甘甜的余味里，她讲了这个故事。

你知道伦敦吧。这事儿就发生在伦敦。你知道，伦敦郊区到处都是树林子。（筱君想：我不知道。但她什么都没说。）林子里有好多刺猬。那年冬天，不知道为什么寒潮来得特别晚，都十一月份了还不冷……

就像我们这儿一样不冷吗？

对，就像我们这儿一样，完全不冷。刺猬们本来都在洞穴里面冬眠，结果外面越来越暖和，就慢慢地都醒来了，跑出来一看，怎么树叶子还绿着呢！就有胆大的刺猬想，是不是冬天已经飞快地过去了？它正好是一个年轻的刺猬爸爸，回去告诉刺猬妈妈以后，它们很快就生了一只小刺猬。其他刺猬一看，大概春天真的来啦，就都纷纷走出山洞开始生起孩子来……

然后呢？本来不抱期待的筱君被这个故事彻底吸引住了。

然后寒潮就突然到来啦。下了好大的一场雪，大刺猬们吓得飞快地回了窝，那些刚生下来的小刺猬就这样被光秃秃地扔在了雪地里……

这时候小巴正好也到了。筱君这次比上次听社会新闻时还不想上车，但这趟小巴半个小时才一班，她只能不情不愿地上去，继续向车下比手势：我一到学校就给你打电话！

到学校第一件事却必须去食堂吃饭。因为今天出门晚了，虽然吃了水煮花生，也不觉得太饿。通常周日食堂的晚饭菜式最简单，比平时少一半。她胡乱扒了几口，就小跑着到小卖部去。刚打通电话，第一句话就是：后来那些雪地里的小刺猬呢？

电话那头的妈妈哈哈大笑，仿佛早就知道筱君会追问这个。她说：后来啊，伦敦市民知道了这件事，就自发组织起来，集体去郊区捡那些被爸爸妈妈遗弃的小刺猬。

捡回去怎么养呢？还是交给它们原来的爸爸妈妈吗？这又怎么分得清小刺猬们谁是谁家的呢？

妈妈那边好像没想到筱君会继续追问，想了一下：大概就带回自己家养吧。

小刺猬能养活吗？

用牛奶……和小米粥，应该可以。妈妈这次肯定地说。

英国伦敦也有小米粥吗？筱君想。但已满十五岁的她决定不再像以前那样打破砂锅问到底了。在她的脑海里，已经想象出成千上万英国家庭都在用熬好的牛奶小米粥喂那些眼睛都没睁开的小刺猬的画面。这太可爱了。她想她这辈子都会很难忘记。

筱君上大学后有机会上网了，还真的去查过刺猬的习性。竟然和妈妈说过的差不多。

"刺猬是一种性格孤僻的异温哺乳动物，刚出生时刺软目盲。住在灌木丛内，胆小易惊，喜暗怕光，视觉听力不佳，嗅觉灵敏。行动迟缓，昼伏夜出。杂食，有时会误食被杀虫剂杀死的虫子而中毒身亡。因为无法稳定地调节自己的体温，使其保持在同一水平，所以在冬天时有冬眠现象，体温会下降到6℃，在这种情况下，刺猬是世界上体温最低的动物；提前结束冬眠则有可能饿死。"

筱君因此还知道刺猬很难作为宠物豢养。到北方上学后，却发现这是常见的野生动物，甚至被北京人称作八大仙之一，主管财运。家宅进了刺猬，是吉兆。——倘若环球同此迷信，那么难怪伦敦人民要巴巴地把小刺猬接回家，就好比接财神爷。

而她自己只在野外见过刺猬两次。

有一次，那时她已经到了北京读研并且快毕业了，一个晚上和女友在校园里闲逛。突然发现草丛里一团蠕动的什么，立刻就反应过来：刺猬！

走过去刺猬却并不跑。原来是要横穿过一个铁栏杆，因为太胖被卡住了。

筱君蹲下来，大胆地用手把它往栏杆外推。刺猬安静得像一只蹲着的鸡，任由她动作，没缩成一团，也没作势咬人。竟然就被她推过去了，这才突然猛醒似的，迈动短短的细爪飞快消失在灌木丛的尽头。

筱君这时已经二十五岁。从大学开始，她就开始和妈妈很厉害地顶嘴了。

从要不要考研，到恋爱对象的确定，到读完研后要不要回 S 城，总而言之，任何事都值得母女俩发生没有硝烟的战争。甚至吵到互挂电话。筱君家的过客们早就消失了，爸爸有了新工作，表舅也终于找到了挣钱的门路。最艰难的时刻早已过去，但筱君妈妈的神圣光环，却也随之悄然消失。

筱君开始和其他人一样批评妈妈对人太好。工作中容易被人欺负，生活中更容易被最亲密的人压榨。人善被人欺，"坏人都是好人惯出来的"。经过长年累月的观察，她如是斩钉截铁。如果采用这个逻辑，那么外婆、爸爸、表舅，乃至于她自己的脾气越来越坏就变得可以解释。这是妈妈向长大后的筱君诉苦得不到谅解的后果，也是筱君青春期必然发生的叛逆。仿佛一夜之间，妈妈就变成了另外一个脆弱的，会在半夜吞声饮泣的更年期失败者。在单位里被领导排挤，被下属恩将仇报，买集资房差几万块无人可借。一直以来尽量照顾老家亲戚，但斗米养恩，担米养仇，受过恩惠的亲戚们并不念好，只斤斤计较有什么事向之求助却没有成功。

"这就是妈妈当滥好人的代价。拼死拼活帮过那么多人，到底有什么用？不害你就不错了。"

仿佛为了和未来可能同样绥靖的自己划清界限，筱君说话又快又急，句句戳心窝子。

妈妈有时候会辩解两句。有时候就笑：你是刺猬，不和你说。

刺猬这个名头就是那时候叫出来的。筱君从二十岁到三十岁，是属于刺猬的整整十年。有时候她想，也许就和那个刺猬的故事有关。妈妈讲故事时只觉得刺猬爸爸妈妈被骗好玩，却从没有想过那些被丢弃在雪地里的小刺猬怎么想的。长大以后，又会不会心生怨恨。

在青春期的尾巴梢，一直对原生家庭焉不察的筱君这才猛醒过来，仿佛温室的玻璃罩子一下子被拿开了。记得高考前夕回家，妈妈说他们房间有空调，让筱君过来一起睡。半夜筱君因为空调被关了（一定是爸爸关的）而热醒，打开灯，眼睁睁地看见三只蚊子以极慢的速度从蚊帐外叮在睡床边的爸爸身上不同部位开始吸血，原本干瘪的肚腹很快就饱胀起来。像仍然在噩梦里醒不过来似的，她不知道应该先拍哪只，只能够一动不动地看，浑身如过电般起了一身细密的鸡皮疙瘩。三只蚊子最后都全身而退，一前一后地施施然飞走了。

筱君在发誓不再洗陌生男人的衣服之后第二次立誓：长大以后永远不再住一楼。

以及她对自己都没有明确说出口的：永远也不要活得像爸爸妈妈。尤其后者。

不知是蚊子惊魂，还是睡了平时没机会睡的空调房，筱君第二天感冒了。这一病非同小可，直接导致了高考期间发高烧，没考上第一志愿。考砸后才知道原来早有一堆人等着看笑话。整整三年没说过话的同班女生，等筱君考上同一所省内重点才过来笑嘻嘻地说：这学校你说高二就能考上的你记得吗。我们都一直等着看你考清北人，最不济也是复旦，没想到最后还是殊途同归。

筱君平静地看着这个女生。没有反唇相讥，没有哭，只默默转身走开。据说人有一种自动保护机制，遇到伤害和侮辱时就会开启。

她是又过了好些年才知道，其实第一志愿的学校来找过妈妈，说分数相差不远，交五万块择校费就可以了。妈妈以怕她上大学被同学歧视为理由，拒绝了。

但筱君一听就明白了，只不过就是那时家里并没有五万块钱。所以妈妈连让她知道的机会都没有给。如果不是要养表叔、表舅、外婆、奶奶……和那么多闲杂人等，如果不是爸爸常年没有工作，如果不是一年到头永远在外婆的压力下要给老家的亲戚寄钱……家里明明是有条件搬到稍好一点的楼层去的。也不至于一直买不起房，更不至于五万块都拿不出来。本科在第二志愿的第二专业——因为填了服从分配——读得痛不欲生的筱君偶然知道了这秘密后想：所谓好人，还不是为了显得自己比周围所有人都更好，更高尚，更伟大。但好人的家人肯定并不都真正感到幸福。

有些指责后来忍不住说出了口。有些则一直压在心底。那些年筱君动辄竖起浑身的刺。但刺不向外，只永远向着妈妈。

她有时也会心软，觉得自己不应该对妈妈太严厉。转念一想，"中国人你为什么不生气？"那还不是，"可怜之人必有可恨之处"。一切归因对方是最简单的，这样才能够永远立于不败之地。

又过了好些年，筱君毕业了，因为研究生学的是新闻，又因为北京是政治文化中心，或者别的比如渴望逃离原生家庭之类的理由，她顺理成章地留京，进了一家报社，到了适婚年龄，也和看上去最合适的人结了婚，只是一直没要小孩。这也许和她后来没那么崇拜妈妈了也有关系，她想。做一个像妈妈那样的人又有什么好？还不是从一开始渴望解救全人类的理想主义，变成后来满怀愤懑，甚至无法得到身边人认同的自顾不暇？那还不如一开始就自私自利一点，哪怕当精致的利己主义者呢，和周围人的界限划得泾渭分明，这样至少谁也不要想占谁便宜，也好过付出了一切又觉得不甘。

反正殊途同归。反正每个人最后都会厌烦做一个正确的好人。

但筱君三十岁后的某一天，突然发现自己每天都顺路送同事到地铁站——因为自己是在北京限号前买的车，而周围同事大多没车，也摇不到号。开始对烘焙有兴趣以后，又经常做了蛋糕带到单位请同事吃，甚至还会根据每个人不同的要求改变甜度和配方。朋友聚会时也会主动承担起送最远的女生回家的责任，有时甚至也会送男同事。如果当天限号，还会主动问一句到家了吗。而对方经常过很久才回，却很少有人同样关切她。她好像从来都不觉得自己是需要照顾的那个人。而等她终于意识到这一点，起因是有一次下大雨，她又习惯性地问同事要不要去地铁站。隔壁办公室的人刚好都没有走，两个都是长辈。她心想，说是送去地铁站，要是一会雨还没有停，索性就送人家到家吧——反正都住得近。但她也不好意思明说。只能等人家上车再建议。就像每次在路上给乞丐钱，不知道为什么她每次都比对方更不好意思。同时还要严厉地质问自己：你是不是只是为了自己良心好过？你是不是假装自己是个好人？你是不是有一点像妈妈，先用道德绑架自己，又绑架别人？

但她已经习惯了。所谓习惯的意思，就是已成自然，无法可想。隔空喊了一嗓子，人家也都高高兴兴地答应了，说一会儿走的时候叫她们。然后筱君就开始自顾自地关电脑，去茶水间倒茶叶，洗杯子。回来的时候她看了一眼走廊的窗外，仍然大雨如注，步履遂轻快起来，觉得自己多少帮了人家一点忙。可能是雨声太大了，对面的同事完全没听到她回来了。她突然听见其中一个人对另一个人压低了声音说：你说曾筱君天天这么助人为乐的，到底图啥？

图人缘儿好呗，哈哈。又不是领导，没必要走亲民路线吧，难不成还让我们举荐她上"感动中国"？

那不成，这点儿事迹最多感动报社——不过咱也别以小人之心度人君子之腹了。这世界上什么样的人都有。大概就真的有这种人吧。

我不禁要问，这种人到底又是什么人？

——嘘。人家好像回来了。

筱君好像完全没听见似地继续在这边手脚不停，整理东西。自动保护机制似乎又开启了。她收拾好桌子，整理好茶杯，浇了花，还拖了办公室的地。又过了好一会儿，才笑着问：能走了吗？

雨这时候其实倒也小了不少了。筱君平时怕她们淋湿，还会专门跑去停车场开到报社大门口来。但今天她没去挪车。但是同事们上她车的时候照样千恩万谢，在车上照例又聊了一会儿八卦。筱君一直没说话，她们似乎也没发现。是到后来她觉得有点太明显，才勉强接了个话头，大家都立刻如释重负地笑了。

等她们下车后，她说：明天见。车开走后自动保护机制才突然失灵。她也想问最后那个问题：那么，她这种人到底是哪种人？

雨势又慢慢变大了。是五月春夏之交的暴雨，下得就像要把整个春天积累的不快一股脑儿丢下似的。她在雨里慢慢地开着，看到红灯就机械地停下来。看到绿灯就机械地往前开。等开到第五个路口才总算缓过来了一点。她到底是哪种人？不过就是，和大多数人不大一样的人。反正也不期待回报什么，反正也并不觉得真的是朋友。既然不是朋友，也就不必真的伤心了吧？

她这次连此后不再带同事回家的誓言都没发。她知道如果雨真下大了，自己做不到的。

又过了好一阵子，筱君发现自己的精神胜利法使用得越来越频繁。推荐其他部门的年轻人做点什么，反而被人说成拉帮结派。有新同事来，觉得人家孤零零的没人搭理，稍微表示点好意，又被人说小恩小惠收买人心。怕遭人非议，一直和新来的领导不怎么走动——又有人说，她是前领导的旧部，是对今上不满，还有人说她是故作姿态。

她知道有人始终不能明白自己——更不会喜欢。人总是不会喜欢那些和自己太不一样的人吧。一句话就定性了：太装。

回去和丈夫偶尔说起这些，他总是取笑她对人的心太重。她问心太重又是什么意思。

他说，有些人就是不值得你对他好。都是成年人了，都有防御心的。你对人稍微冷一点，保持安全距离就好。

不是这样的。筱君想。其实也不是对人有什么心，可能就是喜欢对人好。她当然知道职场也有所谓刺猬理论，"刺猬在天冷时彼此靠拢取暖但保持一定距离，以免互相刺伤的现象。在管理学中，就是强调人际交往中的心理距离效应"。说白了就是《论语》里的"唯女子与小人为难养也，近之则不逊，远之则怨"。

但筱君一点都不喜欢这句话，这个理论。这与她喜欢的，所有伦敦市民集体出动去郊外树林子里捡小刺猬的温馨场面全然是两种画风。两个成年刺猬对峙，观望，小心翼翼地靠近彼此，只因为需要一点对方的体温——这太斤斤计较了一点。也太"大人"了。

倘若不提少数刺心的话，事实上她得到的善意和友情也远较一般人为多。比如有一个和她年纪相仿的同事就说过：如果我们单位"大逃杀"，我只敢和你待在一起。

她明知故问：为什么？

因为相信只有你绝对不会害我啊。——不过还是算了。

又怎么啦？

你这种人一点自保能力都没有。和你在一起是不会害人，可也没什么用，搞不好还会冒傻气连累队友，死得比别人更早。

筱君窘道：是赵辛楣说方鸿渐的话——"你不讨厌，可是全无用处"么？

那倒也不至于。那姑娘哈哈大笑：至少你会开车，能聊天，知道全北京最好吃的日料在哪，品位也不错。"大逃杀"什么的又不是每天都有！而且，不是最信得过的人还是你么。

筱君就重新高兴起来。顺便又被提醒每年生日总会有满屋子人过来给她庆生。收到的礼物也最多。差不多整整一个月都在收礼物，各种同事，同学，朋友，甚至还有去了澳洲的发小千里迢迢寄过来。虽然大多数礼物都是"方鸿渐"，但是放在那里看看也是高兴的。

而与此同时，筱君妈妈也正在南方的 S 城一日日年华老去。因为一直想当老师却阴差阳错当了一辈子公务员，她退休后自己开了一家少儿教育培训机构，专门叫了表叔过来帮忙。奶奶去世了，而外婆还在，只是记性越来越差，经常逼着妈妈给老家亲戚重复打钱。也有亲戚想参股的，但没多久就嫌挣钱少，回去后又宣扬筱君妈妈管理不善。筱君妈妈一开始雄心万丈，因为经验、资金和师资的多重缺失，投入无数却收益无几，就和曾资助表舅开过的餐馆、文具店一样经营惨淡。她经常挂在嘴边的话是：我真的没有任何私心……

筱君听不到也就算了。听到一定会冷冷地补一句：所以妈你根本不是做生意的料。

那你还不是。妈妈现在也会反唇相讥了。

所以我根本就不尝试啊。我们这样的人对钱没概念，怎么挣钱？你以为钱那么好挣？它也知道什么人真正喜欢它，才不会天上掉馅饼。

但筱君妈妈不为画饼，只为骑虎难下。最困难的时候她甚至企图拿筱君的高中成绩单做招生广告——也不知道她什么时候偷偷复印的，而筱君对此只有冷笑：拜托，一个排名老七的区重点十几年前的年级第一，又不是什么名人富豪，究竟有什么号召力？

而且我当时成绩好和你们机构有什么关系?

但筱君一边嘲笑,一边暗惊于自己越活越成了妈妈的模样。妈妈是为了几个比筱君还小许多的员工才退而不休,而她上班又为了什么?也只不过为了和还算谈得来的同事在一起,再互相打打新闻理想最后的鸡血,边笑边骂地一日日煎熬下去。她甚至想,要是自己有一天都不相信这一切了,别的人怎么办?

像她们这样的人,大概还是把自己想得太重要了。所有的好与坏,所有的骄傲与痴心,所有的目下无尘和不容于世,皆来源于此。

而她的高中过去多少年了?以为早远离了的家庭阴影此刻卷土重来,爱过的,恨过的,竭力划清界限却终于宣告失败的。此刻她正大步走在妈妈的老路上,重复同样的辉煌、危险、狂喜和虚无。——但再给她一次机会,恐怕仍然会犯和妈妈一模一样的错误。

妈妈六十岁生日那天的傍晚,筱君给她发了信息祝生日快乐。没回。又打电话过去,没打通。之前妈妈倒是问过她最近有没有可能来S城出差,她一口回绝了——也就只有对妈妈才能做到这样清坚决绝。她说,我很忙的!反正我回去你也总在忙你那些事！你不要做梦让我去给你那个机构讲课！

但她其实早早就订了一个巨大的红丝绒蛋糕。最好的品牌，足够十个人吃的，直接快递到她公司里去。她知道有时候妈妈也未必不虚荣——至少能理解虚荣这回事。筱君还在读书的时候，有一次赶上情人节，妈妈吃饭时突然笑着说：今年的玫瑰花肯定不好卖了。

筱君问为什么。

妈妈说：你没发现今年情人节是礼拜天啊？那些公司的女孩子肯定就不要男朋友买玫瑰花送到公司里去了呀，当天的花那么贵，两个人还不如省下钱来吃一顿大餐。

那也许是筱君漫长的后青春叛逆期开始之前，最后一次发自肺腑地钦佩妈妈。不，似乎还有另外一次。那年春节筱君已经读研究生了，那对曾在她们家借住一年多的母女又来拜年、打麻将。那时候外婆的老年痴呆还不太严重，所有人给她的压岁钱一千两千的也都好好地收起来。但到了临睡前，她突然说少了两千块钱。大家开始一通乱找。那天家里偏巧还住了离婚后一直单身的小姨，那妈妈知道只有自己母女俩是外人，急得赌咒发誓：这可怎么说得清！要不然你们来搜身！

妈妈就笑着说没事，肯定是我妈老糊涂不知扔哪里了。大家都洗洗睡吧。

到了第二天早上，外婆一打开衣柜门就喊起来：红包原来在这里。所有人都放下心来，皆大欢喜地吃了早餐。但筱君心里却有点疑惑：明明昨晚上她第一个找的就是外婆的衣柜。等所有人走了，她悄悄去问妈妈，妈妈笑道：我知道不管怎么样都会找到的。

筱君嗤之以鼻：妈你就这么相信人性。

我是相信就算是有人拿了，也一定会放回去。

那为什么不直接揭穿？太可恶了，都认识这么多年了。

那她以后怎么面对女儿？不过就是一时想岔了。刚好这段时间她家出了点事，又以为你外婆老糊涂了，心里没数。

又说：都过去了。你以后不要再提。尤其是你爸，他嘴上没把门的。

这件事筱君的确没有再提，但记了很多年。这简直就像"楚庄王绝缨"。但是她知道妈妈又不是要别人为她攻城略地，只是希望大家能面子上过得去，继续亲亲热热地来往。

这一天筱君因为打不通电话开始胡思乱想。大约是妈妈生她气了，人生有几个六十大寿，唯一一个女儿还不回来。又或者那蛋糕没及时送到她公司，她当着下属失了面子。还是遇到其他什么事了？她陡然间意识到这个熟极而流的十一位号码总是只要三声就接通，而那边熟悉的声音永远报喜不报忧。

她不安了几刻钟。到了晚上又打了一次，还是不通。到第二天早上依旧没信息，她终于真正紧张起来，一大早就拨通了爸爸的电话。相对于妈妈的而言，这是一个生疏得多的号码，虽然这些年她故意要气前者，经常格外地表示更理解后者：他这么胡作非为，还不是你惯的？……但父女俩终究是不够亲密。毕业前夕，筱君有个大学舍友突然吞吞吐吐地问她是不是单亲家庭的小孩。她问为什么。舍友说：因为我发现你四年来几乎从来不提你爸。

对于爸爸，也许筱君的记忆永远停留在了那个一直给他做饭洗衣服的高中暑假。以及他永远在家里如同困兽般来来去去，却从不和女儿交流的低气压里。像小孩子一样被宠坏了的爸爸。像老顽童一样肆无忌惮的爸爸。永远和筱君一起争夺妈妈注意力的爸爸——还在想着，电话已经通了。筱君硬着头皮问：妈呢？

这也是她屡次打电话回家时如果爸爸接起，最常说的一句话。通常爸爸也会立刻告诉她妈妈在不在。这天他却格外多说了几句：你妈妈昨天向你诉苦没有？

没有，我发信息祝她生日快乐，没回。

昨天晚上她带你外婆提了好大一个蛋糕去舅舅家庆生。路上下大雨，她一直叫不到车，我又在修车子赶不过去，她后来说，这是她最不快乐的一个生日。

她为什么要去舅舅家过生日？舅舅干吗不来我们家？

她说舅舅家人多，你表弟又刚生了小孩，不要他们过来。那个蛋糕她说不给员工吃，一家人一起吃掉最好。

筱君悔之晚矣：早知我就直接写舅舅家地址了！那个蛋糕是双层，好重的。

所以后来在雨水里打翻了……

啊？

她一手要扶着外婆，一手还要提蛋糕。可能还有一些什么别的给你舅的东西，你知道你妈这人的，反正就是一辈子生怕占人便宜。最后蛋糕摔了，她骂了我一晚上没及时赶到。

筱君想，很好，这位女士脾气好了一辈子，终于也会骂人了。骂人就不会得癌症。一边说：摔碎了就摔碎了，没关系的。

哎你不知道她多伤心。她说，崽宝花好多钱给她买这个蛋糕。上面还有两个刺猬……

筱君订的蛋糕上的确有刺猬。被妈妈喊了这么久刺猬，两个人也吵了差不多十年，她也不是故意的，就是刚好看到有这图案。

你妈后来难过到关了机，任何人电话都不接。昨晚上翻来覆去的也没睡好。要不现在喊她起来？

筱君听见自己瓮声瓮气道：不要。你让她多睡一会儿。

哎好像已经醒了——

她赶紧挂断电话。

倒不是耍酷，是没想到自己在哭。哭得根本没办法再说话。上次这样哭还是高中吧，家里人最多的那年，她有一次突然梦见妈妈死了。那次正好是周末在家，她光着脚从梦里哭醒，立刻去敲妈妈房间的门。一开门就立刻扑到她怀里哭了。——这次就和那次一样，但自己早已是个成年人了。

像妈妈那样过一辈子也没什么。没办法，有些人对人世的爱就是过于充沛且不知悔改。还有些人天生只能从一些无聊小事里得到成就感，比如分发蛋糕边给所有家里住的人，比如被女儿当成超级英雄，编什么故事对方都信以为真，实际上却是一个无枝可依的疲惫的中年人。到老了，没用了，像同样帮了一辈子人的外婆一样，渐渐忘记别人，再被大多数人忘记。

但她快乐过，筱君十分确定她快乐过。就像自己这些年时常清楚知道的自己。

2019 年 8 月

乌鸦

浪漫主义的第一部分

1

有好长一阵子，我都住在树上。谁叫我也不下来，就笑眯眯地在树枝间看着底下的他们。有人非要进攻上来，我就随手拿树上的果儿掷他们。有的时候准头很好，有的时候差一点，但多扔几个，总能扔中。忘了说了，那树不算矮，是一棵柿子树，所以柿子扔中头顶的时候，会很疼，而且万一是熟透了的柿子，也容易造成一种稀里哗啦头顶开花的恶劣印象，如果沾染到羽毛或者衣裳上，清洗起来也不大方便。一来二去地，就没几个人愿意过来进攻我的领地了。这领地贫瘠，高寒，狭小，而且交通也不大方便，本来也没有什么值得攻占的——所以，我就得以继续住在柿子树上。

夏天的时候柿子树叶子很多，很茂密，我藏在树上，除了邻居喜鹊和麻雀，一般没人看得见我。可是到了秋天，叶子每天都在扑簌簌地往下掉着，我的小房间就渐渐暴露在了越来越冰凉干燥的空气中。我有点沮丧，但难道能够凭借一己之力，使得季节倒流吗？每当这个时候，我是多么怀念盛夏时的浓荫啊，哪怕有蝉声在耳边没完没了地聒噪我仍然怀念：我脆弱的耳膜经过一个夏天的锻炼，早已变得固若金汤，纹丝不动。而北京的夏天对我而言也很相宜，一天之中最热的时候我躲在树荫里，高处的气流微妙地荡过，总能给青枝绿叶带来一丝清凉的颤抖。而夜里更是大风时过树梢，风语不绝于耳。我身上的衣服都被吹得飞扬起来，头发也是。只要稍微探出头来，就有要掉下去的危险，我只好躲回去，继续蜷伏在属于我的小屋子里，了无生趣地在沙发上看着鸟报——作为一只有点文化的乌鸦，我不怎么爱看鸟视，娱乐节目太多了。

喜鹊小灰先生是住得离我最近的一个邻居，就在我家左下方第二棵栗树的第三个枝杈上。小灰先生最近过来拜访说，栗树公寓的房间采暖最近越来越差，他年纪也大了——按人类的计算方法已经四十五岁半了——有点受不了了，正考虑住在矮一点、叶子茂密一点，同时所处小区也更安静的核桃树公寓去。我问小灰先生：难道核桃树不掉叶子么？到了秋天，难道不是每个公寓都面临着同样恶劣的生存困境吗？

小灰先生摇摇头，耸耸肩膀，什么也没说就走了。他最近总是这样，从一只外来的长耳鸦那儿学会了不少外国派头。问题是那鸦也不过就是只东北鸟，何至于就这样洋派起来，难道和日本鸦混过血？我懒得搭理他们，打开电视开始看鸟视。最近园子里的虫子越来越少，鸟视一台的主持人鸟京先生说，这是因为植物上洒的农药越来越多的缘故。人们早已不再需要我们捕食害虫了，倒是觉得我们飞来飞去掉落的鸟粪经常威胁到行人和汽车。一整个夏天，除了知了和小青虫我几乎没再吃过别的新鲜美味，每天的食谱都一样让人腻味。燕南园的其他昆虫也不是没有：天牛、金龟子、螳螂，以及只在下雨天露面的红蜻蜓。不过这些虫子或者太大，或者太难捕捉，都不是我的心头好。尤其是红蜻蜓，还长得颇有几分姿色，真舍不得一口吞进肚子里——你们看，我乌鸦先生也是懂得欣赏美的呀。

好吧说漏嘴了，我的本名就是乌鸦。不是绰号，大号就是乌——鸦。非要问我和别的乌鸦之间有什么区别，那就以我所住的地段划分吧：我住在一个被人类叫作燕南园的园子里，而这个园子，又位于一所叫作燕园的大园子里。其实燕南园也并不在燕园的南边，不知道何以得名——命名这事实在太复杂了，搞不清楚人类都是怎么想的。对于我们乌鸦或者别的鸟类来说，事情则很简单。因为我是唯一一只住在燕南园里的乌鸦，所以鸟儿们都尊称我为南先生。个别亲热一点的同类就叫我老南。有一只乌鸦住在燕南园前面的24栋学生宿舍前头的树上——忘了说明了，整个燕园是所学校——我们就叫她24号鸦。这种命名方法简单，有点像人类中的日本人，渡边、山口、松下什么的，用方位来命名。而喜鹊的命名法就是另一个系统了，比如说小灰，就是因为他的毛色在所有喜鹊中偏灰，而他有个兄弟叫小蓝，也是同理。喜鹊中还有灰小蓝，就说明这只鹊又有灰色，又有蓝色。再如大黑、大白、杂毛、断翅，诸如此类都是以外观得名。当然，这样的命名法对我们乌鸦就不适用了：众所周知，天下乌鸦都一般黑，嘿嘿。

麻雀多数以大小论之。最胖的那只叫大胖，最瘦的那只叫小瘦，大部分都是中不溜，可以按身上的斑点区分。看上去个头、颜色都差不离的麻雀，事实上每只斑点都有细微的不同，有些甚至很耐看。我有一次觅食时就差点踩瞎一只头顶特别红、脸颊分外白，且有很明显的冠眼纹的母麻雀，她长得就算是同类中的翘楚了。那次差点踩到她，是因为她和我同时看中一条小青虫，但麻雀个头小，要观察很久才能下嘴，正好我路过时看见了，轻轻一嘴就掠了去，她吓了一跳，往我脚上直扑腾，我只顾着嘴里叼着的虫，忘了收爪子，差点坏了她的招子。

快走！快走！我含着虫子含糊不清地说。否则我就踢你啦！她这才晕头转向地掉了个个儿，往下直直地坠去。

我追着她还调戏了句：小样儿，长得不赖，就是本领差点！

——呵呵，作为一只公乌鸦，我认为要流氓才是一只乌鸦的要务。我们是园子里最大的雀形鸟之一，在觅食方面没有特别大的障碍，多数鸟辈看见我们都得绕着走。那些个学生老师，也不大愿意与我们为敌，偶尔出门看见我们，只喃喃吐一口唾沫就赶紧离开：谁让我们千百年来赚得了十足的名声呢？我是乌鸦，我怕谁？

这句式据说和人类的一个著名句式很像，但是我忘记是谁说的了。

刚说过，我乌鸦先生也是懂得寻找美，欣赏美，并且创造美的。我还曾经去三教和四教旁听过中文系的课——就躲在窗户外的电线杆上听了那么几耳朵。中文系的女生很多，有些长得还很好看——当然和麻雀的好看不是一回事，麻雀全以花纹取胜，连冠眼纹眼线都是天生的，可人类姑娘们呢，却多以外在修饰吸引人——以及鸟，比如我乌鸦先生——的眼球。这些外在修饰包括花花绿绿的衣服，精致的妆容，亮闪闪的耳环、项链什么的，还包括一阵一阵让人心动的香气。就因为此，除了中文系上课的课堂外，我最爱待的地方，就是各个女生宿舍楼。著名的公主楼27栋是我的天堂，许多个夏日的午后和傍晚，我都痴痴地待在女生楼外，闻着她们刚洗好的衣服散发出来的洗衣液和内衣皂的清香。透过窗帘，能看见一些姑娘穿着布料很少的衣服，正慵懒地倚靠在墙角或者床边给不知名的某人打电话，和她们平时对舍友说话的腔调完全不同。那种腔调——怎么形容呢？就是……就算是一只公老鸦，听了以后也要觉得浑身麻酥酥得飞不动的调调。不知道人类怎么形容，好像是嗲？作为乌鸦我文化水平有限，不会写这个字，但是仍然要举起双翅，为这个只知其音而不知其形的"嗲"字猛烈鼓掌一番。人类作为比我们鸟类高等的生物，连女性化的程度也要高级得多。我见过母乌鸦发情时节来找我的，那种蓬松作势的丑态完全是不能看。而且——母乌鸦也不会用洗衣液洗衣服呀，更不会洗澡、打电话！

好吧承认了：我就是一个迷恋人类的乌鸦变态。乌鸦中的贾宝玉，慕女狂。一点点特殊的女用香水就够让我追三里地，一直在树梢上不断地跳跃，从一个树顶跳跃到另一个树顶，只为了偶尔低飞下来用翅膀沾染一点点特别的香味因子，比如，某种比豆蔻、芍药、莲花、木香、麝香、龙涎等各种动植物精华全部加在一起还要更香的芬芳，那让我夜晚回到我的小屋里，仍然能够为之目眩神摇、魂飞魄散的万香之香——用香水的女生很多，男生也有个别用古龙水的，但如上所述的香味我只闻到过一次，那次的经验实在是过于惊艳了，导致我甚至忘记了看那个女生的脸，是胖是瘦是高是矮是俊是丑一概不知，只是万分焦急地从一棵树跟到另一棵树，终于跟到了百年讲堂上方，三角地刚拆了不久，她步履款款地走过一排低矮的冬青林，我的机会才终于来了，以迅雷不及掩耳之势低低斜飞下去，用黑漆漆的翅尖轻悄地掠过她光洁的耳后——掠走了好大一片香味因子。

那女生吓了一跳，回头也不知道看到我没有，疑惑地把头发往后一拢，继续抱着一摞书往前走。我躲藏在沉沉暮色掩映着的冬青树上，陶醉地反复嗅闻着自己的翅膀，沉浸在巨大的幸福中。太香了，这样的香让人眩晕，差点一头栽在讲堂前面的水泥空地上。

2

有很长一阵子，我认为我是一个被造物主弄错的形体，拥有一个不小心被装进乌鸦体内的人类的灵魂，本质上却仍然还是一个人。否则我无法解释为什么我只对和人类有关的一切什物，尤其是人类中的女性感兴趣。我每天都高高地盘踞在柿子树的顶端，冥思苦想着各种关于物种起源的问题。有一个人类哲学家叫什么庄子的，说过一句话，大概意思就是他梦见自己变成了一只蝴蝶，醒来以后很迷茫，不知道是蝴蝶梦见变成了他，还是他梦见成了蝴蝶。这话我觉得挺中听，我也弄不清楚自己是一只乌鸦梦成了人，还是一个人梦见自己住在了树上，变成了乌鸦。

这故事我也是在三教二楼窗外的天台上听来的。有很长一段时间，我每天都从柿子公寓飞过来听课，比里面大多数学生听得都认真。相对来说，我更喜欢听古代文学，里面偶尔还会有一些章节提到我们，著名的"枯藤老树昏鸦"就不提了，还有一个唐代诗人叫韦应物的，写过一首杂言诗：

日出照东城，春乌鸦鸦雏和鸣。雏和鸣，羽犹短。
巢在深林春正寒，引飞欲集东城暖。群雏绕襟睥睨高，
举翅不及坠蓬蒿。雄雌来去飞又引，音声上下惧鹰隼。
引雏乌，尔心急急将何如，何得比日搜索雀卵啖尔雏。

借用一个人类的成语来说，这诗真真算得上是佶屈聱牙！里面好多字我都不认识。相比之下一个叫张继的诗人就要通俗得

多了:

月落乌啼霜满天，江枫渔火对愁眠。
姑苏城外寒山寺，夜半钟声到客船。

不知道为什么，听了这首诗我就很感伤，仿佛真的在等待一个机会，比如一个月色深沉的夜晚，对着一个我心爱的女孩儿忧愁眠去。我发疯地渴望去爱一个姑娘：我的性取向一直很明确。住在燕南园里，夜里经常能够看见女生偶尔独自踟蹰，唉声叹气。我清楚她们多半是爱上了什么不该爱上的人，或者遇到什么解决不了的烦恼。更经常的时候，我知道爱本身就是一种烦恼，这两者之间可以画等号。然而我仍然为她们在黑暗里清晰可见的悲伤动心不已：她们是在爱着，并且因为爱而绝望着。这爱的姿态是多么美啊，超过了所有鸟类可以达到的美的极限。

而我是一只乌鸦。

我只不过是只丑陋的，普通的，随处可见的乌鸦。

我低低地飞下去，停在离她们月亮一样光洁的脸庞最近的枝头，着迷地观看眼前具象的痛苦。她们的痛苦和身体一样散发着迷人的香气，我渴望用我的黑翅膀整个地拥抱她们，抚摸她们，用最粗哑和最温柔的嗓音安慰她们，让她们悲痛地揪扯我的黑羽毛，以发泄心中的不满和哀伤，我愿意死在任何一个她的手中，因为我爱她们——实在找不到一个具体的对象爱恋，我爱这园子里所有动人的姑娘，以及那些精巧躯壳里面藏着的所有脆弱的灵魂。可惜只要我降落得离她们近一点，她们就受惊地迅速逃开，就好像看见了耗子、蛇、蟑螂之类可怕的事物，那种显而易见的嫌恶一点点撕碎了我的心，一次又一次地。

　　无数次我悲痛地想：为什么我偏偏就是一只乌鸦而不是别的什么鸟呢？哪怕就是一只最常见的喜鹊、麻雀也好，她们至少不会对我过于狼犾的黑身子感到恐惧；哪怕是只流浪猫也好啊，我亲眼看到许多姑娘来到园子里，看见那些丑陋肮脏的猫咪们，却像看到了什么最可爱的东西一样蹲下来，亲亲热热地招呼他们过来吃食。——再不济，哪怕就是只蝴蝶呢，哪怕寿命很短，至少可以轻盈美丽地活上一个夏天，并在阳光下靠近任何一个我感兴趣的姑娘，甚至可以轻轻地，不带一点威胁色彩地，停落在她们白皙裸露的肩、胸，乃至于纤细的锁骨上。不管当什么，似乎都比当一只丑陋的乌老鸦要美妙得多。日子就在我不断的哀叹中如水一般滔滔地流淌而去，每天我都寂寞得发疯，但每天，我都能够找到新的好看姑娘作为今天暗恋的目标，借以短暂遗忘我生而为鸦的原罪和悲伤。

白天校道上匆匆行走的男生比较多，芬芳的妹子多数出现在夜晚。因此我白天的光阴多半用来睡觉，到了黄昏，头脑才清醒过来，开始满园子翱翔，低旋，寻寻觅觅——当然并不只限于待在巴掌大的燕南园，那里通常除了吵吵闹闹的流浪猫之外，什么有意思的事都看不到。美女还是燕南园外的校道上比较多，尤其是学生宿舍区的校道上。我蹲在树上，看着她们急匆匆地去赴某个该死的约，或亲热地挽着某个家伙的手，更有甚者，两个大好的姑娘为了同一个混蛋反目成仇，彼此敌视，而我还目睹过这色狼和第三个第四个姑娘一起轧马路呢。这实情真让人难堪。可是作为一只不会说人话的乌老鸦，除了充满妒意地待在树梢上凝视，我又有什么办法呢？

3

距离上次小灰先生来找我，时间已经过去了三四个礼拜。在这三四个礼拜里，夏天分外迅速地流逝了，我每天早上醒来，都能在燕南园的泥地上看到新鲜的蝉尸。它们死得直挺挺的，我对如此短暂的生命哀其不幸怒其不争：在泥地里苦等十七年，出来待一个夏天就迫不及待地死掉，到底有何意义？每日震天价聒噪，更体现不出个体价值，死了活该。我连把这些家伙当早餐都不屑，每天继续不辞辛苦地出去奔波，寻找最后几条还没有死透的青虫果腹：大部分青虫都变成轻佻的花蝴蝶了。我真想告诉那些还没蜕皮的青虫们说：化蝶也没用，到了秋天，一样都得死翘翘。本质上，作为一只热爱美、追求美，并且思考美的高等动物，我讨厌这种旋生速死。

自然做一只乌鸦也无望长命百岁，但是至少我活过，思考过，爱过——爱。对于一只乌鸦来说过于酸腐的字眼，简直像硫酸一样一点点腐蚀了我的肌肤，我的黝黑发亮的羽毛根，我高傲的坚硬的喙，让我一寸寸全部烂掉，烂掉在对于这可望而不可即的神奇毒药的向往中。爱一个确定的人到底是什么滋味呢？滋味会比在大清早吃到一只肥嫩鲜美的竹节虫更富有快感吗？

有一些夜晚，我沉浸在对于爱的狂想中，几乎忘了看鸟视。

有一只母乌鸦，就是住在24栋那只24号，好像暗恋我。照她的说法，她每天都过来找我，讨好地陪我逗哏——这就是爱了。我不屑一顾地问：燕园里有好几十只乌鸦，你为什么偏偏选择我来爱？

果然是低智商生物，脑容量有限，24号看上去一点儿也不生气：因为你是整个燕园里长得最健壮的一只乌鸦，身体好，遗传基因就好，回头生蛋孵出的小乌鸦就越容易快高长大，多好！多荣耀！

你想得还真长远。我更鄙视她了：你来看我就是为了繁衍后代？你这示爱也太赤裸了吧。

不为了繁衍后代生小鸟，那还能为了什么呢？24号明显地困惑了：南鸦先生，我不明白你的意思。

我开始用喙梳理乌黑发亮的羽毛，都懒得继续搭理她。

你到底什么意思，说嘛说嘛！

别撒娇。我警告她：你撒娇对我没用，你对47号撒娇去。

47号是另一只和她差不多蠢的公乌鸦，身体也很好，块儿也挺大。

我说：照你的择偶标准，47号也很合适呀。你为什么不找他做你小鸟的爸爸？放过我吧，我真的不合适你。

24号娇羞地说：去年我已经和47号生过一窝了。鸟视都说了，老找同一只公鸟生蛋不好，这样生出来的都是兄弟姐妹，不利于下一代自由择偶，弄不好就是同父同母，多不健康。

健康健康健康。她的养生理论还真多。说真的，我觉得和这只蠢母鸟多说一句话都是侮辱我的智商，干脆别过头去，把头埋在羽毛里，一声不吭地装睡觉。

24号却以为我被说动了心，又羞又喜，在树枝上一点点挪过来，用喙仔细替我理胸口一撮弄乱了的杂毛。她的嘴巴刚靠近我，我就暴跳起来：滚开！你这个想生蛋想疯了的蠢母鸟！

她吓了一跳，弹身跳起，在空气中对我狠狠撇了一下嘴——其实是喙：神气什么神气什么？你别忘了你和我一样，也不过是只人人不待见的乌老鸦！谁见了都得吐口吐沫说晦气！

她飞远了，这句伤人的话却还停留在我耳边。我睁大眼睛，呆呆地看着树下，眼睛都湿了。是的，24号说的句句都对，也许真正走火入魔的，是我。我是一只痴心妄想的蠢鸟，而且是只人人不待见的乌鸦，却妄想过人类的生活，这不是愚不可及是什么？

他们说：见到乌鸦就意味着这一整天都是坏运气。所以我就像一个大号的坏运气，每天都在园子的上空飞来飞去。没人愿意多看我一眼。尤其是那些可爱的姑娘们，她们怕我。

怕我。

眼眶里一直强忍着的泪水终于掉下来了。那个黄昏，我躲在我的柿子树公寓上，痛痛快快哭了一场，为了我先天被判定有罪的身份，为了我对人类无望的恋慕和爱情。

4

大家好，我是乌鸦南先生！

那是秋天的一个早上，我走出我的公寓，站在作为露台的一根长长的柿子枝上，穿着我最好的也是唯一的一身黑色礼服，微笑地对着空气说。我相信所有的淑女都喜欢绅士派头，所以得利用一切机会练习我的风度和谈吐，丝毫也松懈不得。也许也正因为此，才会有那么多蠢母鸟对我感兴趣的吧？一滴清晨的露水悄悄从上面的叶子上落下来，打湿了我的尾羽，洁净，微妙，轻盈。我回身啄着那滴水，顺势好好洗了个脸，神清气爽。

南先生你好！

麻雀大胖装作不经意地走了过来，也不知道偷偷地蛰伏在树叶丛中多久了。他真的很胖，整个身体呈一种纺锤形，我正在梳洗打扮呢，被这胖子冷不丁吓了一跳。

干吗这么鬼鬼祟祟的？

南先生，是这样的。大胖叽叽喳喳地说，那与身材不相匹配的细嗓门一听就让人头疼：眼看秋天就要到了，每个秋天都是我们鸟族贴膘的大好时节，如果不抓紧时间在秋天多长几两，那么接下来的冬天能不能撑过去就成了大问题。可这个学校的资源越来越贫瘠，四处洒药，能吃进嘴的虫越来越少，以前还能偶尔偷点流浪猫的残羹，但是最近接连发生了几起流浪猫扑杀麻雀、喜鹊的惨剧，所以猫食盆附近现在也成了禁地。而且越来越多的猫下了小崽，整个学校到处都是猫的天下，即使我们不惹他们，他们也很有可能在即将到来的食物匮乏的秋冬拿我们果腹，所以……

所以什么？整个夏天我都沉浸在绮思里，运动量显著变小，一般猫也不敢惹我这么大的乌鸦，所以对他的抱怨有点听不入耳：你说的也太危言耸听了吧？

所以，我们麻雀族和喜鹊族讨论过了，必须得商量出一个办法来，和乌鸦家族也都说了，24号说你住得远怕通知不到，要我特意过来告诉你一声：明天下午三点半，就在英东会议中心后面的一片空地上，咱们三大家族一起开个碰头会。

就三家？啄木鸟猫头鹰布谷他们呢？

毕竟我们三大家族是园子里乃至附近这一带势力最为庞大的鸟族了，其他啄木鸟啊文鸟啊布谷之类的数量都太少，用不着投票，到时候决定了通知他们就成。

虽然听上去和我没有太大关系，但我本质上就讨厌这种不民主的行为：大家都是鸟嘛，干吗厚此薄彼，不和他们一起商量？这个园子是属于所有鸟的，大家的。

是，南先生说得对，说得对。大胖不断点头哈腰：不过我们想过了，民主集中制还是有好处的，鸟视里也一直在宣传这个，这是人类的高级管理手段，比较有效率。

我本来就懒得开会，现在这种鬼鬼祟祟的商量方式更让我生不出好感来。我说：你们爱商量商量去，就当我不是乌鸦，是文鸟是猫头鹰是杜鹃……随便什么好了。我也是这园子里的少数群体，你们商量好了通知我一声就成。

大胖唧唧唧地说：你真不去了？真的？

真不去了。我无比肯定地说。我今天还很忙，明天也很忙，后天很忙，大后天也忙……哎呀，今天还有一节唐诗讲读呢，我得走了。

我没骗他，今天真的有课，明天下午四教也有课。我是一只有情操有追求的乌鸦。

大胖尖细地嘟嚷了一句：不去就不去……接连在树枝上蹦跶了好几下，走开了。

我目送他笨拙地飞下去。连飞都飞不好，真不明白这笨鸟是怎么当上麻雀大头目的。不过麻雀嘛，整体水平就这样。

到了下午，喜鹊灰小蓝也破天荒地跑过来找我了：听说你不去开明天的会了？

灰小蓝是只母喜鹊，身材纤巧，尾羽长长的，很是俏丽。我对她的态度自然比对大胖好得多：当然不去，这种破会。

这次大会很重要，是关于怎么防御流浪猫的。她急急说。

我说：流浪猫怎么了？流浪猫又打不过我。

可是你至少也应该听听大会是什么内容。你别的同类也都说要去，你一个人缺席，多不好！

谢谢你了灰小蓝。我笑眯眯地说。可我明天下午要上课，真没空。你开完会再告诉我情况，好不好？

灰小蓝为难地用喙轻轻地啄了一下树皮：好吧。那明天黄昏见。

她离开的身影轻倩而优雅。喜鹊和乌鸦，在人类所有传说故事里都是对头，谁能料到我们两家其实是最亲密无间的朋友呢？

5

第二天下午我真的去上了课，但是上得并不好。原因不在于203那个古代文学的老师讲得不够抑扬顿挫慷慨激昂，而在于我自己。我闻到了那种熟悉的摄魂夺魄的香味，远远地，隔着窗子。

里面的学生坐得很满，女生占了大多数。我躲在窗台上，尽量小心地靠近窗内：假设你是那些中文系学生吧，想想看，如果上课上到一半，突然发现有只乌老鸦正在外面一起听课，会引发怎样的骚乱？

我老南是很有公德心的乌鸦，轻易不愿意打乱教学秩序。

那香味似有还无地飘出窗外，让我心神不定，偷眼一个个地打量里面端坐着的女生：那么多，到底是谁？其中有好几个长得很漂亮的，我在校道上也跟过几次，似乎香味都不大对。不过也不排除她们中有人改用香水的可能性。203是个大教室，上一次课坐满了总有五六十号人，其中还包括男生，人味儿太大了——这香像一缕游魂一样飘散其中，鼻子再灵也无法精确定位，只觉得心痒难搔。老师在讲台上讲一首宋词，可我一个字也没听进去，一心只想确定来源，再用翅膀掠一点异香回巢。

但我没有隐身法，我不敢。若当真将狂想付诸实践了，恐怕到时候那句著名的人类歇后语就得局部地区改用了：乌鸦上堂，人人喊打。

于是我隐忍着，蛰伏在窗外，一动不动，只等下课铃响。

在等待的过程中，我偶尔会想起：这时候麻雀、喜鹊和我那些同类们，没准正在英东会议中心后边喊喊喳喳地开会呢。我很庆幸我最终决定了来听课，而不是和那些蠢鸟一起商量什么防猫大计。本来嘛，物竞天择，一只鸟要想活下去，除了机灵点，眼观六路耳听八方，及早发现可能的危险，还能有什么更好的办法？我就不相信那么多笨鸟欢聚一堂，就能想出什么管用的灭猫大计。

铃声终于响起来。学生们开始或站或立地收拾书包，和初高中生不一样，也不对台上辛苦脱口秀了两小时的老师表达谢意，就一哄而散。我一边忙着包抄堵截那香的源头，一边忍不住对这种不尊师重道的行为表示愤慨。我曾经去 101 中学那边溜达过，人家高中生下课还知道给老师鞠躬呢！这些大学生研究生，真是！

只有一个貌不惊人的女生没有那么急着收拾书包，走到讲台面前微笑着向老师请教什么问题。人潮汹汹，我又忙着去堵截香源，急匆匆地飞走了。

那些饥肠辘辘的学生走出三教的时候，一定顾不上注意头顶的平台上停着一只乌老鸦。他们逐一经过我，而我在闭目深呼吸。一个一个闻过去，几乎教室所有的人都走空了，却没有再闻到那奇妙的、好闻的香气。有很多女生都抹了香水，平时也许心旷神怡，这时却徒觉扰乱心智，极不耐烦。那特别香味的主人到底去哪里了？我想飞回那个教室看看，又害怕在我飞回去的过程中，这女生正好走出大楼去，这样一错过，就再也没有可能知道她是谁了。

很短的一个时间内，我几乎开始怀疑自己的嗅觉：那香味是幻觉吗？到底那个女生存不存在？就在我疑虑时：那香味重又出现了。一开始很淡，逐渐地，越来越清晰，清晰得如同人站在面前，我醉心地闭上了眼睛：在香味视觉最清晰的瞬间，猛地睁开眼——原来就是刚才问问题的那个女生，正和老师说笑着，一起离开了教学大楼。

她长得不算太美，看清楚她脸的一瞬间，我有些失望地想。但是异香属于她则确凿无疑。为那香气所惑，我一直低低地滑翔着，尾随她。到了农园食堂的时候她要进去吃饭，就和那个老师分开了，我不能飞进食堂，就耐心地蹲在食堂正对面的一棵松树上。松树的味道再香，也压不过食堂潲水堆传来的一阵一阵复杂的气息。莫名其妙地，我开始有一种古怪的不适感，过了好一阵子才想明白，平时这里总会聚集一大堆等着吃学生饭盆漏下食物的麻雀，今天这里却空空荡荡，一只鸟也没有。有一只松鼠快速跑过，我和他一样无聊地蹲守着，直到那个女生再次走出来。

那时是黄昏的六七点。已经九月底了，晚风越来越凉，天也黑得比盛夏要早一个多小时。在四合暮色里我远远地看着那个姑娘向我走来，心底一阵激动，那香味离我是越来越近了，近得我将要掠向她的翅膀尖都开始控制不住地抖动。

她的步态很从容——和第一次一样。我现在越来越确定第一次见到的就是这个姑娘。如果我会说人话，我一定会忍不住问问她：敢问这位姑娘，你用的是什么香水？不管用尽什么方法，我都一定要搞一瓶回我的公寓里。喜鹊是著名的鸟类窃贼，其实乌鸦也是。我们这类智商比较高的鸟，其实都有顺手牵羊的习惯。

我的公寓里藏着一个宝贝，当然不是随处可见的闪亮的扣子啊，硬币之类的小玩意儿，而是——一枚落单的耳环，绿色的，船锚形状，镶嵌着同色琉璃，很精致。那一定曾经属于某个美丽的姑娘，却被遗失在了阳光灿烂的校道上。这耳环很长一段时间里，都是我唯一的宝藏，那象征着我对于人类中的女性全部的倾慕，成了女性一个具体而微的象征。我收藏它，每日用喙和翅膀细细擦拭它上面落下的尘埃。此时这姑娘的芬芳，就让我想起这耳环：它们一样都是美好的极致，足以令人疯魔。我想收藏每一缕香，正如我想找到那遗失耳环的另一只，因为不可能，反而成为最大的渴望。

　　我依然跟着那姑娘。低低盘旋在她头顶。她还没有发现我。

　　好几次，我都把翅膀伸出去了，却又缩回来。上次掠香时就把她吓了一跳，这次再如法炮制，不知道会不会引起疑心。不知道为什么，我不愿意让她疑心到我，疑心一只丑陋的，古怪的，浑身黑漆漆的乌老鸦居然对她的香气产生了某种占有欲。在这曼妙的香气里我的确自惭形秽。

　　就这样犹犹豫豫地，我一路跟着她，直到发现自己已经到了一个陌生的领域：废园的边缘。

　　那边有一个很大的废弃池塘，荒烟蔓草，少有人迹，因此而得名。这里早已成了流浪猫的天堂，猫类的分布密度比燕南园还要高得多，但也有几只胆大的乌鸦把这里的几棵白杨树当成自己的领地。其中有一只还是我的表兄，但我很少拜访他。也罢——我想，今天来了，就顺便去看看他吧。只是不知道那群傻鸟会开完了没有。

姑娘在废园门口停下来了。我发现那是一栋家属楼的前面。看我停在低处，几只流浪猫探头探脑地出现了，目光很阴鸷，眼睛在夜色里绿油油的。我装作没有看见他们。

那姑娘穿着牛仔裤的细腿，此时正孤零零地交叉站着，看上去百无聊赖。她的香气还在，闻久了，就像一层雾一样笼罩在她周围，弥散不去。我痴痴地站在她旁边的水泥台子上，就好像被香气的飞镖钉住了一样。她不动，我也不动，这一刻时光是静止的。我大口大口地呼吸着。没有声音，有声音她也听不到。谁会在意一只貌不惊人的乌老鸦的喘息声呢？我悲伤地想。

夜色越来越深了。

正沉迷间，一阵剧痛猛地把我从美梦里拉回来：一只流浪猫的爪子够着了我最边缘的羽毛！此事不妙，得赶紧奋力震动翅膀。也许是刚才闻到的香气太醉人了才会这么大意：我这才发现黑暗中还有另一双绿油油的眼睛。紧接着，又一双，再一双！

如果把所有黑暗中发光的猫眼都算上，至少也有六七只流浪猫，在黑暗里伺机潜伏着。现在最好的办法就是一飞冲天，可我一动猫眼就跟着转动，我总算知道什么叫"猫视眈眈"了。作为一只鸟辈我还从来没有在一个地方待过这么久，看来"爱"这东西果然累人不浅！

就这么一念之差祸害了我。还没来得及回过神，三四只流浪猫一起扑将上来。我眼前一黑，奋力扑打翅膀，可是已经迟了。

好痛！

等我再醒来的时候，仿佛是被一种特别的东西唤醒，和以前的醒法完全不同。除了深不见底的黑暗，我什么都看不见。电光火石间，我明白了唤醒我的是什么：是那种特殊的香气。

是那种差点把我害死的香气。是那个姑娘独有的，让人闻了以后丧失理智的香气。

眼下，正是那个姑娘一眨也不眨地关切地看着我。我一阵眼热，泪水几乎要从绿豆眼睛里滚出来：我的梦中情人……救了我？

6

后来我才知道，我表兄那时已经回来了。他也看到了流浪猫们对我做的一切。然而他没下来救我。他害怕了。

一切的一切，都缘于下午开的那个邪恶的会。会议上三种鸟类代表公决说：因为喜鹊、麻雀和乌鸦在燕园里的数量占据绝对优势，因此他们三种鸟对于别的鸟群就有了绝对的处置权利。他们决定——并且居然有一只流浪猫与会！——以后可以有条件地牺牲一部分别的鸟类，供给猫咪扑食，以保持燕园鸟族和猫族之间相处的平衡。现场所有鸟都提交了基因密码给猫代表，除此之外的所有鸟——包括我——也就是协议外成员，则将很有可能被随时牺牲掉。

在这个大会开完之后的三个小时内，已经有一只文鸟、一只灰鹡鸰死于非命。如果加上我就是第三只，因为我身体比较健壮，应该够好几只猫大快朵颐，饱餐一顿。

你们怎么可以制定如此自私自利的协议？我质问过来通风报信的灰小蓝。难道除了你们，别的鸟命都不是命？

灰小蓝委屈地说：都是鸟头们定的，我哪有反对权啊。

也罢。我气愤地说。那些鸟头还真不是东西，我差点就死在猫嘴里！

听说是一个人类救了你？灰小蓝好奇地问。

是啊，是个女生。一提起她我的声音就软下来：她救了我。

那天晚上我很没出息地吓昏过去了，再醒来时，她正关切地望着直挺挺倒在水泥台子上的我。我翅膀受了一点轻伤。她为什么在那里我不知道，总之，她好像是扔了好多石头，才把那些邪恶的流浪猫打跑的。见我爪子和翅膀都受了伤，就把我送去了动物医院。我无力地躺在她手心里，幸福地在那香气之中重新眩晕过去。

这是只……乌鸦？动物医院的医生看到我时不敢置信。

是啊。

它怎么了？

它被流浪猫围攻，我好不容易才把猫打跑。它飞不起来了，您救救它吧。

医生匪夷所思地摇着头，检查了我的翅膀，确保没有受重伤，喷了一些气雾剂，再敷上一层淡黄色的粉末——后来才知道是云南白药——紧接着用绷带将翅膀缠起来。不算疼。姑娘交钱签名的时候我偷眼看到了她的姓名：欧阳小乐。

名字真好听啊。我闻着她的香气，感激地想。

她担心我飞不起来有危险，就暂时把我带回了她的宿舍，每天中午和晚上都从打回来的盒饭分出一小半给我。乌鸦是杂食动物，基本上不挑嘴，她对此喜出望外。

我们在一起度过了很恬静的几天。她甚至给我起了名字，叫什么小黑。这个名字是喜鹊专用的！我真想告诉她，可惜不能。在她眼中，我只是一只懂得嘎嘎叫的乌鸦罢了。她的舍友对她把我带回来这件事既不解也不满：你干吗？听说乌鸦吃死人，还会带来噩运。你可别连累整个宿舍都找不到工作。

这话是短头发王艳说的。我站在桌子上，正从饭盒盖里啄食呢，听后不满地看了她一眼：吃死人的那是秃鹫……我们乌鸦么，实在没办法的时候才偶一为之。

小乐说：小黑它受伤了。如果我不救它的话，它会被流浪猫吃掉的。

另一个叫张雪的撇了撇嘴：那流浪猫没东西吃怎么办？你就不怕把猫都饿死？

小乐不说话了。

没几天，我看似乖顺地站在书桌上吃食睡觉，悄悄把这宿舍整个状况摸了个门儿清：听口音王艳和张雪是北京本地人，口音里都有一股子傲气，有点看不上来自湖南的外地生小乐，而宋晓丽是四川人，平时傻乎乎的就知道待在图书馆，一般不参与任何明争暗斗。

医生让小乐一周后带我去拆绷带，结果不到五天差不多全好了。从宠物医院出来的那天，小乐轻轻地把我托在手心里，我预感到了什么，温顺地趴着一动不动。

你飞吧小黑。医生说你能飞了。

我伏在她手心里，假装听不明白。

小黑你飞吧。她耐心地说。大胆地飞，至少试试。

我轻轻地用喙啄着她的手心，如果我们都会人类的摩尔密码就好了，她就能知道我在说什么了：我舍不得你小乐……她当然不懂我的意思，蹲下身子，离地大概三四十厘米的地方把我轻轻一抛。她蹲那么低，是担心我飞不起来摔伤吧。我真想赖皮到底，可即将落地的那一刹那还是本能发挥了作用——轻轻展开翅膀，稳稳地落在地上。

你果然全好啦！她笑靥如花。

我在地上走了几步，复又依依不舍地转头看她。

飞吧，回到你的世界里去吧。

我开始慢慢地扑扇翅膀。头一次恨自己的翅膀如此宽大有力，没扑扇几下就能离地。飞过她头顶的那一刹那，我回头看了小乐一眼。她的笑脸在暮色里显得特别洁净，特别美，也特别芬芳。我浑身带着她的香气低低盘旋在上空，久久不忍离去。她也一直抬头看着。

再会，小黑！

再会，小乐。我会一直守护你的。我默默对她说。

然后我蓦地腾空，展翅而去。

现实主义的第二部分

1

这事说起来实在挺丢人的。我都不敢对我妈妈说。

我马上要在号称全中国最好的大学毕业了，可居然怎么都找不到工作。哪儿跟哪儿都不要女生，拿的偏偏又是最不吃香的历史系文凭。按理说这种专业的最好出路应该是继续留校读研，可是妈妈的病又重了，我得赶紧上班，减轻她的负担。

昨天晚上打电话的时候妈妈问我：工作找得怎么样了？

我说：快了。快定了。

嗯，我女儿这么出色，准能找到称心如意的工作。

每次听见妈妈这么说我都想哭。我是我们镇上的骄傲，一直都是。从小到大都是班上的第一名，镇里考到县中学总共三个名额，其他两个男生和我差几十分。后来又从县里直接考到了北京，还是北京最好的大学，市里奖励了县里一笔钱，县里又张灯结彩敲锣打鼓地颁给了我。我们那个地方不富裕，可也奖了整整两万——妈妈说她一辈子都没拿到过这么多钱，领奖那天都哭了。

那真是我这辈子最快乐的一天。所有人都对我微笑，我上了市里的报纸，戴着大红花，大家都说，欧阳小乐前途无量。我不知道这个无量到底是什么，就觉得头晕目眩，一下子都看不清楚前面的路了。

历史这专业是高中的班主任给我选的。他自己就是历史老师，说读史使人明智。可时隔四年，我才知道读史最不明智，毕业直接通往失业。

班上其他同学考研的考研，保研的保研，考公务员的考公务员，去报社的去报社。不知道为什么所有机会我都比别人晚一步知道，再去争，早就截止或招满了。公务员我也考了，算来算去只有社科院一个党史研究岗勉强对口，可万万想不到有那么多历史系学生去争这么一个看上去冷僻的岗位。我考了最高分，可差额面试的有三个人，两女一男。后来据说就是要了那个男的，笔试分才第三名。说是处长想要男生干活儿，嫌女生娇气，毕业没几年就要结婚生孩子，事多。

也考了报社。新华社人民日报光明日报新京报环球时报，都考了。大部分媒体都想要男生，有的时候笔试都不批卷，看名字像女生直接就刷下来了。

加之我后来又病了一场。所有人都忙着去招聘会的时候我突然发烧了……一急火攻心，病就老是不好。一个人躺在床上，突然就能体会到妈妈在老家生病的心情。原来生病是人最无奈又绝望的事，没有身体，就什么、什么都没有了。

很奇怪地，有时候我会想起曾经救过的一只乌鸦。它是我在这个寂寞的校园里唯一接触过的活物。看上去很聪明，而且温顺。我真渴望像它一样展翅飞走，离开这灰暗破败的人生。

宿舍里一个人都没有。谁偶尔回来一下，也急匆匆地走掉了，手里夹着的简历似乎又少了一些……最难受的时候，我觉得自己躺在一个荒漠里，毫无得救的希望。但是老觉得有一双眼睛在看着我……关切地，担忧地，饱含情感地……然后沉沉睡去。被敲门声惊醒时，我发现刘晓明站在门外。

他一直喜欢我，我知道。可是这样衣冠不整地出现在他面前仍然十分窘迫。涨红了脸没想好让不让他进来，他说：我是在招聘会看不到你，特意问你舍友才知道你生病了。她们也真是的，怎么没一个人陪你去看医生？

我知道在对自己有好感的男生面前流泪不太好。可是一闭眼它就淌了出来，大颗大颗滚烫地打在胸口上，完全控制不住。

走，我陪你去看医生。

我让他在门外等着，挣扎着回去换衣服鞋子，低头时太阳穴一阵刺痛。出去后刘晓明一直挽着我，个子虽然不高，但力气不小。我突然想起了什么，问他：你刚才是一直在窗外看着我吗？

他莫名其妙：我从走廊直接到你们宿舍门口，没经过窗外啊。

那那双在外头看着我的眼睛是谁的呢……我茫然地摸索向前，一双巨大的黑色翅膀在脑海里一掠，眼前一黑。

刘晓明一把搀住了我。

那天晚上多亏他我才在校医院挂了急诊。医生说，这么高的温度，再烧两天脑子就烧坏啦。

是刘晓明去交的费。有好些钱校园医疗卡里不管的，他都交了。我问他多少钱，他含糊地只说没多少。我一定要给他，他说，你这就没劲了。

我的烧还没退，在医院里住了两天院。头天晚上刘晓明没走，夜里探手摸了我的额头，紧接着，突然轻轻地吻了我的额头，脸颊，嘴。

脑子里总有一双翅膀在扑腾。就像我的心跳一样快而剧烈，扑通，扑通，扑通。又虚弱，又混乱。

我是这么想的。两个人在这个城市里漂着，总比一个人要强。

2

刘晓明早就找到了工作，他是学计算机的，在上地一个软件公司里当技术人员。我病好后没多久，也终于在中关村一家英语培训机构找到了工作。他说都是因为他是我的福星的缘故。也许吧。

我俩决定一起租房。在学校附近看了很多地方，蔚秀园、上地、肖家河……都挺贵，一个单间怎么也得一千二以上。最后我们在唐家岭租了一间房子。也是在网上找的，才四百。

于是就去看房。网上说很多大学生都住那儿，的确如此。晚上去看房，众多低矮的三四层楼密密麻麻，到处都是纵横交错遮天蔽日的天线、网线和电线杆，地上污水横流，渐渐汇流到低洼处，一楼临街的一个窗子突然挑出一根竹竿，晾着花花绿绿的内衣裤，行人为了不碰到衣服只能侧身而过，不知道这样洗了衣服是比不洗更干净还是更脏。到处都是阴影和亮光，响动和各式各样食物的气味。更多的是人，从公交车上下来的人，手里提着菜的人，手拉手逛夜市的人，挤挤挨挨，摩肩接踵，走来走去。

刘晓明是河南人，喜欢吃烩面，专门找了找有没有烩面店。果然有，还不止一家。这里的面普遍比中关村那边便宜两块钱。我喜欢米粉，发现酸辣笋尖粉比学校外面便宜三块，我们都很满意。沙县小吃，成都米线，杭州小笼包，麻辣烫，灌饼，样样都有，都不贵。

晓明看着我：就这儿？

我说，嗯。

我没告诉他这儿让我想起我老家。不是县城，也不是村里，是镇上。住在这儿让我感到忧伤，好像一步就踏回到了旧日。但我从来没告诉刘晓明我家里的情况，他一直以为我至少是个县城姑娘。

他说他家也在一个地级市的城乡接合部。这里还挺亲切的。

我们租的房子很小，三楼，房东没告诉我们多大，比四个人的宿舍大不了多少，目测最多十五六平方米，连厨房带洗手间，是一片房子的最后一排，窗外就是一片郁郁葱葱的树林，听说树林再过去，就是航天部大院，高楼大厂，飞机导弹，那些科学家知道一墙之隔我们这边的情形吗？

树林里鸟很多。有时候我早上起来上班，不是被闹钟吵醒的，是被喊喊喳喳分不清楚是什么鸟的叫声惊醒的。此外还有楼下由小到大的说话声，卖豆浆的吆喝声，公交车到站的报站声。

在学校时晓明老赖床。他一天到晚都睡不够，但自从他到大唐就不再赖床了——唐家岭居民都管这儿叫大唐，我们都是大唐子民——在这儿上班是场鏖战，迟了就别想挤上公交车。他有时候早上天还没亮就惊醒过来推我：快起床洗漱！要不然挤不上车迟到了！

摸过闹钟揉眼一看，才四点半。刚住过来是七月，现在是十月，天也渐渐凉了。批发市场买回来的印花窗帘在初秋的冷空气里微微颤动着，我看不到，但知道上面有很多小鸟。绿脖子，红嘴，花尾巴，现在一律都隐没在黑色里。被推醒了以后再也睡不着，心想，这窗帘的背后，那些鸟儿大概都还没醒吧？

晓明倒是重新睡着了，很快传来了鼾声。我背过身，觉得睡着了的他离我甚是遥远。一闭眼脑海中那双又小又亮的眼睛又回来了，目光炯炯地盯着我。我问出声：你是谁？

窗帘的缝隙微微动了一下，又长久地静默下去了。我不由得打了个寒战：你到底是谁？推了推晓明，他哼了一声没醒。

也许一切都是凌晨的幻觉。等那双古怪的小眼睛在脑海里渐渐退去时，已经不知道五点还是六点。再醒来时只听见晓明气急败坏地大喊：快起来，真赶不上365了！

匆匆洗漱完冲下去，车站前已经水泄不通。至少要提前三辆车的发车时间，才有可能挤得上车并且不迟到。现在正是交通高峰时期，得再等五辆车。已经八点一刻，我和晓明都只剩十五分钟就迟到了。他更惨，得打卡，迟一分钟扣二十块钱。

晓明一直在埋怨我不起床，闹钟也没听到。我没敢和他说窗帘背后好像有人。整个大唐的街道上到处是人，连幻觉里都是人，哪儿没人？

一辆674来了。674也能到晓明单位，只是不像365也能顺路到我公司。他平时都尽量和我坐一趟车去上班，现在实在着急，一个箭步冲了过去，边跑边冲我喊：先走了！晚上见！

我在人群中艰难地挥了挥手：晚上见。下一辆 365 五分钟后来了，我身不由己地被人群巨大的惯性拥向那一边。但我知道我一定挤不上去。

3

那个收水费的人喜欢你吧。晓明说。

他老是不乐意给那个收水费的男孩钱。总是同一个人，又小又瘦，永远斜叼着烟，耳朵后边还夹一根，眼神明明老实巴交却努力装出吊儿郎当的神气。其他收水费的人管他叫老四，看上去好像还不到二十岁，没工作。

晓明也一定看出他老实了。在村里遇到别人收就二话不说给了，如果是老四来收总不痛快给。

早收过了。晓明总是这么说。出门忘带水票了。

老四取下嘴边的烟，涨红了脸：没带按规定就得再买一次。

这个月真买过了。

老大知道要骂我哩。老四有点央求的神气了。

你们老大是谁？还老大，真把自己当黑社会了？晓明不屑一顾道。他就是对着老四口齿特别伶俐。他说：就是不交！不能惯你们这毛病。你们这是犯法的知道吗？

老四涨红了脸，好像要发火。但看了在一旁默不作声的我一眼，终究没发作，把烟放回嘴里，走了。

晓明说他老偷偷看我。也从来不和我收水费，只有晓明一个人走的时候才上前纠缠。也不真的凶，蔫叽叽地你一句我一句，实在不给也就算了。十月、十一月的水费就这样被我们赖掉了。

在大唐的时候，最开心的就是穿过树林去航天大院那边散步。离村子不算远，走过去就是柏油大路，林荫道，马路宽了，人也少了，一下子就把昼夜喧哗的唐家岭扔在身后了。晓明老对我说，将来买房子还是在北边买。上地，或者肖家河那边。那边租房的人多，贵，买房的话价格还成，和中关村、双榆树或者万柳那边比，价格还有上升空间。

他说这话的时候像个指点江山的君王。我取笑他：有价格上升空间又怎么样？你现在能买得起房，这辈子能还清房贷就不错，还打算倒几次手？

他就呵呵地笑。他有时候老实起来也像老四。

喜欢我的人都老实。

其实我俩都知道就凭现在的收入大概哪的房都买不起。最多能买下唐家岭村民的房子，可是这种房子又何必买？租几年也就够了。我们那个小屋，房东非说有二十五平方米，年后说随时可能要拆，涨成五百一个月。水费按人头一人十块，电费八毛钱一度，比外边的贵四毛。房东是个中年男人，晓明也和他争过。他不像老四那么好说话，多说几句就立眉毛：我们这儿的电费就这么个价！全唐家岭都一样！有本事你住小区去！

晓明气得说不出话。我也说不出来，因为的确家家都是这样。房东不管收水费，所谓水费，其实就是村里人向外来住户变相收的一种保护费，按人头收，不管实际用了多少。好几万人算下来每个月也得收几十万，能养活不少村里闲散人口。我们还算幸运的，因为管我们这片的是老四，最老实的水费员。水费能赖则赖，多少也是钱呢。一人十块，都够吃一顿烩面了。

但是有一天我下班看见老四和几个同伙在打人。围着一个同样瘦弱的男的，拳打脚踢。老四不算打得最狠的，但也在外围虚张声势踢了几脚。

我走过去说，老四，怎么打人呢。

他回头看见是我，忙住了脚。他同伴取笑他：这就是那个你老收不上钱来的姑娘？看样子是个大学生呢，真秀气，怪不得总手下留情。

老四说不出什么来。我脸一阵发烫，立刻走开了。后面一阵哄笑。那个被打的人还躺在地上没爬起来，我心里替他可惜：也没趁乱爬起来就跑。但是其实跑也跑不出大唐去。跑得了初一，跑不过十五。总归是在这里，五万八千人，吃喝拉撒，跌爬滚打。

我晚上和晓明说：今天老四在街上打人了。

晓明哦了一声。过一会又说，以后你遇到他就给他水费吧。他们也有规矩，不容易。

4

很久没有同学聚会，因为远，也因为出不起份子钱。晓明说，省下来的一分一厘，将来就是我们房子的一砖一瓦。电费高，我们不怎么在出租屋里用电脑。最多有时候盘腿坐在床上看看电影。时值冬天，顶楼的暖气烧得不太好，不知道什么地方就飕飕漏风。又不敢买电暖气，八毛钱一度的电谁烧得起？

夜里睡不踏实，早上又醒得早，两个人都渐渐没精打采起来。早上费尽力气挤上车也没座，只能一直在人堆里以扭曲的姿势站着，下车浑身疼。

晓明感冒了。起初觉得只是普通的感冒，后来越来越严重，一直咳嗽。我听见他给他妈打电话时也在咳。房间就那么大，走出去站在楼道里打电话又冷得够呛，只能慢慢地踅回来，继续在屋角打。我听见他妈在那边哭，说宁可在老家托关系找个好工作，也别在北京受洋罪。以前从没觉得晓明的手机那么漏音过，在这样寂静的寒冬，一句句都清晰地好像对着我耳朵说的。我假装看书，不看他。

他放下电话，哆哆嗦嗦地爬上床，搂着我。过一会儿说：真对不起，是我没用，让你吃苦了。

我说，等租完这一年，咱们也都转正了，工资也高了，就换个好点儿的房子，不住这儿了，这样你也就不感冒了，好不好？

晓明说，好。但那天他睡得不踏实，直翻身。

我没碰他。每当这时，我就觉得那双晶亮的小眼睛在暗处看着我。渐渐习惯了，我也不害怕了，甚至觉得那眼神有一点儿像老四。有点儿羡慕，也有点儿畏缩，更多的却是偷偷的关切。

我对它说：晚安。

每次对那双眼睛说完晚安，睡意便沉沉袭来。梦里面总有一双很大很大的翅膀掠过梦境。扑扇着，有风，不冷，很快活。

5

快过年了，晓明的感冒终于渐渐地好起来了。我们照常手拉手地到楼下去吃砂锅米线，吃麻辣烫，发年终奖那天，还吃了一次涮羊肉，晓明脸都吃红了，眼睛非常亮。

他对我说：我妈让我回去。我不回。有你在，唐家岭也是天堂。

我说：咱们还年轻，吃几年苦，就都过去了。将来没准儿还会怀念这儿的。

除了 365 和暖气以外的一切，我都怀念。他哼了一声。

我说，也许也会怀念 365 的。

那是真的。有时候为了车上不挤，我晚上会特意晚一点回，过了九点半，坐 365 的人就少了，空荡荡的车厢不开灯，装着几个疲惫的躯壳，一路晃悠到我们的唐家岭。在车上的时候我总觉得有人陪着我，一双眼睛，注视着我的奋斗、疲惫和迷惘。下车时晓明站在路牌下等着，我一下车他就握住我的手，说怎么这么凉？快去吃饭。

有时候我在公司附近吃过了，有时候没有。我们都特别喜欢那家砂锅店，比别家要多一个鹌鹑蛋，米线也更粗，有嚼头。我一边吃，一边把米线都捞出来给他。他口里说不要不要，你也多吃点儿，但是结果也都全部吃下去了。我们吃完饭再拉着手穿过主街，走过几条小道，三次左拐一次右拐，就能到我们小屋。我有天下班早，去批发市场买了几十块铺地板的泡沫塑料，彩色的，没入冬前还能盘腿坐在上面，把电脑搁在床上，看电影。入了冬就不敢坐地上了，凉。

这是离开宿舍以后的第一个冬天，没有暖气才知道北方的冷是真的寒彻骨髓。那是一种让人坐立难安的冷，怎么待着，坐着，站着，躺着，都不合适，不知道哪里就有一股阴险的小风悄悄从门缝里钻进来，像只坏鸟用尖利的指爪挠伤裸露的皮肤，冻得发痛。连鸡皮疙瘩都被冻住了，得钻进被窝里稍微暖和一点才跟着知觉醒来，齐刷刷地在手臂和大腿上立着。

我说，冷啊，真冷。晓明不说话，搂紧我。可他身上也没什么温度。入了冬洗澡变得很困难，有热得快，但一次只能烧一个人的。一个人洗完，又得等半天才烧好第二桶，够第二个人洗。差不多得一两个钟头才能把两个人的洗澡大业都完成，这时候好容易洗热的身体早就凉下来了，连同年轻的欲望一起。

春节他公司放假晚，我早两天放，但白天仍和晓明一起出去，他上班，我在中关村家乐福里转悠，或者回学校图书馆，用校友卡进阅览室看书。很难得的清静日子，就好像回到了学生时代。

等他下班，我对他说，上班真不好玩，不如去读个研，还能住学校。他说，读完研就那么好留校？还是你想成为女博士，当第三类人？

你性别歧视。

没有。他看上去在努力压抑自己的暴躁。公司刚招了个女博士，代替了我的组长，结果一接手就休了产假。领导说了，以后再不招女的了，哪怕是博士。可我的组长还是她，也没处说理去。

那是他放春节假的前三天，他很少见地迟到了两次，说我不按时起床，挤不上365，耽误了他。

我们分头回家。我回湖南，他回河南。在离大唐最近的售票点挤破头排了半宿队才买到的黄牛票，每张加了五百。总共一千块钱，够两个月房租，还能买老四一百张水票，省掉一百次讨价还价。买到票的当天晓明脸色灰败，说在北京太难了，真他妈太难了。

回来的票晓明说他在网上订好了，让我也订自己的。我没订着卧铺，还是花了点钱从黄牛那买了一张硬座。

过年的时候他总共给我打过两次长途电话，短信也有一天没一天地发着。我对自己说这很正常，晓明就是这样的人。他不怎么喜欢打电话。

妈妈笑着问：男朋友什么时候带回来让我们见见？

我笑着说，等明年。明年一起回来。

大年初三，我问晓明，你别忘了，初六回北京上班。

他过了好久才回我。上一次他主动发短信还是群发拜年祝福。

他说：小乐，北京太苦了。唐家岭的日子太苦了。我不回去了。请原谅我的不辞而别。

过了一会又发了一条：真的，原谅我。永远爱你的晓明。

6

湖南的冬天很冷，可就这冷也比大唐要暖和，因为家里会烧炭火。妈妈喜欢在火边煨新剥好的橘子皮，一种又暖又甜的香慢慢充满整个屋子，她就在这香气里烘腊肉，更香。

我睡了好几天。一睡着，就梦见大唐那个阴冷的小房子。我害怕回去，可又不得不回去。毕业以后的书没地方搁，都搬过去了，在那个小房子里放着，整整齐齐地码着，和晓明的书放在一起，好像受了潮气，连书页都冻住了。我们平时也不怎么看书。我们根本什么都干不了，除了哆哆嗦嗦地坐在被子里。十一月份才铺好的塑料泡沫地板，没在地上玩几天，严冬就来了。只能进屋就换成棉鞋踏在上面，否则凉。晓明不信邪，就感冒了。这些琐事一点点浮现在眼前，想到这些眼泪就流个没完。我对自己说，逃兵。他是个逃兵呀。

给晓明把剩下的东西寄回老家的那个周末，北京很冷，但是天气很好，枯枝分割的天蓝汪汪的，上面站着一只很大的乌鸦。老四和几个收水费的人靠在墙角懒洋洋地晒太阳，看见我，另一个不是老四的人吹了声口哨：你那个男朋友拣高枝飞了？剩你一人在大唐受苦？

我转身回到小屋，在床上拥着被子坐着，就好像那些冰凉的被子是城墙，可以拼命挡住我想要回家的冲动。我忍得牙关都咬疼了，但是没出血。疼极了是不会出血的，也不会喊，就是闷闷地疼。

我不能回家。我无家可回。妈妈也不要我回家，她充满期待地问：什么时候你和晓明结婚？等你们生了小孩，买了房，我和你爸爸就不打工了，去北京照顾你。

她永远都不知道我住在大唐这样的地方。比我们镇上还糟糕的地方。

有个周日我实在懒得出门，就睡了很久，很久。一直睡到半夜被冷醒。这房子的暖气还是不好，可是春天很快就要来了。为什么晓明不愿意等到春暖花开的时候再回老家呢？他都没有看到那片树林开花的样子。那片林子原来是桃树啊。

晓明回老家以后我总是迟到。夜里失眠，早上老起不来。天气暖和起来后，我甚至焦虑到每晚穿戴整齐和衣而睡，预备闹钟一响就冲下去，可总是定了闹钟也听不见。梦里一直有一双眼睛在看着我。更奇怪的是在梦里我变成了一只鸟，扑扇着翅膀，飞过北京城，等到了公司上空，就轻轻落下来，收束翅膀，重新变成一个正常的上班族。

更奇怪的事情发生了。

有一天，等我醒来的时候，我发现我真的已经在单位的工位上了。那天我是公司第一个到的。好像是趴在桌上打了一个盹，刚醒。离上班还有十五分钟。衣服是昨晚就穿好的，只略微有一点皱。一切仿佛都很正常，只是无论如何想不起来自己是怎么来的了。

一整段记忆好像被完整地偷走了。那一天我都工作得心神不宁。事又特别多，等交完最后一张表格，又累又困，在工位上又趴了一会儿。再醒来的时候是夜里八点半。周围黑黢黢一片。我突然想：不会又在家里了吧？打开灯，还好周围的杂乱无章在光明里一览无余。白天人来人往的繁忙此刻被超现实主义的寂静取代。我收拾东西，坐已经变空的365路回家。

此后和那天一样的情形再也没发生过。

因为每天的日子都差不多，所以就过得飞快。又过了一段时间，差不多都是夏天了，村里有人来找我收水票。不是老四了，换成了一个更魁梧年龄也更大的男的，自我介绍说是大刘。文刀刘。以后就是他管这片儿的水费，水费也涨了，人头每月二十。

我一边给钱，一边问：老四呢？

你不知道老四去哪了？大唐要拆迁了，老四已经去南方打工啦。

我去找房东，想要回预付的房租和押金，但房东一直不接电话，好几天。村里面渐渐乱成一片，陆续有人开始搬走。在大唐住了快一年，深居简出，也没交什么朋友。和我住同一栋楼的也大都是年轻人，看样子有打工的，也有和我一样的大学生。有一家住了五口，男的女的都有，嘻嘻哈哈地经常同进同出。大概也是公司职员，房间内部结构都不会差太多，难以想象那不到二十平方的空间怎么挤得下五个活人。

他们是这栋楼最先搬走的。紧接着，楼下的一对小夫妻也搬走了。房东的这四层楼一共住了八户人家，一家一家地看见他们往外搬东西，喊来车子运走。我因为一直找不到房东，所以也一直没有搬。

更糟糕的是，就在那个月我失业了。公司裁员，裁的都是女生。我还不到一年，没过试用期，裁我是成本最小的。所有的倒霉事就好像约好了一样接二连三地来到我面前，手拉着手，跳着舞。也不知道为什么这一年这么倒霉。

房东那里还有两千块钱押金。我现在需要这笔钱。

但他不接我的电话。他一定是故意躲起来了。一直躲到房子倒下的那一天，我不走也得走。

既不魔幻也不现实的结尾部分

我站在树林里最高的一棵白杨树的顶上，看见整个大唐那边硝烟弥漫，推土机轰隆隆地将要来了。我站在窗棂上，看见小乐照常住在那个光线昏暗的小屋里，用热得快烧热水洗澡，去村里还开着的小吃店吃饭。我看见主道两边的饭馆，最先拆掉的就是小乐最爱吃的桂林米粉，随即是沙县小吃，刘晓明的烩面馆，几家川菜苍蝇馆子，一个湖南菜，然后是驴肉火烧，东北饺子馆。所有人都在离开，但我还和欧阳小乐一起待在大唐，像等待着什么意想不到的好事。

听说唐家岭是被什么人写进报告文学还出了书以后才被拆的。那个写书的人原意好像只是说蚁族的生活现状，结果造成的客观事实是蚁巢被外力摧毁。蚁群四散。

不知道制定人类游戏规则的是哪一些人。也许也和我们鸟类大会一样，总有一些人，能够决定另外一些人的命运。小乐不过是人类中的一只鸟，而且还是弱小的，随时可能被牺牲掉的那个族群里的。

很多村里人和外来户都维持现状若无其事地继续生活着，但每一天都有人在离开。小乐则一直在等房东出现，因为她没钱去租别的房子了，又不敢和家里人要钱。

这个世界上总有些人会慢慢走到走投无路的境况里去吧。我对自己说，一生这么长，遇到点倒霉事，也没什么奇怪的。

但是小乐不这么想。她有一天坐在出租屋的床沿上哭了。也许从她救了我以后开始，坏运气就一直亦步亦趋地跟着她。

难道真的因为我是一只乌鸦吗？我伤心地想。

我不敢告诉欧阳小乐，有一天突然间看到了刘晓明出现在这个城市的另一端。他又回到了北京，他家里托人给他找了另一份挣钱多的工作，而且还给他介绍了另一个挣钱多的女朋友。他现在住在望京，朝九晚五，偶尔吃吃望京小腰，韩国烧烤，挽着那个姑娘的手，回漂亮小区里的家。月租我听他有一次和女朋友提过，五千多。

就是发现刘晓明的第二天早上，我和每天一样飞回唐家岭，注视着在小屋里独自沉睡的小乐，心里特别特别难过。她那天早上太累了没有听到闹钟，我就想法子把她变得很小很小，驮在背上送到了公司。那次比我想象中还要累得多，后来就再也没有成功过。

我的梦想就是带她离开这儿。我们一起，飞。

还有一件事小乐也不知道。唐家岭拆迁以后，因为老四家里没多少宅基地——家里兄弟太多了，不够分——就跑到南方去打工，结果从脚手架上摔下来，住了两天院，还是死了。从此他再也不会腼腆地站在人面前，轻声嘟囔着收水费了。

所有人都在离开，离开唐家岭、北京或者人世间，只有欧阳小乐在原地一动不动，等一个永远也等不到的房东。她以前陆陆续续攒的一些钱，早就汇回家了。随着搬离大唐的人越来越多，她每天去上班坐的365也渐渐有了空位。但她上班时间越来越晚，望向窗外的表情总是很茫然。直到我有一天跟踪她到下车，才发现她早已失业了。

她每天坐车只是回学校去听课。没人认识她。她下课后一个人走在校道上，因为没有学生饭卡，外来的人要加收百分之二十，所以她也不常在学校吃饭。她回到唐家岭的小屋上网，上了很久，无力地伏在床沿上，我想她大概是没有找到合适的工作。我看见她哭了，我想她很累了。

大唐差不多拆了一多半了。每天都是机器制造的新的废墟，新的烟云，新的碎为齑粉。那个男房东其实总在村里晃荡，但是小乐不认识他。她就在租房时见过他一次，根本没记住他的脸，而且他瘦了很多很多。之前在村里赌博输了，他想和政府要更多的拆迁款，所以一直撑着不拆自家的楼，还为了躲拆迁办换了手机号，自然也就接不着小乐的电话。他有天贴了张告示在楼下，说这房子不日就要拆迁，以为房客们看到早就陆续走掉了，却没发现还有一个女孩孤零零地住在顶楼，一个人。为了找他要回两千块钱押金，也因为偌大的一个北京城无处可去。

小乐不知道当时刘晓明好说歹说，其实只给了房东一千块。和她说两千，是因为怕她觉得房租便宜，乱花。小乐多住的那一个月房东没找她要钱，是觉得这样就算两清了。

谁都不记得说清那一千块钱的事了。只有小乐记得。因为她没钱。

她被没钱和自尊心困死在这个城中村里，就像一个没死透的大唐的游魂。

唐家岭拆迁后也有很多流浪猫和流浪狗被人抛弃。他们没能力离开这个地方，就像她。她不能回老家，没别的地方可去，更无法向晓明或者任何一个别的同学借钱。只有在这个朝不保夕的顶楼，一个人等着房东。

她用剩下的最后几百块钱给几只被抛弃的猫狗每天买火腿肠。我想劝她先顾自己，又无能为力。她连被猫扑伤的乌鸦都肯救，何况这些情状凄惨得连我都看不下去的猫猫狗狗？

有一天，我看见一只饿死的瞎眼小猫。他曾经被一对情侣收养过，后来被遗弃了，很快被别的流浪猫抓伤了眼睛。他活着的时候我见过，眼睛是蓝色的，毛是白色的，还不到三个月，很可爱。

我害怕小乐路过时看见难过，从工地费劲地叼来一大块石棉瓦盖在他的身体上。很快就有很多人踏着石棉瓦走过去了。他们不知道那瓦下面有一只正在慢慢腐烂的小猫，蓝眼睛的。

同样也没人知道欧阳小乐在这里。没人知道她的处境。所有认识她的人，包括她老家的父母。还有最后两三家小饭馆没关门，她每天只吃一顿，省下钱来买火腿肠，喂那些挨饿的遭罪的猫狗。她起初每天买十块钱火腿肠。后来就买五块钱。再后来三块钱。到后来，她也不吃饭了，光和那些流浪猫狗一起坐在废墟上发呆。那个夏天北京的天气特别特别的晴朗，傍晚十之八九都有火烧云。我站在远处的树梢上，和她一起看天边那些绚烂得要命的云彩，像兔子，像狮子，像老虎，像狗，像碎成一绺绺一块块没法修补的心。

小乐还是不知道昨天房东已经和政府来的人最后谈判过了，签了字。明天拆迁队就要过来了。我一直不敢和我的女神说话，但已经火烧眉毛，势成骑虎：我亲爱的、亲爱的姑娘马上就要置身于极大的危险之中了。

自从从柿子树公寓搬到大唐这边临时搭建的白杨林公寓后，因为担心小乐，我也好久没顾得上梳洗打扮了。这天，少不得蓬松起胸口的毛，虚弱地在风里抖动几下，希望自己在她面前能显得体面点儿，又就着清晨的露水把黯淡的毛梳通。近乡情怯——这个词好像就是这么用的吧？

　　那天是我第一次尝试说人话。可是我其实已经练习了很多很多天。

　　我飞到她面前去。

　　狗叫二黄。这几天一直跟着她。还有两只猫，一只小花，一只大白，也都跟着。他们仨和她并排坐在一起。

　　我深情地望着她，刚发出几声嘎叫，大白和小花神情就为之一变，弓起身子，竖起毛，喉咙里哈出低沉的威胁声，恶狠狠地盯着我。

　　我说，嘎，别激动，嘎。小乐你好，我是南先生。二黄，小花，大白，你们也好。嘎。

　　小乐明显受了惊吓，瞪大了眼睛，和猫狗们一起看着我。

　　你救过我。我用翅膀指指她，又指指自己。你还给我起过一个名字叫小黑，嘎，还记得吗？

　　那狗眼神变了，龇出牙齿，偷偷向我走了几步。小乐及时地发现了：二黄！

小花和大白本来也打算悄悄从后面包抄我，此时见势不妙，不满地号叫几声，姑且按兵不动，眼睛一眨不眨地瞪着我。

我说，小乐，唐家岭马上就要拆掉了。嘎。你知道吗？

知道。她还是很惊诧。

所以小乐，我想邀请你和我一起住到树上去……柿子树公寓，就在燕园，私家住宅，条件还不错的。

小乐笑起来：和你住到树上去？买不起房子也租不起房子的人，真的就只能变成一只乌鸦？

我赶紧赔笑道，我们柿子树公寓很好的。你去了一定喜欢。

她恍惚地笑起来，有点微醉的神情，大概不能区分这是真实还是梦境：是她原本是人，梦见了变成乌鸦的我，还是她原本是一只乌鸦，之前做梦以为自己是人？

二黄、大白、小花此时已经夹着尾巴悄悄走远了。这是对于他们来说过于遥远和陌生的议题，唯一能够知道的，也许就是他们又要被抛弃一次了。这次是被欧阳小乐。

小乐继续面朝虚空笑了一会儿。她看上去很饿，精神不大好。

我住到树上去，会有吃的吗？

有。我连忙说：有鸟类餐厅，如果你不爱吃鲜嫩的虫子刺身，也有纯素菜，最受欢迎的是蕨菜大馅饼和荠菜小馄饨。

听上去还不错。她好像渐渐想通了，摇摇晃晃地站起来。

好。我们一起住到树上去。

我又和上次带她上班一样，把她变得很小很小，稳稳地负着她飞到了枝头，再奋力展翅，飞过了她所住房子的房顶，飞过北五环，飞过中关村，回到了燕南园，轻轻地落在了柿子树第三根枝子上，打开了我小屋的门，殷勤地一伸翅膀：请进！

里面有鸟视，有鸟报，还有鸟类最喜欢的沙浴盆。等她也变成一只鸟，就可以快乐地在里面洗澡了，也不必再用热得快这么危险的烧水方式了。

小乐走进去，像一个真正的女王一般骄傲而审慎地环顾四周，手指一一摩挲过家具：胡桃木的沙发，黄杨木的桌子，桃心木的衣柜和床。完了她对我说，她还是想再变成人一次，拜托了。

我说，不能再变了，再变就变不回来了。

她坚持说还是希望变回人。我怎么劝说都无效。

这个变来变去的法术是我用了好些乌鸦最好的、像黄金一样贵重的长翎羽，和一只鹩哥换来的。最多只能变三次，就再也不能变回来了。上次为了让小乐不迟到已经变了一次小人，现在又变了一次，剩下的那个机会再用掉，她再变回人，就永远不能变回鸟了。

但是她苦苦哀求。后来我就心软了：法术这种东西，鹩哥有，斑鸠好像也有，大不了以后再想别的办法就是。

于是我就说：@#￥%……&***.说时迟，那时快，欧阳小乐变回了正常人类的大小。

她重新回到地上，站在柿子树下仰头往上看我们即将共享的公寓。我深情款款地站在树杈上，神气得像个王子，俯视着她美好的容颜。我喜欢上这个十分好闻的姑娘两年了。北京的六月，是园子里最好的天气，等我再设法让她变成鸟，我们就可以自由自在地一起飞，一起住在这个永远也不会拆迁的柿子树公寓里了……我要教她捉虫子的不二法门，从冬到夏，永远也捉不完，永不失业。我还会永远爱她，不管遇到什么都不离不弃；直到油亮健壮的身体，彻底变成一堆朽烂不堪的羽毛。

我想了很多很多，很长远，也很快乐。

小乐突然弯下腰。我还在想她是不是在系鞋带呢，突然一个石头，迅猛地，直直地朝向我的窝飞来。好在没有打中。

危险！住手！小心你自己的头！

小乐随即又扔了一个。她的表情陌生得可怕。

乌鸦，你别再跟着我了！我这么倒霉，失恋又失业，连大唐都被拆了，你还想骗我也变成一只乌鸦？你到底想怎么样？

我张口结舌地看着她。一着急我就说不好人话了，只能拼命地来回盘旋，扇动翅膀卫护我那可怜的，已经破损了一小块的窝。但是她渐渐练习好了力度，石头扔得越来越准，一块半个巴掌大的圆石正好击中了我的房子。

屋顶轰地一下全坍了。我的胡桃木沙发，我的小小的、可以一次性收到六个鸟视频道的电视机。我的桃心木架子床。我的沙浴盆。我的窗户，我的小椅子。一切的一切，全完了。我一生的积蓄，一生的努力。以及一生的梦想——关于小乐的。

所有园子里的鸟都出来看热闹。喜鹊小灰，麻雀小胖，24号乌鸦，甚至还有路过的刺猬和松鼠，几只猫，都远远地，藏在草丛和树间看着，看这个人类的姑娘伤心欲绝地向天空一下又一下地扔着石头，又不停跳来跳去地躲避落下来的石头。大部分都没扔中，但是已经足够造成摧毁性的破坏了。我于是低低掠过她身边，用翅膀尖掠走了她耳后最后一点香气——那香气已经很淡，以至于没有。看我如此炫技，她更生气了，拣的石头更大，下手也更重。而我知道，等这一阵对世界的怒火发作完毕，最后一块石头扔完，她的香气也就永远、永远消失了。

欧阳小乐一边扔一边说：离开我，躲我远远地，永远也别回来打扰我的生活。我不喜欢你，乌鸦！

我早就知道她不会喜欢乌鸦。唉。我只不过是一只乌鸦。

她也同样不喜欢自己。有很多夜晚我在窗帘背后看着她，躺在床上辗转反侧，唉声叹气。我很容易地就进入她的梦里，看见她的种种惊惧和忧伤，种种忿恨和不平。她不喜欢自己的家庭，这家庭让她失去了和晓明在一起的机会，也让她一直住在唐家岭；她更不喜欢自己的性别，这性别让她很容易就失了业。她最不喜欢的大概是我。她发现有一只倒霉催的乌鸦一直跟在她身边，终于觉得一切厄运都是我带来的。

她不知道她所遇到的一切都是这个时代里的一个无权无势没有背景的年轻人很容易遇到的，而和我是喜鹊还是乌鸦以及是否跟着她完全无关。经过这悲惨的一天，她马上就要变成一个铁石心肠的、在这个现实世界无往而不利的大人，遗弃并忘记那些可怜的猫狗，再也不会相信寓言和童话了；我的柿子树公寓也将和唐家岭一样被永久地毁掉，没有人再钦佩我南先生的存在，而我的肉身，也终将一头栽倒在这尘灰扑面的园子里，永远不再恋慕虚无缥缈的香气，也永远不必再练习说人话了。

小乐边扔石头边泪流满面。我站在第三个树杈上伤心欲绝地看向远方，突然发现西北方向腾起一片壮观的蘑菇云。她那个阁楼的小屋此刻已在巨大的轰鸣声里轰然倒塌，她的书、衣服、洗脸盆和所有菲薄的财产将和三层小楼一起灰飞烟灭，永远埋葬在瓦砾堆的废墟中。一切都结束了。猛然涌出的眼泪扑簌簌打湿了我的羽毛，几滴温热的水珠直直地朝树下坠去。她还在不停地扔着，扔着，我扑扇着被打湿后过于沉重的翅膀，调头飞往远方。

2015 年 3 月

一只五月的黑熊怪和他的特别朋友

　　A 小姐在去年五月某日说：毫无意义的事物能帮人度过最艰难的日子。

　　我其实不认识 A 小姐，只知道她是一本时髦杂志的时髦专栏作者，一度我因为这句话太好还怀疑过是不是原创，结果求助于我一直以来十（别）分（无）信（选）任（择）的度娘后发现是的，我从此更喜欢这个说话利落又清新可喜的姑娘（她自称是文艺大妈）了。此外，我顺便发现了很多其他公众号免费照搬她的文章，而且完全不标记原作者，决心如果有一天能认识 A 小姐，一定要把这件可恨的事告诉她。

更让我惊喜的是，A小姐去年的一篇文章里突然提到了黑熊怪。

记忆力好的人们也许还记得当年《西游记》剧组里有这样一个演员项汉，他来自湖南湘剧院，曾在86版《西游记》里扮演多达十三个角色，除了在剧组负责武打设计、编舞、美术之外，还扮演了顺风耳、黑熊怪、高才、土地爷、黄狮精、强盗、阿傩罗汉等多个角色，为该剧组非常重要的多功能人才。最关键的，是他居然能把不同性格的各种角色都表演得惟妙惟肖，演顺风耳的时候，就是一副机灵敏捷的样子；演罗汉的时候，就真有全身下凡的威猛；饰演九灵元圣的干孙子黄狮精，人设本来是个商人，因此项汉就主要突出了精明能干的商人本色，同时兼具少许猫科动物的萌态……然而，在所有这十三个可圈可点的角色里，形象最熠熠生辉的，莫过于那个对唐僧的袈裟起了慕窃之心的黑熊怪！项汉把这个动辄化身为白衣秀士的妖精刻画得着实活灵活现，导致《西游记》播出若干年后，这个"熊黑"依然是整部《西游记》里最让人难忘也最深得人心的妖怪……

看完文章后我情不自禁地对这位A小姐起了亲近之心，虽然她很可能有一点倒因为果，概括得不够准确。要知道黑熊怪圈粉，可不完全是这个万金油项汉先生的功劳，本来他在《西游记》里就一直被视为最讨喜的动物，噢不，妖怪……

原因之一：黑熊怪根本就不想吃唐僧肉，一点也不残酷暴虐，本质上就和那些妄图长命百岁的吃人狂魔区分开来。充其量也就是个偷盗癖患者。

之二：人缘好，情商高，交友广。蛇精、苍狼精等一众光听名字就不好惹的动物都乐意和他交朋友。

之三：本性助人为乐。当年发现唐僧的袈裟也是因为赶去帮忙救山寺的火时才偶然看见，当然，有点不好解释的是他一见袈裟后便立刻动了凡心，然而一部伟大的文学作品里，不是优点和缺点同时并存的人物形象才最深刻吗……

之四：完全没有城府心计，偷来的家当也敢广发英雄帖，最后果然惊动了原主人，惹恼了孙大圣，落得了给观音大士当清洁工的悲惨下场……

咦，你们问我为什么对《西游记》里关于黑熊怪的细节这么清楚？那是因为，那个在生日前夕文绉绉写下"侍生熊罴顿首拜……偶得佛衣一件，欲作雅会……千乞仙驾过临一叙。是荷"的，正是咱家嫡嫡亲亲的曾曾曾曾……祖父啊。

而咱家，正是一只如假包换的黑熊怪。

关于先祖这桩被钉死在妖怪耻辱柱上的蠢行，我们家族后世也曾写下无数文章反复讨论过——忘了说咱家族自唐以降，向有舞文弄墨的家学——最后还是由我曾爷爷得出结论，当年先祖一心想去观音大士府邸沾沾仙气也未可知，袈裟会云云，不过是他通往仙界之路故意卖的小小破绽。

这样解释之后我们全家熊的感觉就好多了。可惜这铁饭碗据说先祖也没安稳地捧多久，百年之后也没能落得个世袭罔替——据说，是因为他儿子也就是我曾曾曾……祖大人着实太不争气，小时候跟着他爸在观音大士那儿偷吃了许多供品供果惹恼了菩萨的缘故。

阴差阳错，我家祖祖辈辈世代黑熊，眼下就还是生活在这黑风山黑风洞里。山下还是那座观音禅院，数百年来也颇着了几回山火，经历过数番战乱，重修过多次山门。而铁塔上的铃声却还一直清脆地响着，日日夜夜。

得惭愧地承认，鉴于失怙太早（也就是我爹去世太早啦），家传绝学黑缨枪我是一点没学会，完全不能和当年与孙大圣打个平手的先祖相提并论；恋物癖和小偷小摸的毛病倒是照单全收，可惜世风日下，我们家族历代也出了不少败家子，到我这一辈上，祖宗留下的宝贝基本已败得差不多了，只能白手起家从头再来。经过数年艰苦卓绝的开源节流，我总计搜罗到破洞袈裟（那寺庙的老少和尚历年来淘汰下来的所有僧服都送给了我们家族）三百四十二件、夏凉布褂子二百八十五身、渔网（是的，我们黑熊到合适的季节也是会坐在溪边打打渔改善一下伙食的，因此有时难免顺走几张岸边渔夫的吃饭家什）一百一十七张、坏千层布鞋七十六双、破布袜子三十七对，此外，还有和尚淘汰的旧手机十九个，大蜜糖罐二十三个……当然，蜜罐子们目前并没有塞进黑风洞里，而是横七竖八堆在洞口作为路障。直到我有一天猛地发现这玩意儿非但没有把我的山洞很好地掩藏起来，反而变成了路标，这打击简直堪称巨大。

我是这样发现这事的：有一次偶然下山去找相熟的小和尚明海玩，结果远远就看见一个中年大姐问路，另一个小和尚明江这样回答她：啊，你要去找刘老板应聘保洁员啊……那你可千万别走错了地方去了黑风洞，洞主模样不大好形容，不过其实没什么攻击性……万一你看见他忍不住尖叫的话，他可能会十分伤心的……他是我们大家共同的好朋友……算了，为避免这种惨剧发生，我还是直接告诉你怎么避开黑风洞吧！你看，那边有很多罐子堆在洞口的就是，你远远绕开就行。洞主白天通常都在家里睡大觉，不会发现的。

我躲在一旁的树丛里听到了这番对白，不免感到十分恼火。一口一个黑风洞，但凡看过《西游记》，没人想不到那就是我家。更悲伤的是我发现那个大姐走过去时还鬼鬼祟祟掏出手机拍了一张照片，又假装若无其事地走开。现在连庙里的和尚都很爱玩自拍了，我对手机也不陌生，可是她明明是要避开黑风洞啊！为什么还要拍照留念呢！这样岂不是她的整个朋友圈都会知道咱家门口有二十多个蜜糖罐了吗？如果他们跑过来和我要怎么办？万一里面还有一两罐没吃完的蜜怎么办？万一的万一，有些不怀好意的人的目标其实就是我黑风洞洞主本人怎么办？

　　我就在这样难以言喻的心情里调头回到了自己的山洞，干脆也不去拜访明海了。这些天我确实一直在考虑搬家的事儿。倒不是因为能买得起房子——我们黑风山的房价目前还远没涨到山下的平均水平，除了刘老板的联排别墅外，基本没有像样的房地产——而是因为能一起耍的朋友越来越少。苍狼家族清朝就举家逃窜得无影无踪了，大小蛇精当年被孙悟空一棒打死从此绝后，仙鹤精单传了二十五代，前几年因为上面一纸"不许成精"的公文，从此也音讯杳然。而我为什么还能堂而皇之地说自己是黑熊怪，大概因为是怪而不是精，这种生死存亡的关头咬文嚼字还是必要的；另外，咱家是四大名著之一《西游记》钦定入籍的重要非物质文化遗产妖怪，因此大概特许不在某部门清查之列。

经常我出去晃悠一圈，连只会说话的松鼠或刺猬都很难遇到。这样下去，还不是找不到东西吃的问题——饿死事小，闷死事大。和我来往的眼下只有观音禅院的和尚。住持知道禅院与黑风洞世代交好，眼下我熊家虽家道中落，也不好就断了交情，偶尔会把一些吃不完的潲水给我，寺庙若有些卖苦力的零工，能够一个人应付的也多半让我过去充数，打打零工也能顺便换回几个白面馒头改善生活。我自己还在后山种了点儿土豆，可惜还得央和尚替我生火煮熟，否则担心中毒。森林边还有两三家养蜂客，有时候我实在馋了，也会不辞辛苦步行数公里只为偷点儿蜂蜜——请不要对一只黑熊的道德水平感到过分失望，如果他一生之中百分之九十九的时间都无法吃到任何甜食的话。总之，如此也就算得上一只熊的岁月静好了，唯一让人感到不安的，就是这年头的游客越来越喜欢深度游，经常徒步进入深山老林之中，加上这里还有一座禅院，一年四季更是香火不断。可如果禅院没有香火，我也便没有潲水。如此权衡利弊——还是姑且忍受游客的叨扰吧。

我刚刚说过我总计拥有十九个废弃手机。不过里头还能用的寥寥可数，也就三个还能正常开机，其他要么就找不到充电线了，要么就接触不良。三个手机中有一个还保留了芯片，话费余额还有一百来块钱——那个手机的原主人是个行脚僧，直接把手机给落我们寺了。尽管捉襟见肘，这仨手机加一起依然给我打开了一个美丽新世界：一个管照相，记录一只黑熊的日常；一个管下载App免费蹭寺庙里的无线上网；那个唯一还有点话费的，则管接听电话。可惜迄今为止，还从来没有响起过。连寺庙里的和尚叫我都不打电话，直接走出山门冲黑风洞方向喊一嗓子就够：潲水桶已经倒满了！

才区区两公里，我耳朵又好，立刻就可以飞奔下去大快朵颐。

我在能上网的那个手机上注册的网名是黑风山大侠。只要愿意偶尔帮寺庙打打零工改善一下伙食——每当我工作超量，住持总会让伙房僧人额外多给我十个馒头——也算是衣食无忧，有足够多时间可以发展兴趣爱好，了解外界资讯，加强自我教育：其实也就是没日没夜地刷手机，看视频，反正庙里 Wi-Fi 免费。我关注了总有上百个公众号，还通过摇一摇、漂流瓶等方式加了许多远朋近友。有些是和尚，有些则是过路游客。好些还都是漂亮姑娘。可惜，喜欢猫猫狗狗的姑娘虽多，喜欢黑熊的姑娘实在太少了。

这就可以解释为什么我看到 A 小姐那篇文章那么激动了——

这世界上毕竟还有人记得我曾曾曾……祖父啊！虽然只是通过追忆一个演员演艺生涯的曲折方式，她仍然乐于承认黑熊怪是《西游记》里最受人欢迎的妖怪。

事实上，除了 A 小姐这篇文章之外，大多数关于我们熊类的文章都更让人沮丧。很多我都根本不愿意打开看。无非就是那些慈善家们号召不要活熊取胆，以及我那些刚烈的同类们如何撞笼自尽……然而在那些地下市场上，活熊和熊胆仍然供不应求。人们表示知道了，和真正有动力和能力去阻止完全是两回事。更可怕的，是那些链接人们看到了，转发了，就认为自己已经完成了某种社会责任。

也许一切发生的原因都是因为一些地方出生的人，天生就比另一些地方出生的人要穷很多的缘故……人类是十分复杂的动物，从来不仅仅满足于蜜糖和鱼。他们有难以餍饱的欲望，以及你永远难以想象的抵达欲望的曲折途径。那些和尚应该是例外的。可是，就连出家人也没办法解决我向他们求助的问题，他们自己尚且有很多解决不了的麻烦，比如明海和明江之间因为佛学职称评定也不是完全没有矛盾……当家老和尚听完我流着眼泪说的故事之后，沉吟半晌道：这样吧，我们寺庙免费给你家人，不，家熊做一场水陆法事怎么样？如果是对外收费，一场法事最低也要两万起呢。

我当然没有要。两万块钱的人情……实在太兴师动众了。而且，完全没有用。

说这些事总归是不大开心的。还是说回 A 小姐的文章吧。

待我注意到她之后，才发现她原来是个相当有趣的自媒体写手。简称网红。比方说，她是这样描述一个戴帽子的人：

戴上这顶帽子给这个人制造出来的神奇效果，就像是一只硕大的刺猬挂在一条软趴趴的黄瓜上。

她说起自己最喜欢的人，就说：

我一想到这个人，就紧张得立刻要去上厕所，因为厕所里有镜子。因为我太喜欢他了，喜欢到每时每刻都要确认自己配不配得上他的地步，所以我一天总要上那么二十五六次厕所。我家的水费总是很高。

她说她最喜欢的月份就是五月：

因为五月白天虽然很热，晚上却总是很凉快，不开空调就可以入睡。而且从南到北，到处叶是新绿，花是新开，阳光也变得轻盈明亮，面对面地盯着自己喜欢的人看也能比冬天端详得更清楚一点。高兴起来拉手，手心里也绝不会有黏答答的汗，又不会像死人手一样冰冰凉。偶然走到什么地方闻见香气抬头一看，没准能发现一棵槐树开满了槐花，或者运气好的话，猛跳起来还能揪下来不小的一串槐花，吃起来甜甜的，粉粉的，吃不完还可以回家包饺子。

她假装自己很讨厌猫：

猫实在是一种太爱睡觉的动物！如果偏巧是只黑猫且足够胖的话，在最热的三伏天靠着墙四脚朝天呼呼大睡，远看完全像一只被药翻了的蟑螂。如果摊平四肢躺倒，白色的长毛猫又很像一块抹布。

但事实上她的梦想却是：

一生中我总要养十八只猫以上。最好能同时。走在自己家里，不管走到什么地方都随时会被一只顶顶可爱的胖猫绊倒，然后尽可能轻手轻脚地倒在另一只顶顶好看的胖猫软乎乎的毛上。因为猫的鼻子通常很凉，所以夏天用自家鼻子轻轻去蹭猫鼻子是特别解暑降温的一件事。每天和一只猫聊天半小时以上，一百年以后你一定可以掌握另外一门外语。此外，冬天的夜里再也没有比用一只热乎乎的活猫当睡帽更惬意的事了。

她最喜欢的颜色是湖水绿和藏蓝色，还有绿色和粉红的水玉波点。她非常喜欢吃油炸花生米，盐粒还黏在表皮那种，出锅前最好还能放一点点白砂糖。不过，A小姐说，最正确的白砂糖吃法，莫过于一比一地和全脂奶粉拌匀一起用勺子送入嘴中，绝对让人意想不到的香甜，而且能发出嘎吱嘎吱的带劲声音！

我小时候就是因为老吃这玩意儿，加上不停偷吃冰箱里的炼乳，结果变成一个真正的胖子的。到现在这后遗症仍然存在。因为我隔三岔五被老板或者前男友伤心的时候根本停不下嘴。

最打动我的当然是她关于蜜糖的描述啦：

蜜糖这种东西，大概就是为了让人打开冰箱门两只眼睛就被黏住的。用越大的勺子偷吃，幸福感就越强烈。不过和大多数好东西一样，蜂蜜也很容易买到假的。这可怎么办呢。每到这时候我就想，要是我是一只黑熊就好了。熊鼻子灵，偷到的蜜糖总归都是真的。

每当看到这里，我就非常想认识这个 A 小姐，然后慷慨地分一坛子蜜给她。最好的森林原产地的百花蜜。而且……真的是偷来的。

文字里的她着实妙趣横生。她说她每个夏天都会重新把《西游记》看一遍，但是，只看有黑熊怪的那几集：

也许因为我实在太喜欢项汉先生那张看上去就很郁闷的脸了吧！

我猜，她可能不太好意思承认她是喜欢黑熊怪本身。

她还有一句话对我来说十分有用，有用到了让我流泪的地步：

当你自觉十分悲惨的时候，如果身边刚好没有奶粉加白糖，不妨试着大声对自己说话，这样很快就会高兴起来。通常声音越大，效果越好。

比起其他鸡汤不是建议人学习根本找不到地方学的舞蹈、去根本去不起的海岛旅行购物减压、或者没完没了地做家务以便舒缓心情，世上再没有比 A 小姐这句话更容易实现的了。刚好山林空寂，夜晚无人，我一个人大声对着洞壁或月亮喊话，除了偶尔会影响山下和尚们的清修外，几乎没任何坏处。当然我也会比较注意喊话时间。半夜三更的，大喊大叫还是会吵到那些有点睡眠问题的和尚朋友们。

除此之外，我还有一些私人方法可以分散注意力，比如偷窥 A 小姐的日常……

有一天，她突然在微博上说起她那天晚上心情不好，决定去看一场晚场电影，可是不知怎的，发了一圈微信，朋友圈里人人有事，找不到任何人陪。我从没有看过任何电影，很难想象这乐趣。可是，光看她形容电影院就够有意思的了：

电影院其实是一个特别适合睡觉的地方。因为很黑，而且温度适宜，夏天会开空调，冬天会开暖气。所以，如果你这段时间睡眠有点障碍，想去电影院睡个踏实美容觉的话，一定要精心选择那段时间市场口碑第一的闷片——注意是闷片不是烂片，烂片看的人总是太多——最好全场不超过十个人，一定会如其所愿地安然昏睡过去！然后你们几个就可以一起快乐地，此起彼伏地，有节奏地，在电影院里呼呼大睡了。完全不必担心醒不过来的问题，等电影结束的时候，打扫卫生的工作人员会过来把你们一个接一个叫醒的，就像把一只一只空饮料罐子扔进垃圾桶一样。

　　她还在微博上晒了电影海报——看上去果然是一部超级闷片——俏皮而充满诱惑地问：谁愿意和我一起看？

　　我特意用手机地图查了那个电影院在哪儿。其实离我们山不远，也就七十公里。如果天一黑就下山的话，大概奔跑两个小时也就到了。问题是秋天大概并不是一只熊看电影的最佳季节——只有在冬天穿很厚的衣服，才有可能去买票时不被卖票的发现吧……退一万步说，就算卖电影票的并不介意卖票给我，可旁边的观众一旦发现我是只熊，也难免少见多怪而大呼小叫起来。而且，电影院通常都在城市的最中心地带，一旦被发现，逃走就不那么容易啦。

　　然而实在太想在电影院偶遇 A 小姐了，我还真的试过把一件加加大号僧袍披挂在身上准备偷溜下山。结果倒霉的是刚走出山门就被当天最晚离开的香客发现了。他打开车灯正准备驶出寺庙，陡然看见摇摇摆摆走在山道上的我，立马使出吃奶的劲儿要多大声有多大声地尖叫起来：

熊！大，大和尚，你们寺庙外面有熊出没！！

我也被吓得不轻，立刻四肢着地，用最快速度逃回洞里。这次出游未遂其实给寺庙里的和尚们捅了不小的娄子，那位社会责任感（或曰社交媒体表现欲）爆棚的香客回去立刻就在网上贴出一篇熊文，不，雄文：《黑风山上有残暴伤人黑熊出没，拜佛安全问题到底归何部门负责》，一时间转帖无数，惊动了好些有关部门上山调查。我一连在洞里藏了十多天，储藏的馒头都快馊了，才总算避过祸事。等出洞一看，差点哭出声来：为了不引人注目，寺庙里的人把所有蜜糖罐子都卖给收破烂的了。本来，还可以用其中一两个接些雨水插几支野花以自娱的。

我从此彻底放弃了去看晚场电影的想法，日常娱乐只剩下继续在后山蹭网。很少有香客会绕到山后来，万一真有人来，我也掌握了立刻一动不动瘫坐在墙角装死的新技能。还真的曾有一个商人模样的人对着我肩膀猛拍不已：这张熊皮真不错，是真的吗？多少钱？

领他参观的小和尚明江一边拼命向我使眼色让我别动，一边对那施主说：啊……这是我们住持的朋友。

朋友？那商人吃惊得声音都变了调。

小和尚自知说漏嘴慌忙找补：我是说，这熊生前，住持经常给它吃好吃的，因此也就算我们寺庙豢养的动物了。现在它已经老死啦！

既然如此，这熊皮索性就卖给我吧？我给个好价钱，也不枉你们照顾它一场。

小和尚说：这个……阿弥陀佛我佛慈悲，住持说还要留着熊皮当个纪念。

那商人更加恋恋不舍地开始拼命拍打揉搓我的毛，又狠劲揪下一小丛毛，用打火机烧成灰嗅闻不已：是真毛。这么上好的熊皮，走遍东三省还从来没见过呢。

被他那一揪我疼得受不了，忍不住动弹了一下，那人一激灵：这熊皮怎么会动？

小和尚说：别摸啦，起静电了不是？

他又死盯了几眼，这才悻悻然放手。

那天晚上我在山洞里揉搓肩膀揉了总有三个多时辰，虽然熊皮很厚，那商人又揪又搓还是扯下了不少毛。一烦心，就又不知不觉打开了Ａ小姐的公众号。

小时候，家外面的任何吃食都是很吸引人的。比如说火车上的（黑心）盒饭。比方说，各种可以吃的植物茎梗。美人蕉的花心就是甜的，雨后的草地上会长黑天天，还有一种细小的蛇莓，家里人总说那是蛇爬过的不能吃，可是几乎每个小孩都吃过，最终也没有死……再有就是邻居花盆里又小又青的石榴，从来等不到它变红变大的一天就被偷摘了……月季的嫩枝撕掉皮也可以吃！那个很甜，就是要当心刺。

这位 A 小姐实在是和我一样馋！自从黑风山变成森林公园之后，路边步道也都渐渐种满了樟树——可我多么怀念以前漫山遍野的野枣树和杏树啊……我对植物学的所有了解，主要是通过牙齿和舌头完成，的确，大多数花朵和嫩枝都很好吃，尤其是蘸一点点蜜糖的时候。

记忆里的暑假，每到夏天，外婆总会给我制作一种冰糖杨梅，那是我一生之中吃过的最好吃的蜜饯，杨梅又黑，又大，汁水又多。而且甜味和酸味的配合永远恰到好处。

看到这里我的口水就不知不觉流了出来。这片森林里根本没有杨梅树。但我想，又甜又酸应该很好吃吧。

外婆家还有一样东西十分特别。就是螺钿架子床。据说那还是她出嫁时的陪嫁，那个架子床有数不清的各种小抽屉，每个抽屈里都可以藏一种美味的零食……我曾经在那里，发现我三年前藏着又忘记了的荔枝，已经变成荔枝干了……

还是外婆。熊也有外婆。可是我的外婆很早、很早就被抓去活取熊胆了……她被关在辽宁省铁岭的一个熊农场里，和她一起被抓去的还有我的舅舅、妈妈，以及其他很多亲戚……那时候我还特别小呢，只记得一辆很大的卡车突然就开到了黑风山里最深处，跳下来很多凶神恶煞带着面罩的男人……我舅舅当时年轻力壮，是跑得最快的一只熊，但是仍然很快被抓住了，事实上，是被打了一枪麻醉剂……我到现在还记得他缓慢倒在地上后，向天望去的空洞绝望的眼神。因为迅速致麻的缘故，他并没有完全闭上眼睛。妈妈也是这样被带走的，当时她为了保护我和我弟弟，拼命地往与家相反的方向跑去。可是纵使如此，弟弟仍然被抓住带走了。后来我看到了一个新闻，说有一只母熊在小熊被取胆的那个瞬间撞笼而死……我哭了很久很久，因为网上的那张照片太模糊了，我认不出来是不是他们。

我也并不十分感激那些只是转发，表示知道这一切并把它完全当作是另一个世界的事的人。这个世界每天都在发生那么多悲惨的事情。我们知道的已经够多了。但是如果仅仅是知道而已，用句粗暴的流行语来说：那并没什么蛋用。

要不是这地方因为曾经拍过《西游记》的电视剧、将来也还有可能再拍或者有一天甚至会变成影视基地，使得这个森林边的禅寺能留存下来，我想我大概也不能一直生活在黑风山。寺庙里的和尚们虽然都很照应我，但这年头，他们也越来越难以宁静度日了……他们总是急匆匆地上山，急匆匆地下山，承接各种大小红白法事，没有法事的时候就如困兽般在寺庙里走来走去，手里永远拿着手机。有一个外来的和尚师傅长得特别英俊，可惜他云游至此的时间太短了，我还没有来得及向他要旧僧袍……有许多信众从福建、海南或东北一路跟着他到此，就像网上那些追随爱豆的粉丝们一样。他还参加了我们这个地区的佛教大会，因为他在，那年的与会人数达到了历年最高。但是据我观察，他平日的大多数工作，其实也不过就是和我一样刷刷手机，看看微博增加了多少粉丝而已……

　　总而言之，在我——一只见识有限的黑熊怪眼里，和尚们的生活是相当古怪的，既拼命遵循某种旧日传统的秩序，又完全暴露在现代文明的围剿之中。也许槛内外原本就是易于互相跨越的吧，修行只在个人。我听说很多年前曾有四个东土大唐的和尚途径此地，而我的曾曾曾曾……祖正是动贪念偷了其中一位的袈裟，也的确为此付出了高昂的代价。用时下的话说，他在观音那儿当了十万九千多个小时的小时工呢。其实我不太相信他是故意犯的罪，不是情非得已，谁愿意出卖劳动力？你别问我怎么知道小时工的概念的，我甚至还知道育儿嫂呢——前不久，朋友圈不是被一个家政工的自述刷屏了吗？

也许是太无聊的缘故，关于那个家政工的新闻我追踪了很久。不光看完了她自己写的文章，还看了很多别人的评论，有说好的，有说不好的，有人指责对方道德绑架，另一方则反击别人优越感作祟，不允许劳动人民自我表达。总而言之，那几天朋友圈真是热闹得要命，据说同样的分歧还发生在京城无数大小圈子的饭局中。

一部分人类实在是闲得太无聊了，也许。事实上他们都根本不关心她，正如他们也同样不关心活熊取胆一样。对一件事表态是很容易的，可是表态了，似乎就完成了某种义务，抵达了某种政治正确……他们也许认为，"知道"就是最终的结果？

我尝试和庙里面的明海、明江还有住持聊过这件事。明海说，管她呢。你怎么也和山下的那些知道分子一样无聊？每天都在刷屏，每天的热点都不一样，这事很快就会过去的。

我说，我是一只熊，看不懂文字好坏，那么，她的文章到底是有文学性呢，还是没有？

明江说：我也不懂。不过我觉得，那些人大概觉得文学性这事不重要吧。重要的是这样一个特殊身份的人在写，在表达。他们被这奇迹本身迷住了。他们以为育儿嫂都不识字呢。

可是那些人真的关心她的处境吗？

住持笑道：你这问题一看就是熊孩子问的……事实上，谁真的关心谁？大家都过得不怎么地。穷人想发财，富人想更富。下一代也永远有下一代的难题，比如环境污染什么的。谁又管得了谁呢。

那为什么又有这么多人说她写得好拼命点赞转发？

住持又说，主要因为那些人真的从来就不知道文章里说的那些事啊。别看他们都生活在山下，但山下的世界泾渭分明。有时候，也就是一个小区围墙内外，人和人就是霄壤之别。

可那些事我一只从没有下过山的熊也知道啊……这和写得好到底有什么关系？

明江说：都说了不重要了。

咳。明海说，我觉得很多人分不清被真相震惊和被文字惊艳这两者之间的区别。熊罴你不知道，人类是一种很容易自我感动头脑混乱的动物。而且，他们还老是要求同类和自己一样。

可是那个大姐被转发点赞之后还是继续要作为普通人生活下去……当然也许会活得比以前更好一点儿，也有可能更找不到自己的位置……就像我的妈妈和弟弟，现在还不知道在哪儿呢。

我有点讲不下去了。

住持说，哎呀你又来了。熊罴，你到底要不要我们给你做一场免费法事？这是我们唯一可以为你做的了……过两天有一家人来做法事，你顺道跟着做了，挺方便的。你告诉我你妈你弟的名字就成。

我说，熊的名字，你们人类念不出来。妈妈就是哞呜噉。舅舅是吼达。弟弟还来不及起名……

真的再也说不下去了。我转过头佝偻着身子，慢慢地爬回了洞。

那天晚上我忍不住大声地对着山洞的洞壁说了很多话。很奇怪，大声地说过以后，感觉真的好了一点儿。其实我只是对我妈妈说：A小姐讲，五月是一年之中阳光最明亮的季节……火烧云也最多……五月初的樱桃，就是比六月底的樱桃要更酸甜可口一点，虽然个头更小……

明知道妈妈听不到。我连她是否还活着，都完全不知道。

可是我就是想和她说说话。告诉她一个有趣的人类是怎样活着的，像A小姐，离我好像天堂一样遥远，也像天堂一样让人艳羡。

不知道为什么，那天晚上我没有梦见 A 小姐，却梦见了那个家政大嫂。我梦见她突然来到了我的山洞里，乍见到我还有一点儿害怕。我用爪子轻轻把她按住坐下后，又友善地递给她一板我所余不多的蜂胶存货，她像咀嚼口香糖一样咀嚼了足有五分钟，才逐渐镇定下来。

我问她：大姐，你为什么会在这里？外头好多人都在找你呢。

她说，外面的人瞎起哄。我有点烦，还有点怕。我还是喜欢从前的日子，穷人比较有尊严。

我说，可是，那时不是很多人因为多识了几个字就被抓起来了？那时候读书人可没尊严。

她说，那倒也是。不过那时候农村可能没那么苦。

听说从前乡下也经常吃不饱……城里有供给配额，乡下饿肚子就是因为要保证先供应城市。我说。

她沉默了一会。也是。

我赶紧宽慰她说，不过我挺佩服你妈的。真是个有本事的老太太呢！特别明晓事理。

她说，咳。一家子都是废人，只能指望老妈。说着她就吭哧吭哧地哭了。

我也和她说起了我的熊妈妈。说着说着，我也哭了。她擦干眼泪，同情地看着我。我也擦干泪问她：那你现在怎么打算？

她茫然地说：不知道。他们都让我赶紧出书。哎，你看过我写的东西吗？觉得到底怎么样？好看吗？

我只是一头没文化的黑熊。我轻轻地摇头说：我真说不好。

悄悄和你说啊，这事可真把我闹糊涂了……我自己都分不清楚好坏了。

那你以后打算做什么？还会去做家政吗？或者换个别的什么职业？

她看着我，不说话了。那一瞬间的沉默茫然无限深远，好像把什么话都说尽了。

我觉得她心里明镜儿似的什么都明白，也就不再问了。

后来我们就开始看手机。她自己的手机不敢开，我就把我的手机借给了她。她仔细地看完了我收藏的每一篇文章，有些看完还往回拉着重看，终于停下来，轻轻地用指尖摩挲了一下屏幕上一小段文字。

这段是风景描写吧，这种我没怎么写过。她轻声说。银河北京看不到，我们老家也没有。不过我们那个村子经常下很大的暴雨，没办法开窗。有时候，附近山上还有泥石流……我们村还好，离山比较远。离山近一点的村子，一到夏天，睡觉都不敢睡踏实了，随时准备逃。等洪水退了，留下好多死鱼，也有死猫死狗，偶尔也有死猪死鸭子，死孩子。那还挺壮观的。

我呆呆地听着。

老看这样的事也看够看烦了。光想离家出走，远走高飞。打小我比哪个同龄人看的书都要多，我老想，只要我看的书足够多，足够努力，这个世界就是我的了呀。我们的村子太小太穷了，我死也不要困死在这里。我发誓要嫁一个书里写的那样又英俊、又温柔的白马王子。如果他不来带我离开，我就到外面去找他。

你后来找到了吗？我问。

十二岁就找过，没找到，回来了。外面什么都没有，只有好多好多骗子。其他城里人要么就是视而不见，要么就是冷嘲热讽。我适应不了，就又回村子里了。不管村里人怎么爱嚼舌根子，回村的那一刻才安心，就好像死刑犯再次回到她的牢房里……我记得那天晚上也下了好大的雨，因为是夏天，听见外面很晚了还有人在工地上干活，又有人把自家宅基地卖掉了……所有其他村里的人都睡着了。我、我的小哥哥、大哥哥、妈妈、家里的黄狗、白猫、所有的人和牲畜，在那开天辟地的动静里好像彻底死过去了一样。

为什么一定要晚上开工？

建筑队赶时间。卖给开发商宅基地的村子多着呢，活都接不完。村子里没有任何人任何法律能阻止他们开工。很快这个村子就会建起更多的楼房来，道路也会拓得更宽，路边的柳树一棵一棵被砍掉，很多男人会出去打工，而我呢，再大一点，就可以再出去打工挣钱，可是出去了一次我就知道，我这辈子恐怕是难过上梦想中的那种生活了……再后来我就随随便便嫁了个邻村的人。再后来，你们都知道了。离婚在农村实在是太常见了。农村男女都没什么挑选余地，能凑合找个年龄差不多的对象，不疤不残、没有不良嗜好就不错了。可是，最终还是没多少感情。也没有时间培养感情。大家都忙着打工。

我慌乱中背了一段心灵鸡汤：在婚姻中我们都要学会好好去爱。爱人是一种能力……

啥能力？她哈哈大笑。爱？爱有点太贵了。

在梦里她其实看上去心情不错，虽然有点茫然，却也有竭力克制的兴奋。她很快就可以当个畅销书作家了，这点我完全可以理解，她穷怕了。

可是她正准备走，又对我说：要不要我也帮你在报纸上呼吁一下搞个众筹？一只熊老是吃潲水怎么行，得吃肉。光让你吃潲水就是虐待你。

我说：大姐，千万别呼吁。我过得挺好的。和尚们对我也好，偶尔也给我馒头。

眼下我也算是名人了，说的话他们能听。大姐斩钉截铁道。你收留过我，这个忙我帮定了。

紧接着我就被这慨然许诺吓醒了。醒来以后，我发现我依然睡在这个黑黢黢的洞穴里，依然是一只不知道自己有多少岁的孤零零的黑熊怪，身边并没有任何人，只有我的那些破破烂烂的收藏品，和伸掌也看不见五爪的浓稠黑暗。

我就是在失去所有亲人之后才开始变得热爱收藏这些垃圾的。可即便有唐僧的袈裟，三个能随时看关于熊的所有新闻的手机，我在有生之年也毫无指望把我的家人们一一搭救出来——只要那些关于熊胆的地下产业链和销售渠道还依然存在。只要还有一些人天生比另一些人更穷，而且没有出路。

明江第二天一大早就跑到山洞里抱怨说：你晚上太闹腾了熊罴。你最近怎么回事，老深更半夜在山洞里大吼大叫？

我说，对不起明江……就是心里憋闷。只能冲着洞壁喊喊……也许我很快就要下山啦。

你要去哪里？当心被抓去取——

我打断了他，不让他说出那个我最害怕的字眼：我想去找 A 小姐。认识她，和她交朋友，给她看我的收藏品，请她看最闷的晚场电影。如果可以，还想毛遂自荐当她的朋友……如果她愿意养十八只猫的话，那么，她也许也不反对多养一只吃素的黑熊？她不用担心养活不了我。我可以去马戏团工作。钻火球，走钢丝，蹬独轮车……只要能挣钱。

真感人。可这位 A 小姐到底是谁啊？

我就把那些文章一篇一篇找出来给他看。

小和尚低头仔细看了半天。我还以为他也被她的文字深深吸引了，不料他猛然间哈哈大笑起来：这个 A 小姐我知道啊，不就是前阵子那个被人爆料洗稿的网红吗？

洗稿是什么？我呆呆地看着他。

和抄袭差不多，区别在抄袭是几乎和原稿一模一样的剽窃。而洗稿虽然也有原稿，但用词造句都精心修改过了，抄的只是部分细节、逻辑和叙事线。

你是说，那些稿子都不是 A 小姐写的而是她洗别人的稿？这怎么可能？……我惊呆了。

熊，屏幕后的"她"是不是个真人你都不知道。机器人小冰都开始写诗了。这年头大多数标签都是人设。而所有看上去光鲜动人的人设都是为了更好地变现，更厉害一点的，就上市圈钱。有贩卖各种人设的，比如说，独立个体意识。比如说，公共知识分子。比如说，激进女权姿态……熊罴啊熊罴，人类的世界你终究还是闹不明白。不过你还怕当不成粉丝么？爱豆那么多，总有一款适合你！对了，今天的潲水已经倒好了，你跟不跟我下去吃晚饭？

我听见自己轻声说，不了。你自己下去吃吧。

头一下子变得很痛很痛。眼前也开始出现幻觉。刚准备大声说话缓解，就想起来 A 小姐可能是个假人。那么这句话大概也不是她说的了："毫无意义的事物能帮人度过最艰难的日子。"

你在嘟囔什么熊罴？是不是那句"若不为无益之事，安能悦有涯之生"？这句话我老早就想告诉你啦。你们黑熊爱搞收藏，就是"无用之用"。不过，大多数无用的事都是可爱的。人也一样。

这也不是她的话吗？我轻声地说。

当然啦。不过确切出处我也不知道。张彦远说过，董其昌也说过。还有一个叫什么项鸿祚的。据说最早出自《庄子》。不过很可笑，后来还有人说是李敖说的。大家都越来越不爱读书，每天社交平台上引经据典的，其实都是改头换面的伪作。

小和尚明江读书的确很多。他说完这些聪明话，就愉快地脚步轻快地下去了。

他不知道他刚才让我失去了最后的安慰和希望：结识一个自称要当黑熊怪的有趣的人类姑娘。

这世上本没有什么救世主和偶像。

有的只是一个接一个的骗局。不，人设。

　　我在原地用熊掌捧着头坐下，感到天地正在急剧缩小。天马上就要全黑了。一条堪称完美的乳白色银河危悬在挺拔葱茏的银桦、水杉、白皮松和杨树林上方。远处隐隐绰绰的什么人的脚步声正由远而近。按照中国人的历法，今天应该是二十四节气里的小满。对我而言，这不过是一个天热得比往年更早一点，但夜晚依然十分凉爽的美丽的山林五月。我还知道山下七十公里之外的电影院正在放晚场电影。我甚至能查到那电影的名字、票价、开始和结束的时间，是个印度片子，发生在遥远的异国，关于歧视女童的故事。伟大的电影。成熟的造梦工业。因为成为热门话题，无数因之生发的自媒体文本正在从网络终端源源不绝地制造出来，至少也要刷上个好几天的屏。紧接着，又是新的热门话题，新的讨论和刷屏。新的遗忘。五月还没过去，那个当育儿嫂的大姐好像已经完全被人忘记了。我真担心她出了书以后到底会不会有人买——出书总得好几个月吧？在明江、明海和住持的日常点拨下，我已经足够聪明得什么都知道了。但是，这一切对解决我此刻的困境，仍然完全无济于事。我的熊爪紧紧攥住手机，再次张开口准备喊叫发泄，才发现自己在强烈的失望中完全哑了。

我把三个手机放在一起安葬了。给它们点燃了三炷香，从大雄宝殿的菩萨像跟前偷偷拿的。我把它们埋得很深、很深、很深。深得我再也不会想把它们任何一个挖出来，再受上面那些形形色色的文章、PS过的照片和互相矛盾的观点影响。但是，就在最后一根香也即将燃尽的时候，我突然听到了非常微弱的手机铃声。是三个中那个唯一可以打通、但从来没有响起过的手机！铃声是我自己设置的，虽然从来没有打过……是那种很傻也很可乐的呜嗷呜嗷的狗叫声，熊耳朵和熊鼻子一样灵，我不会听错。在一轮巨大的圆月下，我开始发疯似的用爪子去刨刚刚覆上去的土，想要在手机铃声安静前把那手机挖出来。也许是我妈妈终于知道了我的电话号码。也许是有人把她和弟弟解救出来了。也许是件别的意想不到的什么好事。只要还活着，只要他们还活着。

手机在未知的地底深处持续震动着。嗷，嗷嗷。嗷嗷嗷。呜。

2017年6月

赛马驯养要诀

立夏这天，我的阳台上吹来了一匹小马。

前一天北京的天还是沙尘暴呢。当天也是沙尘暴——如果要把这个乏味的句式延续下去，立夏之后一天，还是沙尘暴。三天沙尘暴的中间，在风暴眼旋涡的边缘地带，位处北四环的我家，突然从天而降了一匹小马。好像是大风从纱窗眼里囫囵个儿扔进来的，虽然马个头不大，但仍然比纱窗的洞眼大不少——况且为了避免吃土，我早早把阳台的玻璃窗都关上了呀。

这件事细究起来费煞思量。但既然事情已经发生了，就先这样吧。

时间约莫是下午六点钟，窗外天色昏黄，飞沙走石，酷似世界末日。当时我正打算去阳台确认一下窗户是否关好。一些细细的沙土仍想方设法钻了进来，客厅桌上、地上都浮着一层薄土，呼吸时鼻腔也更加干燥，正在这狼狈不堪的当儿，我突然看到了马。

　　它就好像已经养在阳台很久了似的，镇定自若地站在那里，听到我推阳台门的声音，转过头来瞥了我一眼。额头正中间是白颜色。嘴也是白色。有深棕黑色的马鬃，和浅一点的褐色身体。真遗憾。并不是一匹纯白色的马。

　　就在万分震惊的当儿，我仍然在慌乱之中这样想。如同梦中，来不及确认，也来不及醒来，我走过去，轻轻地摸了一下它。隔着长而粗硬的马鬃，它的身体仍然向外不断发散热量。就好像刚结束一场剧烈的奔跑。

　　很奇怪地，它实在很像楼下路口那辆卖水果的板车上拴着的那匹马……毛色，体型，乃至于长相，全部一模一样。现而今北京城里已经很少看到真正的马了，但我去上班时常常见到这辆马车。车上的水果则很普通，无非是些应季的橘子、菠萝、苹果之类。最近这两个礼拜则是香瓜和西瓜。卖水果的是一对穿着朴素的中年夫妇，不是每天都来。

每次看到这辆马车，我就仿佛重归了某种遥远的故都图景中。并且老想去摸那匹马。

怎么说呢，它看上去如此孤单，显而易见和周遭的一切格格不入。想想看，这是北四环，奥林匹克公园就在区区一公里之外。它每天的路线，也许就是吃力地低头跑过鸟巢和水立方。车上货物最主要的销售对象，就是参观鸟巢的外地游客们……反正我就从来没在板车上买过水果，除了两年前买过一次菠萝，带回家后还发现大半个都坏了——

扯远了，说回马。它眼下不在路口，而是在我家的阳台上。这事太奇怪了，尤其是在我确认过门窗一一关好的情况下。

明知对马弹琴，我还是忍不住问了那个我最想知道的问题：喂，你是怎么上来的？

它转过头去，沉默不语。外面的世界继续飞沙走石，一刹那我也不禁替马感到轻微的安慰：不管怎样，它至少不需要在这样恶劣的天气继续站在外面吃土了。

它身上没有缰绳，多半是逃出来的。

你口渴吗？我问。

问这个问题的原因是这个扬沙天，空气湿度急剧下降，令人比这个春天的任何一天都更感到干燥。事实上今春几乎没下过雨，我的嘴唇一天到晚地在起皮，爆拆，粗糙而毫无血色。抹了若干种润唇膏都不顶用。这真是前所未有的怪天气！

它眨巴着一双良善的眼睛看着我。于是我接了满满一盆子新鲜自来水端到阳台上去。它立刻低下头开始大口啜饮。上一次看马喝水还是十一年前在稻城呢，我们选择跟着马队到亚丁去，途中那个赶马的藏族姑娘就是这样把马带到一个水洼，由它开怀痛饮。教人印象深刻的是，马喝完后，被马头搅浑的水还没来得及变清，姑娘就用手捧起大口大口地喝起来。

眼下喝水不是问题。怎样饲养它才是真正的麻烦。哪里有草料，或者别的？

记不清多久以前，我碰巧得到了一本英国人写的《赛马驯养要决》。贝蒂·希娜女士著，很薄。原价十二元，中图网特价只要三块五。我买它只是因为便宜，着实没想到今天可以派上用场。

翻箱倒柜二十分钟之后终于找到了这本神奇的小书。前言由布鲁斯·福格撰写，一开头就正告读者：

你曾想过拥有一匹马吗？对于我们多数人来说，这是一个不可思议的想法。毕竟，一匹马的体积是人体的八倍有余。

不，我当然想过。早在十八岁去大理旅行时我就跃跃欲试地想在苍山边领养一匹小马。当地特有的云南矮脚马，很容易骑，性情也格外温顺。替我牵马走上苍山的十五岁男孩告诉我，买一匹六个月的马只要四千块。那种马的体积是我的八倍吗？仿佛没有。也许六倍？那是多少年前的事了？如果当时真有钱买下了一匹小马，它现在也成年很久了。

马是群居动物。对于博学的人来说，他永远不会粗暴地打断马儿正在做的事情，而是参与到马的自然行为中去。学会理解它的身体语言，知道它在想什么，这种形式的训练称为明确性增强训练。优秀的训练师也用这种方式训练其他动物，如鹦鹉、猫、狗以及杀人鲸。

最后列举的动物让我打了一个寒噤。我从没想过猫或马也可以训练。训练杀人鲸又是为了什么呢？

欧洲和亚州的人们很早就懂得驯养马。最初，人们只是把马看作食物和兽皮的来源……

前阵子在饭局上还见过一个姑娘佩戴日本网站上淘来的二手马皮包。褐色的细密马毛仍然留在上面，下面配上彩色的流苏真是特别极了。据说正品要四千块（正好是那匹六个月大的小马的价格），可因为是二手货，只要五百。那个姑娘对此非常满意，但并不是每个人都有胆量抚摸包的表面。我倒是摸了，和摸眼前的马的手感很像。温热的，仿佛还微微起伏的毛皮。日本仍然是一个拥有着许多马匹的国家，除了马皮包之外，非常出名的还有马油洗发水、马油护手膏，等等。

我不清楚这到底会引发多少人的不适，但我想既然大多数人都能够接受绵羊油……被视为离我们极其遥远因而绝对无从感知其痛苦的各种动物制品。熊的胆。虎的骨。抹香鲸的香……

如今，人们喂养马匹以满足自己的需要，从耕种、伐木搬运到狩猎、驾驭、竞赛、竞技等各种我们能想到的运动。

马匹耕种？我从没有见过，哪怕是在影像里。伐木则是比较容易想象的，大兴安岭林区和北疆的白哈巴林场家家都养了马。我还看过塔吉克族和藏族的赛马会。哈萨克族还吃马肉，在乌鲁木齐的哈萨克风味馆子里，常年供应熏马肠、马肉和甜茶。我在那儿只能点哈萨克炒土豆片，配甜茶倒是非常美味。是的，马对我来说从来不是食物。

无论是那些驰骋于崇山峻岭、机智地躲过人类捕杀的大不列颠岛屿上的马匹，还是高贵的热血纯种英国经济马匹，或是来自欧洲被调教得如此完美、如同艺术品般能力很强的奥林匹克温血马种，抑或是美国西部开发时所用的马，都有其引以为荣的特殊历史。这些马的故事通常被用作冒险小说的素材。当然，历次冒险中人类都是最重要的组成部分。

多么狂妄而人类中心主义！仿佛马离开了人就不是独立存在了似的。而且只列举了欧洲和美洲的马。写作本书的人同样完全不了解亚洲驯马史。我们的汗血宝马、赤兔、追风，以及相马专业人士伯乐们，甚至因此衍生的无数成语，比如按图索骥、塞翁失马、指鹿为马……我的研究生导师有一次试图告诉学生们他的属相，暗示说是一种特别高贵的动物。所有人都说，龙？也有猜鸡和老虎的。最后他生气地说：马。

这是个很冷的笑话，当然。

不过在我国叙事传统里，马一直是可以载入神话的动物。天马的地位和龙差不多，甚至直接合二为一：白龙马。这也许就是我潜意识里遗憾这匹马不是白色的根源？

马的生存艺术可以说相当成功。主要因为，无论是在野外还是家养环境中，马都清楚地知道自己的角色：一种被猎取的动物。尽管看似雄健、魁伟、高贵，但马自己很清楚，它比其他动物更易成为被猎取的目标。……如此一来，一切都有了答案。你可以明白，为什么马一看到奇形怪状的石头形迹就会害怕，为什么它会警觉于叶子的沙沙作响。在野外，警惕的大脑连同机敏的感觉和反应，使马能够逃离最初的每一种危险而得以存活下来。

马的生存艺术——古怪的表述方式。但此刻走向面前的马，它看上去却无动于衷。它的智力也许足够判断我不会伤害它，反过来，它却随时可以攻击我，只要突然尥起蹄子。

接下来是马厩选址和联系兽医。这对我来说完全是无效的知识。继续往后翻，发现在养马前需要采购大量器具：缰绳、马鞭、马鞍、马嚼子——"东市买骏马，西市买鞍鞯"——但现在的市场早已不出售关于马的一切了。淘宝上也没有。我家只有一个东西和马有关：在南疆的集市上偶然碰到的一个铜铃铛，据说是马铃。但也没有配套的绳子。

还有一种东西确有必要：

长筒靴或类似的具有保护作用的靴子，例如杠头骑马靴，用于保护你免受马蹄踩伤。

奇妙的册子还告诉了我至关重要的一点：马吃胡萝卜或者苹果（这能让马感受初来时受欢迎的甜蜜！）。

我福至心灵地想起冰箱里还有过年到现在的最后一个冰糖心苹果。

严格遵照书中所示——必须切成薄片以防马匹噎食——把苹果削成了小块送到马跟前。小马果真大口吃起来，因为苹果很脆的缘故，咀嚼声很响。

一个苹果足够它吃吗？我要不要立刻下楼去给它买更多的苹果和胡萝卜？它急不可待地吃完了一整个苹果：它每天都从城外拉来的水果，原来就是它最爱的食物。看上去它就像是第一次吃，很大的黑眼睛里迅速蒙上一层薄薄的水汽，像眼泪。

天渐渐黑了。小马来到我的阳台上至少超过了一个钟头。也许应该把它牵到楼下吃点儿新鲜草料？考虑到音乐学院的居民们一定会异常惊慌，又不免迟疑。到时候我该如何解释马的来源呢？如果它原来的主人正在四处找它，又会不会把百口莫辩的我看作偷马贼抓进派出所？到时候马能开口替我解释吗？

马不安地抬起后蹄，又放下。

我想它大概是要上厕所了。

找来一个更大的盆放在马尾巴下面。等了很久，并没有什么。从六点到现在，我一直都忘了打开阳台的灯。而马的轮廓在暮色中却显得更加清晰，看上去完全是一副气息匀停的静默模样。大多数时候甚至只凝视着前方的墙——就和无数个早上，我在路口看到它拉着那辆水果车的姿态一样，尾巴又在几乎不让人察觉地轻轻抖动着。

小马啊，小马，我该拿你怎么办呢？我发愁地说。

它悠闲自在，并不回答我。

闲着也是闲着，我尝试像书里说的，用一把宾馆的一次性梳子给它梳毛。它轻微颤栗了一下，随即不动。它的鬃毛很多地方打了结，沾着草皮，随着夜渐深沉发出强烈的马味儿。它或许需要一次水浴？一匹健壮、古怪而漫不经心的马。一匹不说话（当然！）的马。

书中记录的梳理方式如下：

小心地抬起马蹄，用修蹄铲轻轻地彻底清除下面的脏物。小心别碰到血管。

用橡胶制成的马梳给马进行全身梳理，以除掉脱落的毛发、干硬的泥巴、尘土以及马背上的其他异物。

用软猪鬃刷子轻刷马的脸部和耳朵。

用一块海绵或布轻轻擦洗马的脸部。擦洗马的眼睛和鼻孔时要十分小心，除掉皮屑、灰尘、泥土、分泌物，等等。一块海绵用来擦洗眼部，一块专用于鼻孔，以免扩散感染。

用特制的刷擦刷鬃毛、额发、尾巴。

如果需要，可使用喷雾器或其他器具。

事实上，除了一把塑料梳子和一把刷鞋的毛刷子，我什么像样的器具都没有。勉强找到一块不用的洗碗海绵给它洗了脸，给它身体梳到一半就累得靠墙坐在板凳上。马肚子十分明显地鼓胀着，来之前或许刚吃过不少草料，并不饿。我轻轻靠近它的肚子，听它腹部发出的温暖的咕噜声，它也不躲。

事实上，两个小时过去，它除了偶尔抬起后蹄外，几乎没有动过。

在奇异的平静中我慢慢靠着它睡着了。就好像身处野外，回到千百年来人和马匹最原始的依附关系。

我并没有梦见马。

几个小时后我终于被夜风冻醒。家里一直没有人回来，连猫都只是静悄悄地过来过去，间或到阳台探视一圈。它似乎比我更快地接受了这个家庭的新成员，嗅了一下我用过的马梳子，随即不发表任何意见地走开。

不安退去，渐渐感到一种甜美的不知所措。事到如今，我仍然不知道可以把它藏在哪里，如何喂养，却不可自控地开始想每天骑它去上班的情形。如果可以，我真想去哪儿都带着它，或者，让它带我去任何地方。并永远不让它从事任何不愿意的工作。

我知道什么地方能找到干草。几年前，在内蒙古大草原上看到过很多圆柱体的干草垛，我想京郊大概也有。倘若它以前的主人能养活它，那我也能。也许阳台略微狭小了一点，但它想要睡在客厅里也不是不可以。一个有马的家庭从此不需要沙发。只是我家在十二楼，下楼会稍微麻烦一点：电梯大概容不下一匹马。

那么，就走应急楼梯下去。

我愉快地想着牵着它在这个城市生活下去的种种细节，马静静地回头看我一眼，似乎也感到了某种愉快的前景。

据说一匹马可以活到三十岁。我试着轻轻掰开它的嘴看牙齿，但什么都看不出来。马并不反抗，只是轻轻地，温顺地往我手心里喷着热气。

我忍不住轻轻抱住它的脖子。抱了很久。

静静地，我们拥抱在

用言语所能照明的世界里

过了十二点，马明显地焦虑起来，挣脱开我，开始在空间有限的阳台上前后走动，甚至尝试转圈。好几棵植物被踏翻了，它嗅了嗅薄荷和千里香，不感兴趣地高昂起头。

我情急下打开窗子。高度刚好够它把整个头伸出去，风沙停息之后，今晚竟然有月亮，它的棕褐色马头沐浴在牛奶一样的月光里，就好像在大口大口地啜饮夜色。

有一段时间我认为它马上就要跳出去了。但是它很快缩回来，继续在小范围内踱步。

这时候我终于突然想到什么，拿出手机翻了半天，给它念了一首诗。

小马

隔壁住着一匹小马

这事谁也不知道

我每个深夜悄悄起身

它便穿墙而至

"说吧，今夜我们去向何方？"

四月的最后一天

今天

我们说好

沿着银河南

路过心宿二

踏着水面最宽处的人马座礁石过河

遇到对岸等鹊桥的淑女

拍拍大熊座

端起北斗喝一口水

再去永无岛吃早餐

只等嚼完最后一口草料

我们就出发

"这里面写的是你吗，小马？"

马转向我认真地听着，眨了一下眼睛。

"这诗其实写得不怎么好，"我有点惭愧地笑着，"不过这是我唯一一首关于马的诗，2014年七月的某个晚上写的。改过一稿。后来还登在一个什么诗刊来着。但是注意到的人几乎没有。"

它又眨了一下眼睛。把头转过去。

"不过，这东西已经写完快四年了呀！这真的是你吗？"

马再次扭过头来看我，安静的黑眼睛里仍然有一层薄薄的雾气，又像潋滟的水光。

"这四年你一直在路口的拐角处等我认出你来？你是什么时候被卖水果的夫妇发现的？他们对你好吗？平时给你水果吃吗？苹果、香瓜、冬枣，还是坏掉的菠萝？"

它还是不肯说话。黑眼仁那么大，那么忠诚，几乎让我流出眼泪来。

"你一直在等一场春天的沙尘暴把你带来找我吗？"

它几乎不让人察觉地默默点了点头。

我猛地一下拉开阳台窗户。深夜，外面的风不知何时已停了下来。整个初夏的大千世界壮阔地展现在我们面前。音乐学院沉睡着无数乐器和白天弹奏它们的人。楼下池塘的青蛙有一搭没一搭地说着梦话：立刻夏天。立刻夏天。

小马的前腿摇晃了两下，矮下身子。

"那么，没吃到草料也可以出发？"

"没关系，很好吃的苹果也可以。"它终于说。

2016 年 4 月

我深夜潜入草丛，找到长住在小区里的那只黄白相间的癞皮流浪狗，对它倾诉衷肠：我喜欢上了一个人。

那只狗回报我的唯有几声不知是好奇还是纳闷的呜咽。

我是这样子去喜欢这个人的。每天我睡觉前最后一个想的人，就是他。我好奇他今天到底做了些什么，快乐还是悲伤，有没有——哪怕是一分钟想起我这个对他而言微不足道的人。每天我醒来第一个想到的人，也是他。我思量今天能不能见到他，想听到他的声音，和他一直聊天，渴望知道他的一切。我走路的时候看见一个引人注意的饭馆，我特别注意地看了看这饭馆是不是适合他的口味。我在网上订购了一双鞋子，因为我记得他很高，我希望走在他身边的时候身高相差不至于过分悬殊。我到处不动声色地打听关于他工作和生活的种种细节，只要听到别人提及他的名字就心跳加速。我收集了关于他爱好的所有细节，分门别类地记录下来，再想方设法地去满足。比如说我偶尔发现他喜欢三角巧克力这个秘密，从此我的冰箱里就渐渐存满了这种品牌的巧克力。各种口味的三角巧克力在冰箱的每一格里静静安置，我总是想——总在想，有一天他来到我的房间，无意间打开这个冰箱，一定会高兴地尖叫起来。他可以坐下来吃很久很久，一直吃到天亮或者天黑为止。如果吃巧克力能醉就更好了。他在我的房间里醉了以后，我就可以搬一张椅子，一直目不转睛地看着他一晚上了。

每天晚上我就为自己一个控制不住的念头而烦恼。我在想要不要出门去找他，或者打电话给他约他出来。如果我碰巧知道他今天正好一个人在家时，就简直跟疯了一样地想要去他家找他。一般来说我会给自己列举四种可能性：

一，我走到他的楼下去，抬头看见他窗子还开着灯。我上去，找到他的房间，敲门对他说：怎么办，我好像喜欢上你了。

二，我走到他的楼下去，看见他窗子还开着灯。我上去，找到他的房间，敲开门，一句话不说，紧紧抱住他。

三，我坐车到他的楼下去，给他打电话让他下来。他下楼莫名其妙地看着我，然后我对他说：怎么办，我好像喜欢上你了。

四，我坐车到他的楼下去，给他打电话让他下来。他下楼莫名其妙地看着我，然后我一句话不说，紧紧抱住他。

就是这四种狂想不断地折磨着我，让我夜复一夜在这样的狂想中无所事事地度过。关于表白这件事我是这样想的：不管最后的结果如何，但是首先我希望让他知道。用时髦的重口味语言来说——我希望推倒他。至少把他生命中的一个夜晚彻底占为己有。

但是问题是他偏巧已经有女朋友了，虽然是异地恋——而我因为知道了他的一切秘密，所以偏巧也就知道他有女朋友了。所以这样的狂想从来就没有机会付诸实现。我只是很乐于这样想象而已。

关于我的疯狂还有诸多表现。比如我走在明明还有很多人的广场上，会觉得四周空旷无人，而他正在向我走来。有一次他真的向我走来了，我发现周围的一切顿时都像被龙卷风袭击过一样消失无踪。我完全不敢抬头看他，因为觉得他就像天神一样金光闪闪地从天而降。

因为我们一开始先是朋友，所以我们经常有一起吃饭的机会。但凡是有他在场的场合，我总是努力穿得更光鲜漂亮一点——但有时也会因为自暴自弃的心理故意穿得比平时更灰头土脸。这时候往往是我希望他认识到我的本质的时刻。我希望他透过我也许好也许不好的外表，直接看到我的内心。但是也许最真实的事情是他根本连我的外在都没有看清楚。

我努力尝试和他搭讪。如果在一顿饭里，大家都在说某个话题，我总是毫不犹豫地支持他的意见。而他取笑我或者忽视我都无所谓。如果我一开始没有坐在他旁边，到最后我总会想尽办法换到他身边去。他偶尔用胳膊肘触碰到我，我就会感到很高兴。我当然不曾主动去触摸他，我不敢。

因为知道他有女朋友了，所以我这样肆无忌惮地接近就会显得很无耻。所以每当他和我谈起他远在他乡的女朋友时，我都会毫无原则地站在她那一边。当他抱怨、嘲笑或者用漫不经心的口吻谈起她时，我总是非常真诚地谴责他。我希望他一直幸福，也希望他们一直幸福。我总觉得喜欢他的人和我一定是同一类人，尤其这个人还如此幸运地被他喜欢上了。所以她不会有任何缺点的，她一定比我更美也更好，也更值得得到与他相厮守的幸运。

和打听他一样，我开始打听关于她的一切。越打听我就越对这个不曾谋面的人心生迷醉。据说她的皮肤很白，有一点胖。说话速度很慢。和他是同一个地方出来的，而且是她先追求的他。我越听越觉得她就是另一个我自己。我完全能够体会她当时的迷狂和不自信。而她最终成功，我衷心地替她高兴。

大部分时候是我先联系的他。过不了几天我就受不了内心的驱使，主动发信息给他。说的话相当普通，只是问：你吃了吗。你睡了吗。你在做什么。他一五一十地回答我，从来没有装作没看见的时候。这也是我喜欢他的地方，他如此诚实，如此可靠。虽然他不会主动和我联系，但是只要我找他，他总是在那里的。这一点即使他有了女朋友我也可以肯定。因为我们是朋友，一种也许比爱情更加稳定长久的关系。

有一次我们一起出去喝酒。那天同样是我提议的，因为傍晚的风很凉爽，我刚好拿到了一笔外快。下班的时候我主动约他共进晚餐。他同意了。

我们找到一个特别安静的音乐餐吧。大概有一两个小时左右，餐厅里除了我们之外没有其他人。我们要了一小瓶伏特加，把它镇在一大桶冰里。这是他提议的，因为他觉得"我很想喝酒"。我没有反对，虽然我是一个严重的酒精过敏者。也许是因为我觉得喝了酒以后很多话可以说出来的缘故。说来也奇怪，对于这场迷狂的恋爱，我的最高要求和最终目的，不过只是说出来。可是我始终没有办法开口。我们是朋友。

他一杯一杯地和我碰杯。我几乎和他喝得一样快。那天的饭菜也很好，都是他点的。因为喝酒，我几乎没吃进去什么，但是好像也一直在往嘴里夹着菜。也许每一筷都少得可怜，可为了让他高兴我一直保持着这个动作。

那天晚上我们没有说什么特别重要的话，因为很快俄罗斯歌舞表演就开始了。美女和帅哥们在翩翩起舞，拉小提琴的维吾尔族大叔技艺出神入化。我疯了一样地鼓掌，尖叫，他则在对面微笑地看着我。那一刻我觉得我的任何缺点他都是可以容忍的——当然也许是因为只是朋友，和他关系不大。无论如何我很高兴，我高兴得要命。他也很高兴。我们一直在笑，没完没了地用眼睛注视着对方，毫无内容地微笑。我们都肯定这场表演很好，他不断地回头去看——他把适合观看的位置留给了我，所以每次都必须扭头去看。

每当他扭头的时候我就想把他的样子照下来。我突然有一种感觉：如果明天是世界末日，那我就再也见不到他了。但是如果真的是世界末日，那么其实我也不存在了。所以这个假设其实非常荒谬可笑。

这种自嘲没有阻止我照相。我偷偷地给他照了几张照片，都模糊得看不清楚眉目。但是这样也就足够了。足够证明在地球的某个角落里，某一天，我和他一起共度过几个小时。至于他的样子，我早已非常深刻地记在了脑海里。

我们一直待到深夜。酒喝完了以后就开始喝冰水。一杯接一杯地喝，也干杯。后来他说他喝醉了，喝水喝醉的。他指给我看他饱胀的小腹，每当他起身去厕所时，我总轻轻地淘气地拍打他的肚子。他的肚子隔着衣服也很温暖。我很愉快，仅此而已。

因为这是一个音乐餐吧，所以到了后来除了我们之外所有的人都上去跳舞。也包括那个笑嘻嘻的少数民族老板。老板不断地在我们这一桌周围盘桓，用眼神和动作包括言语示意我们上去一起寻欢作乐。可是我俩都不断腼腆地摇着头。后来他开始觉得不好意思了，就拉着我的手让我上去。但是他自己不去。我抓住他的手，用力了一秒钟。发现他的坚决，就放开了。

我觉得我会一辈子记得他指尖的温度。一种粗糙的热暖。我们再也没有别的接触机会了，所以这是我的纪念品。

我在上面跳了一会儿就下来了。他微笑地在下面看着我跳，不管我跳得多么笨拙。

深夜我们终于一起回去了。他说要先把我送到住所附近，再想办法回到十公里之外他的住所。走路送我回去的路上，我俩摇摇晃晃，看着彼此微笑都十分愉快。他一直送我到不能再送的铁门口，说了一句"我送你上去"还是别的什么，但是事实上他等我拿出钥匙拧开门就站在那里不动了。黑暗里他的微笑闪闪发光，我呆呆地看着，关上门。

在黑暗里上楼的时候我从来没有这样地轻盈，快速，而毫无畏惧。知道他就在楼下，正在慢慢地远去。我不想下去追随他的脚步，因为这样会显得很傻。我只是喜欢他的温度。他是别人的，我偏巧喜欢上了他，如此而已。

就是这样，我们的交往平静而愉悦。我不太想他到底知不知道、知道了多少这件事。也许我的表现足够明显了，明显到了他懒得去猜的地步。又或者我的表现过分明显，以至于让他心生疑窦。总之，我们谁也不说，就是这样若即若离地消耗着。我努力填补他女友不在的空白，他有时候靠近，有时候不靠近。我觉得我的分寸把握得很好，并没有让他觉得紧张过。

只有一次我犯了错误。那个周末的下午我躺在床上，心跳剧烈，感到孤独。我很想，很想见到他。从一早起来就想。至少也要听到他的声音。于是我说服了自己半天未果之后，打通了他的电话。一开始他没接。很快他又打过来。我约他出来吃饭，他说他很累。我百般诱惑，但他不为所动。我假装生气，他说，那你就生气吧。最后我放弃了，挂断了电话。并不觉得多么生气，只是觉得丢脸，而且有一种把事情彻底搞砸了的惶恐。我好像越过了那个安全的度，对他提出了强硬的要求。但喜欢他明明是我自己一个人的事。我不该越界，也不该强迫他的。

好几天我都没办法从这错误和打击中回过神来。为了原谅自己我迁怒于他，把他的手机号码彻底地从我手机里删除了。在社交平台上取消了对他的关注，打算从此忘记这个人。但是我渐渐发现这很难做到。喜欢一个人真的是毫无办法的事，即使他本质是个傻逼也不能阻碍你对他越来越深的迷恋。越不可能越迷恋。越不道德越诱惑。越禁忌越刺激。越冷淡越热爱。我在隔离和等待中渐渐变成了一盆熊熊燃烧的火，这盆烈火在一个下午喝得酩酊大醉。

剧烈的呕吐中我试图想起他的样子，结果只是想起来我是如何地迷恋他，为他所做的一切。终于我明白这只是我一个人的事情。我哭了，同时感到神智清明。有那么短暂的、脆弱的一刹那，我想过就这样跟跄着去找他，向他展示我潦倒的醉态。好在最终我控制住了自己，没有去。他也许不够爱他的女友，但是他也同样不够爱我。也许我正是爱上了他的不爱本身。无论如何，这件事没什么值得谴责的。唯一遗憾的，是我没在把一切事情搞砸之前就非常冷静、坦白而清晰地告诉他：我喜欢上了你。我非常喜欢你。我喜欢关于你的一切。

说完就好了。说完就放下了。当然现在没有说出来也一样，一样可以放弃、放下、遗忘。不喜欢一个人比喜欢一个人要容易掌控多了。我只要每时每刻，每分每秒都凝视着天空，并且控制自己不要流出眼泪就行。控制这一点就足以用掉我大部分时间和精力。

深夜的草丛有一点儿露水的湿润。我怀疑刚刚已经有人在这里痛哭过。那只流浪狗目不转睛地凝视着我，仿佛我下一秒钟就能够从手边变出一根让它果腹的火腿肠来。这种妄念是它自生的，因为我知道我手头空空如也。这就是爱。这就是期待与靠近本身。想通了这个道理后我相当愉快。我决定坦白地对狗说：嗨，没有吃的。没有。狗呜咽了几声，就此转身离去。

2012 年 8 月

下辑

夜的女采摘员

灵魂收藏师

把你的灵魂卖给我。

没有其他买主会出现。

没有其他的恶魔存在。

——辛波斯卡《广告》

——你想买灵魂吗？

那天晚上我吃过晚饭出门遛弯，被路上一个陌生女人冷不丁地拦住了。她看上去约莫四十岁——但上下浮动十岁都有可能。身高一米五五左右，穿一身黑雪纺连衣裙，少女款。裙长只到膝盖，露出两条静脉曲张的小腿，腿肚滚圆，青筋暴突。脚蹬黑色牛皮坡跟鞋，系一条金色廉价腰带，更显得整个人皱缩在衣服里。总之，是我们在路上很常见的那类年轻时审美教育缺失的中年妇女，现在穿着已经到了随心所欲自成流派的地步。唯一特别的是她手里紧紧攥着一块像瘪了的粉红气球一样的东西，对我胆怯地微笑着。

我第一反应是想问：我要别人的灵魂做什么用呢？

然而路灯下她嘴唇焦干，眼圈发乌，两边脸颊不均等地下陷，法令纹深，闭上嘴可以隐约看到牙床的形状，笑起来则十分愁苦。这一切均令我的话变得十分难以出口。于是我转而问：是真正的灵魂吗？多少钱？

她嗫嚅着说，不贵。只要一千块。

这比想象中倒是贵了不少。我倒抽一口冷气。想想，一个完全不需要的东西强行售卖给你，不是几块也不是几百块，而是上千。这样的话，就基本失去了日行一善随手买下闲置一边的可能性。我得要开始认真考虑这东西的功用和购买价值了。

这是你的灵魂还是别人的？你确定有权出售吗？我问。

是我的。她肯定地说，我有权。

……人没有灵魂难道不会死吗？

我找了一个比较便宜的替代品。她说。人造橡胶的，也能使。而且我已经自己安上去了。现在这个是原装正品，说那么多，你到底要不要？

我接过她手上的灵魂仔细端详。此物弹性甚好，呈现一种还未离开原装肉身太久的新鲜的粉红色，而且触感柔软，延展性强，质地细密，应该是一个货真价实的灵魂。如果放在合适的躯体里面，也许会如海盐水中的水母一般迅速舒展开来，回到原本应该有的半透明状。但现状在空气里大概维持不了多久了，表面已经开始非常微妙地发皱，收缩，缓慢失去水分。

唉，自己明明有一个灵魂，为什么非要用替代品呢。我叹口气，把灵魂还给她。

女人说：因为缺钱。还因为这东西性能太不稳定了，老害我睡不好觉。我去看医生，社区医生说，别的都没事，就是灵魂出问题了，我的灵魂和身体大概有剧烈的排异反应，具体症状就是一天到晚焦躁，心慌，定不了神。他说最好得取出来瞅瞅，我害怕了好多天，终于下定决心让他开刀费劲取出来了。他翻来覆去检查了半天，什么治疗方案都没提出来，就是一个劲地摇头。可看完再想塞回去就难了。他又建议说，照这样放进去，排异现象还是存在，我还是会难受。而且万一沾上了外面的细菌，放回去可能还会感染。不如买个替代品，敏感度低，也皮实，不会排异，又不爱感染。我一想也是这个理，刚巧他那里也有卖的，我就买了一个……

我暗叫一声：这女人有问题的八成不是灵魂，是脑子。又赶忙问：那换下来这个真的呢？医生没说怎么保管，怎么处置？

没。他说我这灵魂成色不算太好……不过外面有收集灵魂的，他让我拿到街上去问问有没有人要。越快越好。这不，我下午刚做完手术。

怪不得脸色这么难看。我摇摇头，再次接过她手里面这个灵魂。谈不上完美，而且大概在母体内承受过相当程度的痛苦，所以边缘处有好些地方破损，整个厚薄也不均匀。大概还感染过情流感菌，所以抻展开来看，局部有些黑色病变的斑点，永远都无法擦拭干净了。

不过，因为这是一个活体灵魂，也许可以考虑卖给有特殊需求的诊所或学校做成标本，浸泡在福尔马林溶液里应该可以保存很久……任由其变质腐烂有点儿太浪费了。而且这女的显然不够重视自己的灵魂。实在卖不掉，也许会扔到垃圾箱里吧？更有甚者，还会路遇唯一可能的买主撒旦。西奥菲勒斯和浮士德博士就是这样上当的，其结果都凄惨无比。这女人看上去已经够悲惨了，我不能眼睁睁看她往火坑里跳。

鬼使神差地，我还价道：便宜一点。

女人说：医生说，这是灵魂的最低市价了。有些灵魂还能卖上万呢——当然，成色可能比我这个好点。

这么说来，最近出售灵魂的人很多？

那当然。她说：光我那个社区医生那里，就至少取出过上百个灵魂。他说其他医院也不是没有这个业务，只是尚未公开。毕竟现在灵魂买卖还没有合法——但也没有明文规定犯法。相信我，不会出事的。

我明白了。这目前还是法律的空白，介乎器官交易和收藏品买卖之间的灰色地带。

但既然这么多人都在卖，我为什么从来没遇到过？

这事可遇而不可求。女人有点不耐烦起来：就算有百十个人在街上兜售，也不一定逢人就问要不要灵魂吧？医生说了，找买主也得看眼缘——毕竟是自己的灵魂呀。我从地铁站出来，沿途只问了两个人。你是第二个。

在我之前还问别人了？那人是谁？怎么没买？

是个男的，看上去斯斯文文，怎么说，如果不是公务员，应该是个老师……我是这么想的，觉得把灵魂交给读书人多少放心一点儿……但是他被我吓了一大跳，都没仔细看就拔腿跑了。你胆子倒是大。

我被夸得一阵羞赧。事实上，这和我自身的性格弱点有关。我总是很容易对各种美丽的物品着迷，从小就集邮，稍微大一点儿集圣诞卡、明信片和笔记本，再大一点儿，就开始迷各种杯子、纹路美丽的布、果实、石头、瓷器……一言以蔽之，就是个有收藏癖的人。只要手头钱还够。我早就发现自己没法抗拒各种古怪事物，如果有一只活着的恐龙站在我面前，只要可能，我大概也会想方设法找个空地把它养起来。想想看，眼下也许是我一生中唯一一次能得到另一个人的灵魂的机会。只要一千块钱——突然间我就不觉得这价格贵了。这可是灵魂啊！虽然我压根就不认识这个女人，也并不觉得这灵魂多么美丽。

但它是真的。真的。

女人一直目不转睛地看着我。大概是站了太久，她悄悄挪换了一下前后脚的位置。脖子上的青筋和腿肚子上一样暴突，即便在昏暗的路灯下也很清楚。我这才注意到她胸口正中央不合情理地高出一块。那不可能是乳房。

顺着我的目光低头看了看胸口，她解释说：那是开刀以后打的绷带。

对了，你今天下午刚刚取出来就四处乱跑……天哪，你的灵魂不会有病吧？

我全身都有病。她吃力地微笑了一下：但灵魂基本完好，尤其相对于我身体其他部分来说。姑娘你到底要不要？我们站在这儿已经十多分钟了。我特别累。

我也注意到她说话时一直在微微喘息。比起最开始拦住我时的样子，她的脸色变得更加铁青，好像随时都要昏厥过去。我赶紧要多快有多快地用微信转给了她一千块钱，小心翼翼地接过了那个灵魂。

但在调头离开之前，我又呆呆地看了她一会儿，仿佛等待着她反悔。这可不是开玩笑的。一个灵魂。

她误会了，说：这灵魂是真的。

我说，你确认不后悔？

她说：不后悔。

我点点头，就擎着那个皱巴巴的灵魂转身走了。

走了几步再回头，发现那个女人的背影已经完全消失在夜晚的树荫下，她走得竟然那么快，那么毫不迟疑。路边灌木丛轻微地晃动了几下，旋即恢复平静。我再低头看手机。刚刚加上的号已经发不了信息了——她这么快就把我删了？

然而刚转出去的一千块钱却是货真价实地消失了。我有点懊丧地站在原地，怀疑自己遇到了一个骗子。但那个粉红色的皱巴巴的灵魂还被我拿在手上，甚至因为攥得太紧，指尖开始发潮。既然已经无法找到买主咨询，我第一步是得想想这东西拿回去放在哪里可以保鲜。大晚上的，也没有药店出售福尔马林……万一这东西过一晚上就腐烂了呢？

想到这里我担心地把它举起来放在鼻子边闻了闻。出乎意料地，它竟然毫无腥气，却散发出一种熟透水果的自然稳定的气息，说是芬芳也可以，但是似乎也随时随地可能因过于浓烈而变质。原来灵魂的构成类似植物的果实。那么，把这东西埋在地里，会开花吗？可以结出更多灵魂吗？可以水培吗？

　　到家后我便当真把它放在了一个装满纯净水的玻璃缸里。那玩意儿在水里并没有如想象中的水母一样立刻轻盈地舒展开来。与之相反，它瞬间就皱巴巴地沉到了水底，那情形就像一块投入水中的死肉。泡了很久很久，体积和颜色都没有丝毫变化，反倒让我怀疑它会泡坏——对于灵魂，总是要格外当心一点的。

　　又泡了一个小时，依旧毫无二致。我把它从水里面捞了出来，拿到水龙头底下冲刷。泡了半天之后，它的表面仿佛变得光滑了，含水量也稍微增加了一点，捏在手上滑溜溜地像一条鱼。表面的斑点和褶皱还在，但是似乎颜色浅了一些——也许是心理作用。

　　我把它用卫生纸擦干，放在一块干毛巾上，用放大镜仔细观察。它看上去没什么形状，也没有孔窍，就是光溜溜的一块软体组织——如果非要形容，嗯，也许有一点儿像猪肝。

　　这让我有了一个新的念头。也许可以切一小块下来，看看灵魂内部的构造。经过泡水和擦拭，我现在倾向于相信它大抵不是个活物，多少对这玩意敢下手一点儿了。

用最锋利的美工刀片飞快地切了非常薄的一片。没有流血，切下来的那片就像一片柔软的塑料薄膜，而里面依旧和之前一模一样。没有蜂窝状的孔洞横截面，被切下的部分没有流血，也只是柔软而已，并没有水分。这和猪肝可不一样——灵魂原来是没有血管的。

我试着把那切下来的一小片夹在我最喜欢的一本诗集里。夹进去才发现，切下来的灵魂还真是半透明的，可以透过那薄膜清晰地看到后面的诗句：

而他人的噪音仍让彼此渐渐聚拢

这迷路的，轻轻拍打过边界的翅

而且有一种奇异的芳香，像什么木材的切片。

切下来的部分没有沾湿书页，也没有立刻变得干燥。我收拾东西去睡，第二天醒来后，发现它还是失去了部分水分，变成了一层薄薄的硬甲，变干之后不再透明。最让人感到奇怪的，是那两行诗句清晰地印在了那层硬壳上，颜色非蓝非黑，比书上原本的字体略大些，但完全是一样的字。

而那一大块我则冻在了冰箱里，暂时和买回来之前没什么两样。

看来灵魂还是很神奇的。它会记得自己前一晚看过的所有字吗？

那两行诗的痕迹过了两天就渐渐淡去。因为一直泡在水中，那层甲又很慢很慢地恢复了柔软。我又试着把它擦干放在别的书页中，这次是一本精怪故事的绘画集。

一夜之后，灵魂的甲显现出了别的图案。并不完全和书上的绘画相同，线条简单一点，但更柔和。灵魂并非只是简单地重复：它在有选择地接受。

发现了这个功能之后，我开始试着给那一大块灵魂读书。我把它放在一个敞开式冰柜里，保持湿润和冰凉，然后大声地对着它读书。它起初毫无反应，当然。那一小块我则一直尝试着夹在不同的书本里，然而每次的结果都不大一样。有时候它上面会如期待中一样印刻上它所看到的那一页里最美的句子——是的，并不只限于它所夹放的地方，而是摘选出全页中最美的句子，甚至相邻几页的句子；但更多的时候只有只言片语，一两个词。还有些时候，它仿佛对整本书都感到失望，上面空空荡荡，一片茫然。

我不时把它放回水中让它重新恢复柔软。它许多次地在水中过夜，又许多次地在书中过夜。但终于有一次，它在水中泡了一夜之后仍然干燥僵硬。再夹回书里，它也毫无表示。许多天过去了，上面没有显示一个词，一个画面，甚至表面开始出现干燥的类似龟甲的裂纹。看上去无论如何都无法使这个灵魂切片恢复原状了，它似乎已经被使用殆尽，所有的记忆和阅读功能也都完全消失。在它彻底裂成许多碎片之后，我在楼下的花坛埋葬了它。

我没有料到的是，松软的土壤中很快就长出了一棵我此前从来没有见过的小苗。叶子是心形的，大大小小。最大的那些叶子上，有时候会出现一些类似字的白色条纹。但我摘下一片辨认许久，始终无法认出那是不是出自我给切片看过的书。那棵植物用一种奇妙的方式消化吸收了我给灵魂切片读过的一切，并且在每个清晨都吸饱了沉甸甸的新鲜露珠，又在每个晴朗的傍晚在微风中怡然摇曳，像回忆起来什么似的轻轻点着头。

目睹这一切变化发生之后，我越发敬畏那一整块完整的灵魂了。它依然存放在我的冰箱里，因害怕它变坏，我把它从冷藏室转移到了冷冻室。这样虽然让人暂时心安些，却完全失去了和灵魂交流的途径。

那个女人卖给我灵魂的时候，让我永远不要告诉任何人她出售了自己灵魂的事情。因此我也无法把我的困惑告诉任何人。现在我每天清早起来，第一件事就是打开冷冻室，看一眼那个被冻得硬邦邦的表面略显苍白的灵魂。出门上班，也时常想起不知道灵魂会不会在零下十八度冻伤。甚至有一晚我还梦见了它——并没有梦见它的主人，只是单纯的一个灵魂，在白汽成霜的冷冻室里面，异常平静地凝视着我。在我的梦里面它终于长出了眼睛，具备了表情，只差生出腿脚来，自己拉开冰箱门走出去。

我的生活被这个冻僵的灵魂渐渐地改变了。后来还梦见一个白裙子的小女孩和我说她冷。想来想去，大概也还是那个灵魂作祟。那个看上去困窘万分的中年妇女的内心深处，竟然住了一个小孩子，发现这一点的确让我大吃一惊。

如是过了很多天。总是最猝不及防地，那个小女孩出现在我的梦境深处，安宁地，平静地，说她冷。她和现实生活中那个疲惫的妇女，以及那个灵魂的实体看上去都毫无关系。但我却不知道把那个灵魂从冰箱里取出来后又该如何保存它。福尔马林我早就弄回家了，可刚一放进去，灵魂的表面就嘶嘶地冒出白烟来，仿佛触到了强酸。灵魂似乎非常抗拒这溶液，大概是认为自己并非死去的躯体，而是一个相对独立的完整存在。当天晚上果然那个小姑娘又出现了，捂着鼻子，露出了非常厌恶的表情。她光脚站在一大片腥臭难当颜色莫辨的水洼中间，向我远远地招着手。

我把它从福尔马林里取出，仍然放回冷冻柜。梦里的小姑娘有很长一段时间不再出现。

我却不断地担心她已经冻死了。以恐惧情绪为主的噩梦以各种形式反复出现。有时候是一个怪物，有时候是车祸，有时候则梦见那个女人，在路灯下嗔怪地看着我：你没有把我的灵魂照顾好啊。

再这样睡不好下去，恐怕不用多久我就会神经衰弱。

我开始萌生出把灵魂退给那个中年女人的想法——即便这是一个真正的灵魂。但灵魂这东西，果然不是能够随便经手的。保存它比和一个陌生人成为朋友还要更困难。

但是在哪里可以找到那个女人呢？

有一天，我终于又梦见了那个女孩。她面容沉稳地向我走来，越走越近，随即在离我最近的地方，就在眼皮子底下消失了。

醒来后我迷惑了很久很久。过了好久才突然明白：那个灵魂是想进入我的身体里。

可是我自己的灵魂已经在体内了啊。一个身体能够安放两个灵魂吗？

不管怎样，我对着镜子试着用美工刀轻轻地割开了自己的腋下皮肤。一个探头探脑的自家灵魂出现了，看上去油光滑亮，异常养尊处优。我抱歉地对它说：恐怕得让另一个灵魂和你挤一挤了。

它冷淡地退回去，在胸腔内保持缄默。

我轻轻地把那个已经从冷冻室取出来半天、基本已经完全化冻的灵魂放了进去。它几乎是一下子就滑了进去，没有任何痛感。两个灵魂相撞，也没有发出任何声音。我的体内甚至也并不感到任何不适。

它和自己主人的身体有排异性，竟然和我的身体如此契合。

当天夜里过得十分平静。没有梦见女孩。也没有任何其他形式的噩梦。

第三天夜里，我一直睡不着。凌晨一点半，我发现它们在体内轻声地交谈了起来。随着交谈的深入，那妇人潦倒的一生如羊皮画卷一般慢慢在我面前展开来。她原来是个底层的性工作者——和我之前猜测的差不多。而她工作的时候，她的灵魂总是会突然出现打扰她，让她辗转不得安眠。她曾经读过高中，却因为种种原因沦落至此。和她过夜的价格很低，只要一百五十元。灵魂为此长久感到不安。它认识的那些字告诉它这一切是不合理的。但是它的主人肉身更直观的痛苦，是贫穷。灵魂的躁动让她睡不好。夜更漫长了。有很多时候，一个晚上就好像一生一样漫长。

这难道就是她所说的排异性吗？

我听见那个灵魂在我的体内轻声哭泣着：我现在离开她了，不再感到痛苦，但是却不知道她怎样了。她也许会死的。

我的灵魂默不作声。这对于它来说，是太遥远而难于理解的事。而我困倦万分，终于在它们的喁喁细语中昏睡过去。

它们总是在交谈，每时每刻。而我不知道为什么，一直感到比平时更疲惫。它曾经主人的艰难处境好像部分地转移到了我身上，那个古怪的夏天，我一天到晚地睡不醒。

有一夜，我无意间听见那个外来的灵魂对我的灵魂说：她的工作，就是灵魂收藏师。只是她自己还不知道。

我的灵魂说：那她自己的灵魂也就是我呢？会认识更多灵魂吗？万一遇到讨厌的怎么办？

外来灵魂很肯定地说：会伤害你。但是你逃不掉。

在昏睡中我模模糊糊地想，这意味着我还会遇到更多的把灵魂卖给我的人吗？

我总是怀疑失去灵魂的躯壳活不了太久；虽然并没有证据。

一个晚上下了雨，我躺在自己的小床上，安静地凝听着体内两个灵魂的闲聊，困意持续汹涌地袭来。在梦里我突然梦见了那个女人的童年，少年，越来越孤独艰难的成年生活。我像一个陌生人一样在自己的梦里为他人不断流泪，醒来后在纸上记下。那个灵魂说，我写。

等写完几十页纸时，我才发现这个夏天已经差不多过到头了。窗外依旧断断续续下着雨，但那雨已经带上了某种渐渐萧索的秋意。我再尝试听体内两个灵魂的倾谈，却发现无声无息。它们好像已经彻底融为一体了。我的灵魂似乎变大了一点，也变得更为强壮。而另一个灵魂，也许已经消失，也许在某个夜晚悄然离开我的身体搬到了纸上，永远地住在了那些字里行间。我不知道这是不是它最喜欢的结局；但是，我确认它曾经是喜欢看书的。自己也变成一本真正的书，它会感到更高兴吗？

我同时也怀疑那个曾经装过它的皮囊真正离开了这个世界。在某个孤独无告的地方。一个黑暗漫长的夜晚。不知道为什么。

楼下那棵植物已经开始开花了。看上去似曾相识的五瓣花，白色，桃红色，淡紫色。并不香。那也许是一个平凡的灵魂曾经在这个世界上生活过的唯一物质痕迹。

而我的悠长假期终于宣告结束。在网上找了个轻松工作，上班下班，偶尔见见这城市中不多的几个朋友，更多的时候自己买菜回来做饭，吃完饭照常遛弯。生活中可以期待的奇遇并不太多，我偶尔也会想要恋爱，但苦于一直找不到那个对的人——当然这也很正常。同时，我也一直暗自害怕又隐约期待某一件不能说出口的事。

日子平淡无奇地来到了十月份。有一天，一个陌生人突然拦住了我，却又欲言又止。他的五官十分平淡，身高一米七五，穿一件灰色暗纹衬衣，浅卡其色涤纶裤子，旧皮鞋鞋面上的褶皱里全是浮灰。就像我们在大街上随时能看到的任何一个不甚得志的中年男人。唯一特别的，也许就是他看上去略有一点疲惫的面孔上，某种将他攫住的显而易见可形可感的阴影。如果非要让我来形容，他像一个即将在游泳池深水区溺水的人，但最后的时刻尚未到来。死神还在路上。

他手中紧紧握着一个什么，夜色下根本看不清楚。那肯定是一个八九成新的 iPhone 8，甚至有七成可能性是白色。每天在街上我们都会被同样一些来路可疑的人拦住，每天都有无数手机在各种地方因各种原因遗失。而在这里面，最好出手的就是白色壳的 iPhone 8。

这个，你要不要？

不要不要。我目不斜视，继续大步往前走。

求你了，先看看。那个男人说。价你随便开。

我张了张嘴，却鬼使神差地什么都没说，只默默伸出手。先让我看看货。

那个男人警惕地环顾了一下四周。随即把一个东西放在了我手心里。

那东西的触感温润，形状怪异，完全不是机器。电光火石间我就明白了，不动声色地握住并缩回手。

依然是那个，是的。另一个人的。它们总是会如此准确无误地找到我。

2017 年 3 月

在办公室里过夜

有一天我忽然变得完全自由了。想到马路上晃荡一整晚就晃荡一整晚，想连夜坐火车去天津就去天津，想去圆明园露天睡一觉就翻墙进去睡一觉，想看一晚的便宜电影就看一晚的便宜电影。我甚至还可以随便坐火车到什么地方去，和想见的朋友待几天，可惜仅仅只能是几天：不能打乱朋友的生活节奏呀——你看，因为觉得自己的存在本身是对他人的打扰，所以想来想去，还是决定一个人待着更好。

一个人待着，在办公室里过一夜。

窗外的天色越来越黑，我不得不打开日光灯，同时遗憾地想，如果办公室里有一只鬼，这样就不能从黑暗里悄悄靠近箍紧我的喉咙，而只能在明亮的灯光下害羞地靠近我了。

那我该对他说些什么呢？简单地说声"哈啰你好"，还是更友好地说，"请吸我的血吧！我的血特别新鲜"。但也不知道它是不是吸血鬼，这样贸然地邀请也许是一种冒犯……那末，我打开音箱，和这个不知道什么鬼跳一支舞好了。什么音乐都好，它一定会从没有血管的喉咙里嘀嘀地对我讪笑着：我刚从地底下上来，听什么都顶有意思。

我们跳起了舞。我不知道它的性别，爱好，性情，这么晚从下面上来，又怀着怎样寂寞的心情。我们一径安然地，跳了一圈又一圈。它很腼腆，跳错了步子会咧开紧绷枯瘦的面皮羞赧地微笑，露出干瘪空洞的牙床，以及白生生的牙。

你在下面用什么牙膏？我好奇地问。

它再次嘀嘀地笑起来：我不刷牙。也不吃东西。

和一只鬼，在刚过饭点的时候，谈论吃东西的话题，你知道，这或多或少有一点儿不合时宜。万一勾起他的食欲来了呢？于是我知趣地转换了话题：那你在下面一般都做些什么？

一般都是躺着。有的时候闷了，会在林子里走一走，坐在松枝铺满的地面上，仰脸看看星星。它说。

我努力想象着一个骷髅仰脸看星星的样子——无论如何这情形太天真可爱了些，和它可怖的面容不甚相称——好吧，我忘了介绍它是一只骷髅，骨架看上去不太强壮，甚至有点儿左支右绌的危险，但不知道怎么，我就是欣赏它这种浑不吝的劲儿，摇摇晃晃，颇有朋克机器人的范儿。

我们继续跳舞。它光亮的骨头右臂轻轻地搭在我的左手上，很凉。在这个二十七度的初夏夜晚，颇为舒服。

我没话找话：你是怎么死的？我是说，怎么变成一只鬼的？……为什么这个晚上愿意来陪我？

鬼（晃晃头）：太长了，可不可以不说？

我（欲言又止）：那你……想不想知道为什么我深夜里还在这儿？

鬼（耸耸肩）：也不太想知道。就是离家出走呗。像你这样的姑娘，我见多啦。

我（尴尬地）：那你每见到一个，就陪她跳一支舞？

鬼（鼓励地）：我可和你跳了不止一支。

我（继续尴尬地）：真给面子！那你跳累了吗？

鬼（又左右晃了晃骨头架子）：还真有点儿。

我：那，我们做点别的什么？聊聊天儿？要不，我给你说个鬼故事吧？

鬼：啊！不要！

我：你……还怕鬼故事？

鬼：就是因为是鬼才害怕呢。老生活在那样的环境里，能不害怕么。

我：那咱们到底做什么呢……

鬼：猜拳？

我：猜输了做什么？

鬼：做鬼脸。

我：……

不跳舞了，我们开始有一搭没一搭地聊天逗趣。它好像也挺无聊的，所以有个人陪它说说话也蛮好。它叫我丫头。我说，我早不是丫头啦。它说，可还是挺幼稚的。我说，这倒也是。告诉我你到底是怎么死的好不好？

正常老死的。你看不出我是一个年纪特别大的鬼吗？鬼咧开没有牙床的嘴，呵呵地笑着。

那你一定见过很多像我这样不懂事的……女的。我有点难过地说。

男的也多。你看马路牙子上那些喝得东倒西歪的醉汉。鬼说。说实话别不爱听，凡人都有点儿毛病，没鬼踏实。你不觉得你们总擅长把自己逼到特别危险的境地吗？老这样，一安定下来就惹事，真出事又懊悔。好了坏，坏了好，一天都不带消停的。

是这样。我打了个长长的哈欠：咱不说这个话题了吧，聊点儿别的。——说到底我还是不习惯和一只鬼说心事，主要是它太聪明了，比我聪明得多。好像整个人完全被它看穿了，虽然还什么都没告诉它。

说什么呢？我在下面看到的见闻？鬼促狭地说。它知道我也怕。

说说看，我能活多少岁？

这我可不知道。它无辜地瞪着两个黑乎乎的空洞。

能再活十年么？二十年？

能。五十年也没问题。看你这么皮实，哦，健康。

那我能知道五十年以后的自己是怎么回事么？

不行。

你看不到？

看不到。鬼老实地说：我只是一个最普通的鬼。没什么法力。而且，都知道怎么回事了活着还有什么意思啊。多没劲。

要的就是没劲。

都知道了的剧本还要硬演五十年么？不如直接死了，拉倒。

好吧。话赶话地，我赌气道：我同意你和我跳舞，跳着跳着，就把我带走好啦。怎么样？也不等五十年了……

不行。鬼抱歉道：人情上，我不能够随便抢无常兄弟的生意，从生意规矩来说，也没有带人走的营业执照……对不起。

好像生怕我真的有求于他，他就像刚开始出现时一样，神不知鬼不觉地消失了。我的手臂上还留着它骨骼的余温，硬而冰凉，硌人又实在。同时发现我仍旧坐在电脑前打着字，而背后不再有物事轻轻地，害羞地靠近我。世界重新又回到极其寂静、真实而庸常的一刻。日光灯的光亮也暗淡了好些，我在临街的窗玻璃上看见自己苍白的脸，以及形形色色的与我争夺氧气的办公室植物。夜深了，它们和我一起大口呼吸着，这没有他者的世界，没有关切的未知，以及短暂消失了一切可能性的剧本。

我很快活，而它们也是。

刚认识的那个鬼隔着玻璃对我做了一个鬼脸，算是打招呼。我闭上眼睛笑起来，它于是缓缓降入地底，只保留黑夜空气里一个没心没肺的笑的轮廓。

2010 年 7 月

鬼故事或三人行

（一幕自说自话的荒诞剧）

A

九月二十日那天我在系图书馆门口又见到张德生。他还是老样子：瘦且高，皮肤黝黑健康，看上去意气风发。他站在门口对我严肃地说：苗晓动你好。说完就头也不回地走掉，留我发了十几秒钟的呆，再走到图书馆后无人处拿出小镜子。也还是老样子：苍白圆脸，眼睛细长，无论标准多宽也算不得好看。当然也没人认真看。我对镜子疲惫一笑。镜中人倏尔做个鬼脸。

九月二十一日那天我做了个梦。梦见变成自己小说里的女主角，纤细轻盈，穿一袭白裙，一直站在杏花树底等爱人。绯色杏花一点一滴洒下来，落在裙上，树梢后天极高，云极淡。有没有等到已不记得，只记得空气里暗香隐约。醒来以后觉得蹊跷，因为杏花分明没有任何香气。我也从来不穿什么白裙子。

九月二十二日那天我写了第八封信给张德生。没寄出去。也就不需要落款。

半夜被噩梦惊醒，在枕头上发呆，才想起来刚梦见四周都是茫茫大水。在一艘独木舟上随波逐流，直到终于等到一个人划船过来救我。那人向我伸出一只手，正待抓住，独木舟就整个翻了过来，一下子跌入水中，醒来时前胸后背一身冷汗。回忆了很久，却怎么也想不起来那人面孔，只记得非常年轻。想得头痛欲裂，却听见上铺的唐菲翻了个身，嘴里喃喃道：孟明亮。

九月二十三日写完最新的一篇小说。这次的主题还是爱情。结局还是不美好。写时落了泪，没人知道我做梦都希望自己不是自己。

我在小说里写男主最终知道女主的心意，但伊人已逝，他只能"毕生怀念她"。我写他其实爱她，只是自己不知道。我写那女主角不美，但狂热，勇敢，执着。她有勇气表白，一次又一次地去找意中人，就算最后发了疯，可仍然值得羡慕，因为她敢做的事情，我不敢。

九月二十五日毕业生体检。在校医院里很多人排队，检查身高体重的时候我再次小心地避开认识的同学。毕竟身高一米六零，体重三十九公斤不是什么特别值得炫耀的事。体检的医生诧异道：同学你怎么瘦成这样？营养不良？我难堪地笑着：可我是苹果脸，撑门面。

九月二十六日陪舍友许娜逛街。买了一条草绿色的发带。

年少时看过一本青春小说，里面说草绿色象征生长的爱情。后来就一直喜欢绿。但心如蔓草荒烟，从不结果。

晚上和妈妈打电话，她又问起我要去哪里工作，回南方还是留京。我含糊半晌，直到她不耐烦起来，才说想先在北京找找看，不行再回去。放下电话才觉得自己不孝，其实我并不喜欢这城的荒凉粗粝硕大无朋。可是我还不知道张德生会去哪里。

九月二十七日再次在校道上遇到张德生。这次他手里拿着篮球，急匆匆从我身边走过。我像幽灵似的从校道飘到图书馆，午后阅览室有很好的阳光。后来就在那阳光里睡着，又做了梦。梦里自己变回两三岁大小，身边的小朋友都穿白肚兜，排队领公仔。我老等不到，还总被人插队抢在前面。心里一难受，就醒了。

九月二十八日晚，宿舍集体给米柯庆生。许娜和我合订了一个蛋糕给她，又给她荒腔走板地唱生日歌，大家笑得前俯后仰。唐菲又没有准时出现，蛋糕吃了一半多才现身，急匆匆吃完又走，约莫是去赴约会。我注意了一下她的脸，眼线描得极浓，嘴唇是淡淡的樱桃紫，闪着光。

唐菲是我上铺的女生。还有一个身份：张德生的女朋友。

唐菲走后我请大家去吃夜宵。须得在麻辣烫还是新疆酿皮之间做出一个选择。小米和许娜推搡一会，南门酿皮胜出。还是常去的那家阿凡提，我们一人要了一瓶燕京纯生。那天晚上的风特别凉，才九月底。我只想找人说一会儿话，不必太正经的，只说说笑笑勉强挨过这一刻就够了。酒冰镇过，喝下去却火一样烧心，我眼眶发热地凝视对面单眼皮的小米，古铜肤色的许娜。那一刻平日所有明里暗里的不睦、轻蔑、嫌隙都抛诸脑后，我看见她们就像看见救命稻草，随时要流下泪来。小米说你哭了，喝醉了。许娜附和。我大声说没有。没有。说完哇一声吐了一地。

很奇怪，弯腰呕吐的那一刻神智无比清明。满地竹签，废纸，吃剩的骨头，还有我自己吐出来的秽物。心里空空荡荡的像面镜子，映着这地上不相干的一切，那镜子又映出另一个人的脸。就算镜子、心肝全碎掉，可是那张脸仍然在那里。砸不碎，更忘不掉。

九月二十九日。

去火车站买去凤凰的车票，从售票大厅走出来，却看到张德生正站在一根柱子下发呆，我走近了他还没发现。我喊一声他才回过神来：你也在这儿？

我说我买票，不过没买到。你又在这里干吗？

张德生笑容略微尴尬，摸着头：我和唐菲也是来买票，为目的地意见不同吵了几句，她一赌气就走了。

我知道唐菲常常和张德生吵架的。我劝他：要不先回去吧。

不知道她还会不会回来找我。他笑笑：她喜欢躲在暗处让我着急，也许躲一会儿就自己出来了。

我当然没有立场心疼他委曲求全，就也对他笑笑走开。一步一步，走得极慢，但一直也没有人叫住我。路上买了一条阿尔卑斯硬糖，每颗都咯吱一下嚼碎吞掉，口腔瞬间弥漫大量的甜。吃得咬牙切齿，但我以为我终于得着快乐。

九月三十日。

最近乱梦丛生，让我越来越打不起精神。

走在学校里经常会被后面的车狂按喇叭，校道上不知不觉已经和校外马路一样车水马龙，来去不是私家车就是大卡车，自进校以后好像就没有停止过施工……新教学楼从大一盖到大四。体育场用得好好的，校友会捐了一大笔钱以后又封顶变成体育馆。据说二十世纪末才建好的外语楼也推倒重来，像推翻旧积木。这次捐钱的校友比较多，富豪们争来争去也没有争得独家冠名权，就在大楼门口立了一块碑，按捐款多少密密麻麻排列下来。楼还没竣工，碑就立起来了，孤零零地杵在一大堆建筑材料和石灰水泥旁边。前几天从工地门口经过，匆匆一瞥，也没看清楚到底谁捐钱最多。

BBS上有人说这一次的施工单位比较操蛋，运货车经常在倒退时撞倒学生的单车，下一步就该撞人了。大家群情激愤地回了半天帖，也没什么结果。

下午有院际篮球赛，张德生会去参加。我想去看看。

B

九月三十一日。……

那一天纪录阙无。我后来查了，九月根本就没有三十一日，而九月三十日下午苗晓动就撞了车。日记里记得很明白,她生前想做的最后一件事就是去看一个叫张德生的男生打篮球。

而我,就是张德生。

那天我无论如何也想不起来场外加油呐喊的人里到底有没有苗晓动了。只记得秋老虎分外猖獗,打完篮球浑身热汗地坐在场外花坛边喝汽水,体育馆那边的建筑工地尘土飞扬,太阳明晃晃地照着。队友给我买了瓶七喜,场外小卖部冰柜里刚拿出来的,我仰脖大口倒下去,浑身一激灵。就刚才我一个人进了三个三分球,看完球的人三五成群地从身边走过,有几个女生对我微笑点头。我没在意,继续痛饮。你们知道那种刚打完球脑袋空空如也的感觉吧?刚剧烈运动完,脑子的血液里还没有完全倒流回去,手脚懒洋洋地好像不属于自己,只想躺下睡一觉。

有声音喊我。我很迟疑地过了几秒才反应过来,缓缓抬头——

一辆装满泥石砖块的卡车爆胎了,眼看着就要翻,正失去控制地向我们这边猛冲过来。

尖叫炸响在耳边:张德生,快躲开!

我却继续坐在那里,眼睛盯着卡车越来越近,身体和大脑中枢的联系却完全切断。横刺里一个瘦小的身躯冲过来，用与身材不相符的气力猛地一推。

我被推得踉跄几步，倒在花坛里面，像做梦一般，还没明白发生什么事，就听见"吱——"的刹车声，大车整个翻倒，刚坐过的花坛栏杆被落下的砖石瞬间盖满，一个女孩的身影慢慢地倒在一片尘土飞扬中。

好一阵，我耳膜里只有最后那一声无比凄厉的刹车声。又过了好久，周围的喧嚣声才真切地回到我耳朵里。

有人在跑动。有人在喊着什么。救护车尖锐的笛声响起，黄昏中雪亮的大灯噩梦般晃近。无数人在我身边来去，视我如无物。他们把那个瘦小躯体七手八脚地抬起来，放在担架上，推进救护车里，随即呼啸而去。

又过了好久，才有人推了我一把：你还站在这里傻看什么？还不赶紧跟着去医院！？

我没答话。双脚却不听使唤地瘫软下来，扑通一声跪倒。

苗晓动出事后好几天我都躺在宿舍里望着天花板：为什么？为什么她要救我？我反复想我甚至没有和这个小个子女生说超过十句话。

和她一个宿舍的米珂和许娜红着眼睛把她的日记本交给我：

你看吧。你看了就全明白了。

拿到日记当天我又和唐菲吵了架。我说，你知道苗晓动喜欢我，怎么不告诉我？唐菲翻了个白眼：告诉你又能怎样？好让你投之以木瓜，报之以琼瑶？

她说得对。告诉我也不能怎么样。我对她唯一的印象只是她走路太慢了，慢得我每次经过她都纳闷。现在才知道她在等我和她说话。我对唐菲说：你还是应该早点告诉我。早点让她死心，她就不会救我，我也不会这么内疚。

神经病，你以为自己是上帝。

唐菲永远伶牙俐齿。她永远是对的。我住了嘴。只有一件事还是要问清楚：日记里说的小说和信都在哪里？

打电话给米珂，她在话筒那边哽咽着：晓动老是写满一张纸又撕掉，也许是信。小说大概还在她电脑里。

C

我讨厌那个叫苗晓动的女生，已经讨厌了很多年。

从一开始我就知道她喜欢张德生，也正因如此，我才注意到他。也就是说，如果不是因为她，也许我根本就不会和张德生在一起。他其实不是我最喜欢的类型。

这是一个残酷的真相，尤其在我的情敌已经替他死了之后。

张德生并不是不好：高大，健康，单纯，整个人飞扬明亮。我也知道苗晓动一直都还喜欢他，看她沉湎，除了冷笑，有时也难免纳闷。

也就是个普通男生，除了在篮球场上叱咤，其他有什么好的？凡事都听我的，处处让着自己，又有什么意思？有女生说我像小康——金庸《天龙八部》里那位马夫人——我说，没看过。但我知道肯定不是好话。最适合我的大概是孟明亮这样的吧——人就是这点贱，摸不准的才有吸引力；可比我心思还活络的，我又害怕。

好多次睡觉前我都想伸头出去对下面的苗晓动说：让给你吧。张德生我不要了。

这句每晚都要在心底重复的话，一直没说出口。苗晓动不知道她才是最适合张德生的人，他俩都一样迂得不可救药……知道苗晓动死了的那天，我正和另一个男生在 Costa，听到消息的第一反应就是打电话给张德生，没人接。回宿舍才知道就是为了救他。

我去找张德生，他只问了我一句话：为什么你不告诉我苗晓动喜欢我？

整整三年了我经常在想，还好他不知道苗晓动暗恋他。他不知道我一直是他完美恋爱的绊脚石……可现在他知道了。他怪我。

如果她好端端的，我还可以恨她懦弱，明明可以争取，却从不敢放手去搏。也可以恨她无耻，明明人家有女朋友了还要暗恋。又足够隐忍，反而让我的不够爱显得卑鄙。

她死了，我依然讨厌她。

凌晨四点。下铺似乎一直有一双眼睛在黑暗中注视着我，目光穿透床板，灼热地直抵背部。她活着的时候就很弱，死了我也不害怕：你想要为什么不早说？非要赢得如此惨烈吗？

黑暗不说话。我握紧拳头。

A

九月三十日……

我死了。

这很像《萤火虫之墓》的片头。一开头就是那个已死去的哥哥的旁白：九月三十日，我死了……

原来我真的死了。

我亲眼看见自己的身体被平放在救护车上，身上穿着白衬衣，看不到什么血迹。又发现一块空地上聚了好多人，妈妈也来了。我亲爱的，悲痛欲绝的妈妈，对不起。张德生也在里面。本来不想哭，看见他们时眼泪却如雨点般不受控制地落下——又没下雨，张德生会不会觉得半空突然掉水珠很恐怖？

　　不，我不想吓他。哪怕死了。

　　到死我都无法解释为什么会这样喜欢他。因为害羞，我甚至一直没有正视过他的脸。可无论走到任何地方，哪怕是侧面背影，我都能立即准确无误地认出他。

　　他大一就当了我们班班长。察看全班家庭档案之后，默默给我申请了最高额度助学金，还嘱托其他班委别说出去，给我钱时只说是奖学金。

　　我并不喜欢这种同情和自以为是，却无法自拔地开始注意他。

　　一开始就为两千块钱。也许。果然天下没有白吃的晚餐。哈哈。

　　从小丧父，妈妈再婚，继父待我客气如外人，情感压抑惯了，其实承受不起任何形式的温柔。中学时一门心思用功，要离开小城奔向远方，对男生视若洪水猛兽……空白了这么多年，直到认识张德生。

这名字后来就像是我的福音书，每天都要默念上无数遍。考试考砸了，在哪受气了，和妈妈打电话不开心了，都会想起这三个字。写日记的时候想。走路的时候想。洗澡的时候也想。连削一个苹果的时候都会想：他会不会也爱吃苹果？有人说洗澡和睡觉前想起的人，是自己心底真正喜欢的。那么削一个苹果时都想起的人呢？

把喜欢变成天经地义后，生活开始变得简单。只要看到这个人，心底就有电流蜿蜒通过。这是我自己的事，和他没有关系。

即便他和唐菲这样的女生在一起，也没有关系。

很困。我偷偷躲在一棵白杨树的树荫之间，透过枝叶看老师同学们表情肃穆地站立在我的相片前，妈妈一哭，好些人都哭了，包括张德生。不知道为什么，我有点高兴。我没想到他也有为我掉眼泪的一天。只可惜那张遗照不是太好，是前不久才和米珂去学校南门照的数码证件照……这样张德生见我的最后一面也仍然是不好看的。

无论一个女孩子长相多普通，其实都是在意自己相貌的。而唐菲，唐菲就不一样。她走到哪都是让人过目不忘的美人。我怀疑我不怎么和她说话只是出于嫉妒，和其他人一样。尤其她和张德生约完会就和孟明亮煲电话粥的时候……但她越这样，我就觉得张德生离我越近。这就是我唯一的，荒唐的，隐秘的希望。

我也并不是那么好的人。

念头没转完只觉得自己轻飘飘地落了下去。糟糕，下面就是张德生！

身体不受控制，现在我总算看清楚了自己的模样。在树上待久了，我的魂魄附在了一片今天早上刚长出来的杨树叶上。这片叶子轻轻地落在张德生的左肩上，他正待用手把它拂掉，情急之下我大喊一声。

一片叶子能发出的声音过于细小。第一声他并没有听到。

喂！

他好像听到了，疑惑地把叶子放在手心。

我是苗晓动……我拼尽全力也只能发出窸窣声，急得叶脉处涌出一滴泪水，晶莹剔透。

张德生，我喜欢你很久了。

不知道是听到我的话了还是觉得那片叶子实在青翠可爱，他对着阳光看了那翠绿泛金的色泽一会儿，就把它轻轻夹在了书里。他的手指发出好闻的肥皂味。我幸福得昏了过去。

B

那件事发生之后，我一直不知如何面对唐菲。过了大半个月，她提出分手。

我问她为什么，她说她喜欢上别人了。

我让她再好好想想。她笑起来：就算为了苗晓动吧？我早就不喜欢你了。真该在她死之前，就放你自由。

已经很久没人和我提过这名字了，再听到仍然震动。

好的。但这是我们之间的事，你不要扯上她……这对死者不公平。我和她没有关系。

唐菲耸耸肩，没说什么就走了。

我不是个多愁善感的人。但今天在苗晓动的追悼会上，仍然忍不住捡起一片树叶夹进了随身携带的高等数学课本里。那树叶表面还残留一颗露珠，新鲜、纯净，被午后的阳光照得晶莹剔透。更奇怪的是我一直听到叶脉液体汩汩流动的声音。四周蝉声如噪，沸反盈天。和死亡有关的幻觉永远美丽。我把它带回家夹在了苗晓动的日记本里。

她离开后我才想起为她做过一件事：替她申请助学金。我知道很多人都不好意思申请，尤其脸皮薄的女生。但我是班长，很早就从档案里知道她母亲再婚，继父没有工作。军训时就听说班上有一个女生在站军姿时昏倒，过两天和人对上号，才发现这人在学校里像个影子，永远溜着墙根飘来飘去。知道她的家庭背景后，有时在食堂遇到，会留心她打的饭菜，发现总是绿色居多，间或夹杂一点肉丝作为点缀。怪不得那么瘦。我想。

大一下学期院里的助学金方案下来了以后，我在班会后公布了消息。苗晓动在桌子上仰起脸，眼睛短暂地一亮，我敏锐地捕捉到了那眼神，满心欢喜地走过去把表格放在她桌子上，她却被电击一样飞快垂下眼帘：谢谢。

我家境也寻常，多少能猜到一点所谓自尊心的束缚。于是我轻声说，就是放在这里让大家看，你帮我分发吧。她才一声不吭站起来。

最后结果和我想的一样。递表申请的，很多都是北上广的学生，有很多家境甚至相当殷实。而那个军训昏倒、永远不打肉菜的苗晓动，果然不出所料地没有申请。在第一轮筛选时我就筛掉了那些明显想骗点儿零花钱花花、申请时填的家庭情况和档案出入太大的人的申请单，悄悄替补上了她。连她的照片都是我从班上别的活动时收的照片中找的。帮人就帮到底，我想。

我和唐菲打听过她，唐菲说她在宿舍几乎不说话。大家都买了电脑，她没买，到大二下学期了才拿出当家教攒的一千块钱，在学校BBS的二手交易区买了台旧笔记本。从买到的那天起就天天在写，但从不给宿舍人看，只要觉得身后有人，就忙不迭地最小化页面。唐菲促狭道：那速度，简直好比男生被家长发现看黄片儿。

助学金下来后，不过区区两千块。交给她时只说是奖学金。但很快她就明白是怎么回事了，专门跑到我宿舍里，涨红脸说不出话。原本她的家庭情况就符合申请条件，我也不过做了一个班长应该做的，但她又羞又恼又说不出话的神情让我觉得自己好像做错了什么，一时间也红了脸。过了好久她才说了一句：谢谢你，但你不要以为自己是上帝。说完急急转身就走，我忙追出去，刚追出宿舍楼下就看到唐菲正走过来。看到苗晓动和我一前一后，愣了一下：这是哪出？

我觉得尴尬，就停下来。余光只见苗晓动很快就消失在校道的人群中。

后来整个大学期间，这个女生就一直给我以欲言又止的印象。也许是因为帮过她这个小忙，和她接触比和别的同学反而更少。也不再敢越俎代庖——直到这一刻参加她的追悼会，我才仿佛第一次仔细看清楚了照片里的她。当然不是那张我帮她申请的照片了，但两张照片都同样年轻，沉静，不无忧伤。我想整个世界都忘了告诉她：其实她挺好看的。

C

最近偶尔会梦见一个穿白衬衣的女生，看不清楚面目，却有说不出的熟悉。我壮起胆大声说：苗晓动，是不是你？

那人不说话，也不离开。又过一会，轻叹一声隐没于黑暗中。

和张德生分手后，孟明亮约过我几次，还有一个外院的高个子男生，去年去韩国当交换生认识后就一直在追我，听说家境不错。我却没有恋爱的心思。马上就要出保研名单了，顾不上。苗晓动之前在名单里，现在空出来一个名额我想要。米珂也想。

张德生也在那个名单里。但他其实提前一年就开始复习，也提醒过我要做两手准备。但现在懊悔没有听他的话已经晚了。马上就要十一月了，明年一月份就要考，不到半年时间什么书都没看，外校竞争者如过江之鲫，我拿什么去拼？

实在不行我打算私下找找院里负责审核保研名单的老师，姓金。前几次在院里活动当礼仪和主持时认识的，事后还给我发过奇怪的信息，说：唐菲同学，你是本院最出色的女生，前途不可限量。我当时没回复他，现在却有点后悔。我的成绩反正只在小米后面一名，院系活动加分还有一分没加呢。

毕业在即，暗潮汹涌，虾有虾路，蟹有蟹道。有我这样想法的也不在少数，好在已经和张德生分手了，否则这位迂君子一定不会同意。会说什么我都猜得到：你这样做对米珂不公平。关键是他怎么知道米珂私底下动没动手脚？她那么讨厌我，一定会不惜一切手段。

此外，我仍不能习惯下铺的空缺。

以前苗晓动在的时候，她有轻微的洁癖，又不好意思不让人坐，就在床边放了一块布权充床罩。前阵子她母亲从南方过来，把她的铺盖和书本电脑全带走了，只剩下空空如也的床板。

我宁愿蹲在地上换鞋也不愿再坐那张空床。

这样好了吧。我对冥冥之中的某处轻声说。我和张德生分手了，也不再冒犯你。

A

用钥匙打开门，一股子球鞋和汗臭混杂在一起的男生宿舍味儿扑鼻而来，张德生把书包往下铺一扔。

敢情他是睡这床。我在微积分和线性代数两本课本之间探头探脑。一直想知道他的宿舍是什么样子的。这次终于知道了。

他去了水房。我从书里轻轻地落到地上。这宿舍不大，西晒，好在拉着窗帘，否则初夏午后的阳光足以让我灰飞烟灭。所有人的书桌都乱糟糟的，只除了他的——书架上的书也码得整整齐齐。我斜瞥一眼，赫然发现第二排第四本竟然是我的日记。当即魂飞魄散。

一定是米珂交给他的。这个叛徒！她以为是在帮我么？可现在还有什么用？一阵悲哀的甜蜜涌上心头。我拿起那个熟悉的灰色本子，刚打开第一页：九月……

他回来了。赶紧把本子放回去已来不及了，情急之下化身为一阵微风，本子失了护持，瞬间跌落地上。

奇怪。我听见张德生说：谁动了苗晓动的日记本？

没别人，是苗晓动动了苗晓动的日记本。我快活地想。这话真像绕口令。不知道为什么，当鬼以后反而比较活泼。如果再给我一次机会……我和张德生之间又会怎样？这事不能想，一想便有点难过。

那天晚上我是第一次留在男生宿舍过夜。是暑假，宿舍八个人只有三个还留在学校，三个大男生回来的时间都不一致，最晚是孟明亮。我以前不知道张德生居然和他一个宿舍。

晚上隔壁的男生王涛过来提到我，眼睛有点红。我才想起白天的追悼会，他也去了。

他还想借我的日记看看。张德生轻而坚决地说：对不起。

你他妈现在觉得自己是苗晓动什么人了？她活着的时候你正眼都不看她一眼，眼里只有那个庸俗的唐菲！

听到唐菲的名字，电脑跟前的孟明亮不引人注目地咳嗽了一声。

张德生看着他，什么都没说，颓然坐在电脑前。王涛气呼呼地出去了。他一直对我很好，许娜说他可能有点喜欢我。但是，我又不喜欢他，当然不能给他看。

张德生做什么都是对的。

熄灯后，我听到了磨牙的声音，打呼噜的声音，说梦话的声音……还有一些别的细小的声音。而我端正地坐在张德生的座位上，无声地看他睡得像个小男孩。现在我的呼吸完全和植物一样轻微，眼波也可以在黑暗里随意流转。我终于能面对他而不必担心自己长相过于平凡。这样很好。很好。

三天之后我就要转世投胎了，投胎成一棵树，一条鱼，一只猫，变成什么都有可能，独独不会再变成苗晓动……是这一刻才真切地体会到：一切结束了。再也没有了。

在此之前，能多看一眼，是一眼。

B

这段时间不知道为什么，我总是待在宿舍里不愿出去。更让我诧异的是连续两晚都梦见了苗晓动。她在梦里和平日一样不爱说话，但会笑。她笑起来很好看。我问：你以前为什么不多笑笑？

她低下头：是你没有看见。

对不起，一直没机会和你道谢，其实不值得……

当时就算不是你我也会这样做的。她打断我：你不用谢我。

我和唐菲分手了。梦里我鼓足勇气告诉她。

是吗。为什么。

没什么为什么……也不完全是因为你。你千万别难过。

我一直好奇你们怎么会在一起的……你们看上去完全是两种人。

大一下学期，她突然打电话叫我和她一起去主持院里一个知识竞赛活动，一来二去就熟络了……

她怎么知道你能主持？

唐菲说，她们宿舍一个叫苗晓动的女生偶尔会提起我。又是班长，她很好奇。

梦中两个人都沉默了。四周昏暗如谜，如死，如醉，如无明，如无明尽。我以为苗晓动哭了，结果她扬起脸，并没有。面庞洁净柔和，像一朵夜里盛开的百合花。

我向她伸出手去。她就在我面前，手到之处却空空如也。

刹那间我惊醒过来。四周别无他物，唯有我的枕下放着一本她的日记本。打开看，那片白杨树叶还夹在里面，已经半枯了。

C

好几个星期都不见张德生了。不见也好。金老师对我说，要想保本校的研不难。基本上他说了算。

我说，我不想读我们学校的研了，我想去 P 大。

他略有点吃惊地推了一下金丝眼镜：P 大？那得全年级第一名才能去。不过嘛，他笑了一下说，在这个世界上，也没什么事情是绝对不能做到的。

那是第二次私下见面时说的话。

第一次我去他办公室见他时，他还一直在打官腔，嗯嗯啊啊，有用的话一句也没有说。第二次见是在学校北门的小咖啡馆，他约的我。

他看上去五十岁不到，保养得很好，轮廓却说不出来哪里有点松垮，像被岁月侵蚀了。我坐在他对面，化了一点淡妆，心如鹿撞，是明知力量悬殊的对决前夕。张德生从来没有让我真正紧张过，孟明亮之流也没有。他们都是单纯的同龄人。而对面这个，是一个成年男人。

这个成年男人也一直微笑地研究我：小唐你妆化得不错，很精致。不过香水一般。我这里有瓶第五大道，试试。

我笑道：金老师开什么玩笑，这么好的东西当然留给太太呀。

她年纪大了，用不着。我喜欢第五大道的味道。

金老师，我今天来见你是想说说保研的事……

给你，你就拿着。他的语气听上去毋庸置疑。要保本校倒不难——只是你想保 P 大，申请的加分大部分都不合乎规定。这样吧，明天第七节课下课，你来我办公室一趟。

第三次见之前就知道是鸿门宴。她们都说老金好色，会对找他改成绩的女生动手动脚，这狼藉声名我不是不知道。可是人总得有弱点才容易击破。我看着镜子里的脸，粉白绯红，十八廿二，花是新开，叶是初绽。如果我是五十上下的男人，必然也贪恋这样的新鲜。况且在办公室见能坏到哪里去？在小咖啡馆里尚且维持了君子风度，只不过握手时间比正常略长。他的手掌十分绵软肥厚，手心有汗，无端让我想起化冰后的三文鱼。

有知无畏的，我去了。谁在后面窃窃私议我都不管，反正人人都保研，我也得上。最好是能离开本校去 P 大。我实在太想离开这所散发着闷厌之气的学校了——或者毋宁说，我只是想扬眉吐气地离开？

张德生已成过去时。在不知毕业何去何从的压力下，我满脑子都是保研。在校道上偶尔遇到，觉得他瘦了许多，颧骨也突出了，眼睛却很亮。

最近还好吗。他望着我。

还好。主要是不知道怎么算好，怎么算坏。

保不上研，明年再考也可以的。

保上的人，还是不要这么说话的好，知道你腰不疼。

……你多保重。

他再深深地望了我一眼，就走了。

金老师办公室在教学楼五层的最后一间。走廊里只听见我的高跟鞋笃笃定定地打在水磨大理石地面上的声音。如果一切想要的东西都有价码，那么我已经做了决定。

他听见敲门声，从猫眼里看了半天才开门：你来了？飞快地又关上门。只听咔哒一声，也没太听真切。

金老师好。

坐。他指指离我最近的沙发。

我坐下来。他也过来坐在我旁边。

唐菲你看，这几天好几个保送生来找我，首选都是 P 大。你说手心手背都是肉，我帮谁好，不帮谁好？

我呆着脸望着他，眼睛却比意识先反应过来，滟滟含了笑送过去：金老师……

他也笑了，肥白的脸越挨越近。手轻轻搭在我肩上，再是脸颊，鼻子，嘴。大而厚的三文鱼腩一样的唇，牙上还沾着一片中午的青菜叶。我蓦地闭上眼，咬紧牙关。直到被他重重压在身下我才猛地反应过来，那一声咔哒声原来是反锁门。这个老狐狸。

从办公室回去以后我异常平静。知道这事大抵算是成了。只是嘴里面好臭，回去要刷十分钟牙。

A

这个故事的开头，我就已经死了……

现在，我是在去黄泉路报到的路上。一路上的风景好像都笼罩在一种褐色的玻璃罩里，天还是那天，树还是那树，草木众生都一样，我甚至还看到了一只匆匆赶路的老鼠。但是从那个褐色的玻璃罩子里看出去，它们都有点扭曲失真，随时可能现出本原。我看出那只老鼠前世是一个有钱的胖子，做了坏事之后方才堕入畜生道。而那棵树上曾经吊死过一个失恋的女人，那女人的魂魄现在还坐在树上，哀哀戚戚地晃荡着双脚。对我招呼道：赶路呢。

我说，是呀。

赶着去投胎？

嗯——

这原本是句骂人的话，可是我现在一点也不生气。

走那么慢，午时十二点黄泉路上的轮回门就要关啦。快走，快走！

你呢？

她不回答，竖起一根指头，对我含义莫测地微笑着晃了一下。

我不再多问，匆匆前行。

黄泉路的入口就设在学校喷水池里。其实地狱也有很多条路，就好像银行到处都设 ATM 分点一样。属于我们学校的那个入口就在喷泉池中央的泉眼。

死后还是第一次在学校里走。我边走边留恋地回望着那些熟悉的建筑物，看惯的风景。迎面走来一两个认识的人，他们手里拿着饭盆，愉快地交谈着，却看不见迎面的我。此外让我吃惊的是学校里居然到处都是鬼，大都躲在阴暗不见光处，到晚上才自由活动。有一只鬼是个小孩子，一直在喷水池边玩影子皮球，一，二，三，一，二，三，砰砰。那不是外语系孙老师的小孩，去年在学校附属幼儿园打错疫苗过敏而死的点点么？这事当年还上过新闻，大家知道是本校老师的子弟都很唏嘘。我走过去蹲下身：走，跟姐姐投胎去。

点点在我怀里挣扎：放开我！放开我！

阴间有小朋友陪你玩，你看你多闷，整个学校里只有你一个小孩。

我才不要去阴间，阴间有长着马脸牛脸的妖怪！

别怕，有姐姐陪你。

我不去，我舍不得妈妈。他的皮球不知何时已滚落地上，睁大眼睛望着我。

可是妈妈还有弟弟呀。

对，我经常回家和弟弟玩。全家只有他能看见我。

我想起来了，孙老师经常骑单车带那孩子去校医院。那个胖乎乎的小男孩看上去很可爱，却蔫头耷脑，大多数时候都没精神。想到这里我觉得更应该带走点点了：跟姐姐走吧，弟弟还是小孩子，抵抗不住阴气，会生病的。

点点瞪大眼一眨也不眨地望着我，良久，点了点头。

姐姐，我想走之前再去看一眼妈妈和弟弟。

离中午十二点还有一小时。我和点点约好，迅速看一眼就回来，还是在我遇见他的那棵树下见。而喷水池旁就是饭堂，此时人太多，阳气太盛，我不敢进去，只在学五饭堂门口的单车棚里等。我知道张德生常去学五。

离十二点只有二十分钟了，正当我惆怅地准备离开时，他终于出现了。奇怪的是，唐菲也和他在一起。

我远远地看着他们。他还是那么挺拔，唐菲还是那么明艳，只是都瘦了一点。突然间我就不再嫉妒了。我祝福他们，也希望金老师的事不要留下任何阴霾。那个猥琐的老男人会有报应的。一定。

然而唐菲所到之处，到处都有人在后面指指点点。这事除了瞒不住鬼，怎么会传出去的？我飘过水房时听一个女生说，是唐菲自己的电脑送修了，借许娜的电脑给金老师写 e-mail 问保研的事，临走忘了关网页，就被宿舍其他人发现了。那个女生且说且笑：平时人缘那么坏，还敢粗心大意！

如果我还活着，是我发现的那个网页，会替她一声不吭地关掉么？

我不知道。

我只听见张德生对唐菲说：这是真的假的？

唐菲的态度仍然倨傲：都分手了，关你什么事？

我是班长。他涨红了脸。我也得为保研的公正性负责。而且这件事传出去了，金肯定也不会帮你了，保研的事黄了，自己再考就是。你想想清楚，要不要索性去举报。我们都知道他恶名昭彰。这也算为民除害。

唐菲说：举报什么？我们之间是清白的。

张德生怒道：这时候了，你还和这种禽兽"我们"？我没想到自己真的不了解你。一点也不。

眼见他们争执起来，叹了口气就走了。真没想到最后一眼，还见到了不想见的唐菲。

赶到入口处，已经只差一分钟到十二点了。奇怪的是，点点不在那里。

点点，点点！

没人，不，没鬼应我。正午光线炙热强烈，我站在空旷的喷水池广场中央，只感觉神智越来越乱，入口处有强大的吸力……随即在一个螺旋形的隧道里飞速下滑着，头重脚轻，不断撞在隧道壁上。

却并不疼。好久之后才重重跌落地上，过一会才挣扎着爬起身环顾四周。

并没有传说里十殿阎罗的森森鬼气。但见空旷无人的大厅，正中央放着一张古色古香的几案，台案后面坐着个中年人模样的青衫男子，正在低头批阅什么。更远一点，一个老婆婆站在一座酷似饭店假园林的小拱桥边，桥上也有一壶茶水，几个茶杯。

看我走到案前，青衫男子热情招呼道：Hi。

我吃惊得眼珠子都要掉出来了：阎罗殿里有人说英语？

他看出了我的诧异，笑道：地狱也与时俱进么。

其他鬼呢？那些牛头马面呢？怎么只有你和婆婆两人？

现在地狱也在减员增效呀。报过到的都在那边的大厅排队去了。这边是投胎登记处。没法，最近学校死的人少，我们这边已经很久没见新鬼了。

我想告诉他，其实不是死人少，是很多鬼都选择留在了上面。想了想还是没说。万一他派人上去抓呢？

你叫苗晓动……你应该已经出车祸快一个月了吧，现在才来报名？

在上面有点事耽搁了。我低头道。

不，是因为你在等人。他笑道：和你同时投胎的还有一个人，怎么还没来？

我说，谁？

张德生。

我目瞪口呆：可是我已经救了他了啊？

咳，此事说来话长。你们上辈子因得罪天神不能相爱，绝望中你一病而亡，他数年后也郁郁而终。因你们的爱怨气太深，却又前缘未了，这辈子便判你们在此日日得见却仍错过，如此折磨数年再同时投胎，下一世好成鸳侣。

我听得目瞪口呆。还三生三世十里桃花呢，我，和张德生？

那您说，唐菲和他又是什么关系？

旁人，皆命运的工具而已。

我怀疑地看着那个中年人：什么乱七八糟的。

姑娘你别不信，一饮一啄，莫非前定，今生种因，来世得果……

可是张德生明明没死。我指出。

奇怪，这不合程序啊……那个中年人闻言也满头大汗，狼狈不堪：奇哉怪也，明白了明白了，他今日内必定恶疾发作，一命呜呼。

拜托，他校篮球队的，体健如牛，能有什么恶疾？

他有先天性心脏病，一出生就有……啊，对了，他今天因为前女友声名狼藉且振振有词，他劝说无效，一时激愤，当场发作……呵呵……看来是负责此事的小鬼还没有拘来……

大叔你在说什么鬼？我听得云里雾里。

说简单点，就是你们必须同年同月同日同时投胎，如果不在此处约好，下辈子再错过怎么办？

鬼扯。

我满脸黑线地转身待上桥，一直在旁边默不作声的婆婆叫住了我：别走！你就这样子上去，知道等到几时？你已死了而不死，你便只好一直等下去，超过五天不投胎，就注定成为孤魂野鬼，到时候再遇到天灾人祸，难免魂飞魄散，悲惨至极。不如我给你一瓶甘露，你实在等不及了，就让他吃了吧。

您老……是孟婆？

正是。孩子，快拿着！

我迟疑地接过去。

重新逆溯而上，再度回到人世间的感觉很奇妙。一上去我就见到了点点，气不打一处出：你这小坏蛋去哪里了？

点点无辜地望着我：小弟弟舍不得我走。

远远地看见孙老师又骑着单车向校医院飞驰而去，车后座上的小孩双目紧闭，面如土色。我一把抓住点点：再也别去找弟弟了，你这样会害死他的你知道不知道？

放开点点，我继续游荡着。阴间十分钟，地上已黄昏。在这昼夜交替之际，校园里走来走去的鬼可真多。有被人推下池塘溺死的校工，有被追求者追求未遂一刀捅死的女生，有毕业后找不到工作回校租房、开煤气自杀的男生……人数最多的则是跳楼自杀者，文理各半，学中文的，读历史的，也有经济学系的，数学和计算机的……他们成群结队地在校园里面游荡，见人，不，见鬼就喊口号：打倒这个破学校！打倒这座吃人不吐渣子的学校！

我走过不免诧异：你们既恨这学校，为什么不早点投胎？

大多数人都不理我，继续高喊着口号过去了。只有一个相对面善的姑娘停下来：我们自绝人身，以后再不能投胎至上三道了，什么天道阿修罗道不敢想，连人道都不成，只好沦为畜生道或者饿鬼道，那就太惨了……所以从某一年起，大家就约好都不去投胎，等凑满了一百人再联名上书，求阎王殿网开一面……这就是我们的百人计划，很有名的，你不知道？

原来如此。我点点头，继续往前走。

一个模样标致的女鬼一脸不爽地走过我面前，边走边左顾右盼。身着白色衣裙，头发中分，面如白纸，眼若点漆，正合若干年前琼瑶奶奶的标准美人形象。我倾慕地望向她：敢问这位美女贵姓？

她冷哼一声不说话，飘然而去。点点不知何时又跟在我身后，见我疑惑便说：姐姐，这就是我们学校著名的白衣仙女啊。

白衣仙女？鬼，妖，狐狸精？

鬼。她是成人继续教育学院的，想考研没考上，就疯了，经常在学校里游荡。经济学系一个男生看她美貌就去勾搭，发现真相已经晚了，此后视同瘟疫躲避不及，她每天都去男生宿舍骚扰，闹了几年也没结果，就跳了楼。

旁边那个跳楼自杀的女生补充道：有人说是被那个男生推下来的……就是没人证物证。你看，大家都是跳楼死的，她一个神经病还有投胎做人的机会，真不公平。

那她还不投胎？

她死了你以为就不疯啦？什么事都不知道，一天到晚还在学校里找那可怜虫。

那男生呢？

她跳楼当年他就毕业离开了。

我倒有点同情白衣仙女：真傻，怎么就光知道在学校里找？

无聊地边走边逛，差不多每两个人就遇到一个鬼。以前只觉得校道路窄人多，现在完全就是人山鬼海。在这样的熙熙攘攘中想找到一两个熟人也不易。我走了很久才突然看到孟明亮。他和唐菲暧昧是全班都知道的秘密。可是他此时在暗中不动声色地牵着另一个姑娘的手……等等，那不是许娜吗？

他可真是和我们宿舍耗上了。唐菲知道保准得气死。真奇怪，以前活着时怎么没发现过身边有这么多秘密？

夜里也有人在篮球场玩。我慢慢地踅过去，希望能见到张德生。他不在。我遂又慢慢走开了。

当一只鬼最好的和最闷的地方都是自由。可以漫无目的地游荡，再也没人逼我去考试，交作业，毕业找工作，出人头地了。想到这里我觉得挺对不起我妈的。在追悼会上刚见她就和张德生走了，不愿意见她痛哭流涕的样子。让她白白照顾了那么多年，以后也不能尽孝了……

她带走了我的骨灰。我想跟着她，又回不了家，回不去那个我曾竭力离开的小城。继父不喜欢我，知道我死了会说什么，"就知道那丫头傻，靠不住"？

我还差三个月才满二十一岁。

呜咽声渐渐大起来，大到自己都听得到。如果这时有人经过这个角落，也许会被吓到吧？但是他要是知道这个学校里有那么多死魂灵之后，或者就见怪不怪了。

我只是其中最无害，最微不足道的一只新鬼罢了。

甚至还在学校里见到一个老师鬼，七十多岁了，二十多年前在校医院被误诊导致双腿瘫痪，死了以后仍然坐在看不见的轮椅上。反正鬼的身体很轻，什么姿势对于他们而言都不吃力。

鬼魂之间很少交流。一看到我东张西望就纷纷流露出揶揄的神情来：这么八卦，一定是新鬼。但他们大多没有恶意，只是沉默久了，中间不乏身体残缺相貌丑陋者，也不狰狞。

在所有的鬼中我最好奇的就是那一大群叫嚣乎东西，遭突乎南北的自杀鬼了。他们的百人——百鬼计划眼看就要成功了，已经开始有少量成员产生厌烦情绪，在商量要不要实行红棉袄跳绳计划，就是那个耳熟能详的鬼故事：在建筑物的顶楼，你若看见有个穿红棉袄的小孩子在跳绳，她会央求你过去帮他拉着皮筋，自己开始一下一下地边跳边数：一，二，三……四十……七十……九十九，九十九，九十九。

这样你一定会问那个问题：为什么总是九十九？

因为还差你一个就一百啊！说故事的人必然狞笑着回过头来，伸手作推你状。

无论听多少遍，我每次听到这里都会大叫一声，毛骨悚然。万料不到这个传说竟是真的。

我劝那些自杀鬼最好不要那样做。人死如灯灭，好歹也是一条命啊，哪能为了凑数就乱搞？为首的一个经济学博士对此嗤之以鼻：据说他和同屋关系不好，有一天把同屋骗到顶楼上再从后面一推，自己再跳楼。一个今年五月份刚跳的中文系大二女生轻声对我说：别劝了，他们根本不会听的。

那也不能任由他们去害人啊！

没事，这个故事连刚进校的新生都听过，谁还会上这种当啊。他们也就是实在等得不耐烦了，胡说八道而已。

师妹，你怎么会自杀？

我？失恋。

另一个声音响起来：我也是因为失恋。

我也是。

我也是。

好多双手接连在鬼群里举起来。我大吃一惊，自杀者中至少有二十个为情自杀，而二十个情死鬼里只有一个男鬼。——而那些害死女孩子的男生和男人大多都还在人间逍遥快活呢，不公平。

你们就没想过报复？我忍不住问。

她们七嘴八舌：想过的呀，但怎么报复？一个人如果不相信鬼，他就百毒不侵，我们根本就近不得身。当今的无神论教育太成功啦。

我叹一口气，正待远离这群悲悲戚戚的鬼，那唯一的男鬼却一把抓住我袖子。我看见他更诧异，这人竟然是我大一就认识的同院师兄。还以为他早就毕业了，没想到。

帮我报仇……金老师玷污了我女朋友，又把我从保研名单上划掉换上她……我从农村好不容易考上来的，实在想不通……

师兄鬼一口地方口音，我听得很吃力。

怎么帮你？

你刚死，还认识一些活人……帮我把这件事告上去……

活人都看不见我。我遗憾地摇着头。我也不知道该找谁说。

这个学校里有很多秘密……那个人说：去招生的老师在云南海南都收了很多钱……好多人考进来靠走关系，找工作也靠关系……不像我们，都是校园的失败者……

很多鬼不知何时已聚拢过来，沉默地点着头。

连象牙塔里都这样，那还有什么地方是亮堂的？

另一个没见过的女生说：期末考试时，老师监考时就摸我的手，考完我差几分及格，他又单独叫我去办公室……我后来实在受不了就……

还是金老师？我问。

不是。她冷笑着：你以为只有金老师？

还有个男生说：为什么他们都笑话我穷？家穷有罪吗？强迫我帮他们打饭，洗衣服，又不让我打牌，饭票到处乱扔，找不到了就说我偷的，还告到系里……只好以死明志……

党员师兄也过来了：我高中就入了党，一直给家里增光，爷爷租房子在学校附近整整陪了我四年……大学毕业居然找不到工作……

一个看上去朴实的姑娘说：某某算什么东西！每天仗着爸妈有钱就吆五喝六，我偶尔试用了一下她的兰蔻就说了一车难听话。可惜没掐死她，只是昏过去了。我倒是吓得跳了楼。白跳！

每个人都过来争抢着说话，我很快就头昏脑胀不够用了。

等等，等等！我不是阎王，你们告诉我这么多没有用。

他们还在说着。我做梦也没有想到鬼也有这么强烈的表达欲。

这学校远比我想象中黑暗。然而只要一想到有一个人在，心底仍然变得柔软。那么多人，那么多事，似乎只有他一个人是始终干净的。那瓶"甘露"还紧紧地攥在我手里。我把它埋在了那棵柏树下面。我当然不会毒死他，开什么玩笑啊。

随便找了棵树在枝杈上昏昏沉沉休息了一会儿，晚上又在草坪里遇到了一大群鬼。说起来我的遭遇，大家都笑我傻。

这都什么年代了，一个大活人会被气死？搞笑。你别听青衫客的，他死的那阵子还是三国，男人气性比较大，稍微被抢白两句就挂了。

会不会搞错了，你还是再下去问问吧。轮椅上的老师鬼也说：姑娘你看你脸色多差啊。再拖一天，恐怕还没等到张德生就已经魂飞魄散了。

我于是连夜又下了黄泉，青衫客正在台案边头一勾一勾地打瞌睡。我尴尬地站在他面前：大叔，醒醒，你确定张德生今天必须死吗？他可不可以不死？

你半夜三更过来扰人清梦，就是问这么件破事儿啊？我确定！一百个确定！一万个确定！

那到底怎么样，才能够更改这个结果？一定有变通方法的，我看你们阴间也很随意……

我拼命地求着。

青衫客一脸不耐烦地打了个哈欠，看样子还没完全醒，睡眼惺忪道：除非他能够帮助很多很多人。在很短的时间里，证明自己活着比了死了更有用。

今天就得死，他上哪儿帮人去？我哀求他：我证明他帮过我，也帮过很多别的需要帮助的同学……再也没有比他更热心更好的人了，真的，让他活下去吧。

那你呢，你怎么办？桥上的婆婆阴测测地过来了：你的甘露去哪了？没给他？

那又何苦呢？我急得要哭。我宁愿一个人去投胎，也许下辈子还能遇到更好的人呢。多给大家一点机会嘛。

你不喜欢他了？

……喜欢的。

喜欢为什么不争取？

就因为喜欢，才不争取。

婆婆似乎明白了，太息一声，作势让我过去。青衫客还想说什么，我只作没有看见。

这时候突然有人叫我。好熟悉的声音。

我蓦然回头，简直不敢相信自己的眼睛：真的是张德生。

苗晓动！

青衫客一把抓住他的手，不由分说地就拉他往桥上走。

我拦住他：等等。我想到一个办法，可以让他帮助很多人。

婆婆说：快点，给你俩准备的孟婆汤热了又热，马上又要凉啦。

我便没头没脑地问：你怎么现在才来？

张德生说：我离开唐菲，去找金老师理论了。他就在办公室里，不肯见我。我就去了校长办公室。助理说他在开会，我等了很久，心里越来越憋闷……后来突然就来了这里。苗晓动，这是什么地方？

你快回去，再不回就晚了！我看见他的魂魄飘荡，虽不成形，亦不至于溃散。他并没有真死，只是元神被小鬼拘来而已。

张德生迷惑地看着四周：这到底是什么地方？

这是阴间。青衫客冷笑着走过来：身死之人，还不速过奈何桥？

我一把拉住张德生的手，把他从婆婆手里拉过来就跑：还不快走！

他糊里糊涂随我往入口跑，气喘吁吁间只听后面孟婆说：这女子糊涂！

青衫客叹道：他一介书生，活着又有什么用？

我不顾一切，只管拉着张德生拔足狂奔。在奔跑过程中，断断续续地说，你醒了以后立刻就吃速效救心丸……你宿舍里面有药，我知道……还有，我要告诉你这个学校很多很多陈年的秘密，你如果去找校长没用，就写出来，发到网上去……你还记得那个师兄吗，还有那个管院自杀的女生，他们的死都和金老师，还有别的老师有关……你一定要证明自己活着有用，比大多数人都有用，你可以帮助很多人，可以让这个世界变得更好……

我说了很多，很多。我一辈子都没有和张德生用这么快的语速说过那么多话，没想到最后的话，和我们俩都没有关系。他能记住多少我不知道，而这条路实在太短了。

到了入口，我站定，他望着我：你确定不要我陪你过去？

我微笑了：我一路上的话，你记住了多少？要不要我再说一遍？

我欠你的，就让我还了吧。我不喜欢欠女生东西。

不要，你活着，才能够还我。那些秘密你一定要记得。此后余生，要让它们被世人知道。

好。他说：我明白了。只是对不起你，晓动，这辈子有没做完的事，欠你的要下辈子才能还了。

他的眼神异常清澈，在黄昏的喷泉边站着，白 T 恤配藏蓝色运动裤，身材颀长，风神俊秀，诚恳温柔。呵，陌上谁家年少，足风流？妾拟将身嫁与，一生休。纵被无情弃，不能羞。

我蓦地想起曾经在这个园子里度过的寂寞的每一个云卷云舒的日子。每一个月圆月缺的夜。每一个蝉声如噪的宁静午后，每一个无人陪伴独自去上晚自习的寂寞黄昏。想起撞见他送唐菲到宿舍楼下，总快步走开。想起生平第一次醉酒，是为了他。第一次写情书，是写给他。第一个救的人，也是他。

再见。我笑着说。

张德生拉着我的手不肯放。我越退越后，一直退到入口的黑洞里，一股巨大的吸力迅速将我卷入，他泪流满面的脸迅速变小直至消失。

苗晓动，苗晓动！是迢远的，来自上一世的声音。

再见，张德生。

B

十月五日，我死了……

十月六日，我醒了。

原来生死之间，只差一线。一念犹疑即生，一念决绝便死。

我躺在病床上很多天。反反复复地做噩梦，不吃不喝，唯有靠输葡萄糖液度日。偶尔醒来时只听见医生和护士们低低在床头议论说我的求生意愿极低。

不，其实不是的。我答应过一个人要好好活下去。证明我活着比其他人更有用，证明我可以帮助更多人。我只是需要一点时间恢复。

唐菲也来了，说：你找金老师的事我知道了，你有心脏病为什么还动气……你是因为我才这么生气吗？你还……喜欢我吗？原谅我，好不好？

我睁大眼望着天花板，安静地，空洞地，仿佛要把顶上看穿，直接看到上面的上面去。有什么事情弄错了，从一开始就完全错了。

唐菲继续哭着说：其实老金根本就没本事只手遮天……保送

P大的名单下来了，没有我……如果我好好考研，你可不可以原谅我？

我都听见了。可就是不明白这些话都是什么意思，只茫然地转头看向她。另一些惊人的事实在我心头涌动着。我答应过另外一个女孩子的，我不能忘记。此后余生，我将为了揭开这些秘密的盖子活着。

不知道过了多久，唐菲终于离开了。她走前一直哭，又说了好多话，有些事关秘密，有些却只是自己的痴话。后来我昏昏沉沉做了梦。梦里一个女孩眉目如画地站在我面前，说：再见，张德生。你要好好的啊。

我说，还没有记认，我怎么找你？

等你完成所有事，我会来找你。记得，一定要证明你比其他人更有用。别让我后悔——开玩笑的。喜欢你我从来没后悔过。

再会，苗晓动。我说。

C

张德生心脏病发作后成了另一个人。也许他本来就是另一个，我不认得的人。本校保研名单上也没有我。金老师一直不接我电话。直到我发微信告诉他，我已经决定自己考研，想再见他一面，他才慷慨大方地同意我再去他办公室一次。他还专门语音电话说，不是不可以给我弄来专业课考试题，背熟答案了，和保研也差不多。

我回：谢谢老师。

孟明亮和许娜闪电般在一起了。连孟明亮也没有等我。

全世界的人一夜之间都将我遗弃了。就像《聊斋》里那个书生，一回首温柔乡便成荒凉冢。

也不知道从什么时候起，走在学校里，到处都能看见影影绰绰的鬼魂。我有时还似乎看见了苗晓动，定睛看只是一棵乌桕树。还有时候，一大团黑影倏忽而过，似乎听到了呼喊。医生说这是因为贫血造成的脑部幻觉，嘱我静养。但耳朵里面从早到晚都是声音，嗡嗡呜呜的，静不下来，很乱。

每天的太阳都是新的。可是我走在这些太阳下面，只觉一切陈旧破败，连同自己，也像一块用剩下的抹布。在这个千辛万苦才进来的园子里，我到底得着了什么呢？我看见欲望如吸血鬼，那么美艳、那么直接地暴露于光天化日之下。刚开始还色如春晓，渐渐地便作白骨骷髅。

和金老师约好见面的那天，我醒来已经下午五点多了。米珂出门上自习了，许娜前一晚和孟明亮电话粥煲得太晚，也在补觉。我没坐苗晓动的床，蹲在空地上穿鞋子，系了很久鞋带还是打不出完美的蝴蝶结，手一直抖。

临走时照了镜子，里面的面容还是年轻的，皎洁的。我戴上一对蝴蝶耳环，想了想又摘掉，放在米珂桌上。我还记得她以前看这副耳环的眼神，大概会喜欢的吧。

走在路上，用手机打电话给金。我说，办公室可能有人敲门，我们去教学楼顶楼吧。突然间我就很想站在一个很高很高的地方，往下看，在夕阳未尽的狼狗暮色里，看一眼这个奇怪的，美丽的，癫狂的园子。

经过图书馆，我又想起差不多一年多都没有进图书馆了。一直都在谈恋爱，约会，和不同的人。要是把那些时间都用来看书，也许结果会很两样吧？

可再给我一次机会，事情或许还会是这样。苗晓动还是会爱上张德生，张德生最终还是我的。我还是会不够爱又不肯放手，同时又招惹孟明亮一干人等，最后大败亏输于老金。好比蜘蛛必然筑巢大雨必然落下蚁穴必然溃散，一切皆是命数，一切也都是必然。

如果一定要有点不同，我唯一遗憾的是，是没在苗晓动死之前，就和张德生分手。

慢吞吞走过图书馆，来到了教学楼门口。全校就这栋楼最高，二十四层。

金在办公室等我。我不肯进，他摇着头，脸上挂一个纵容的油笑，踱着方步出来，临走还拿了几张可以垫在顶楼地面的报纸。

怕电梯遇到人，只好走楼梯。我们一前一后，一层层地走上去，往常也和张德生来过这里，当时身轻如燕，并不费劲。可今天却一步一挨，走得极慢。金在后面试图捉我的手，手掌肥厚，手心又都是汗，像解冻后的三文鱼，怎么都甩不脱。他还是胖，边走边呼哧呼哧大口喘气，手里的报纸边走边扇风，像极大的枯叶在地上被踩得粉碎。除了报纸声和呼哧声外，楼道里又响起窃窃私语来，我想我的幻觉又来了。近日还总听到小孩子唱歌，那是谁家的小孩子，是我悄悄打掉的那个吗？可能是张德生的，但更有可能，是老金的。

快到顶了。还在楼道里就听到有小孩在响亮地数数，与此同时还有蹦跶声。一，二，三，四。刚出露台便看见一个穿红棉袄的小孩在落日余晖里跳皮筋：五，六，七，八——

现在才十月份，南方哪穿得住红棉袄？啊，我突然想起了什么。那是每个人刚进校就听过的故事。那也好，省得自己费事了。

于是我就陪那小孩子一起快乐地数起来：九，十，十五……四十二，四十三……五十八……六十六……七十八……九十九。

九十九。九十九。

九十九。

我们一起快乐地数着。红棉袄的小朋友回过头看着我笑，头发完全遮住眼睛，遮住脸。

为什么总是九十九？

老金终于忍不住了。问。

2006 年 6 月 初稿

2019 年 8 月 二稿

雷克雅未克的光

　　那天晚上我们其实一开始并没有准备好进行什么灵魂对话的，不知怎么就一句句讲到了说什么话都费疑猜的地步。这大概也是我自己的问题，自尊心太强，永远不肯说一句服软的话；而他又老觉得自己是对的。他是个直男——虽然很温和，但也是个直男。他貌似比我更知道这个现实世界的运行规则。而成年后我却变得越来越厌恶一切不对等的对话，甚至在职场也一样幼稚，刚入职没两年，就直接和部门领导发生过正面冲突。正常人最多拂袖而去，结果我还用力摔了门。好在是国企，居然也没开除我，只是从此长期供应无数穿不完的小鞋……但凡任何好点的差事，领导就说：别让小艾去，她人缘不好，别人会有意见的。

也不知道这结论是怎么得出来的，其实也就和她不对付，我的群众关系好得很。

就这他今天也说了我：今天脾气那么大，是不是在单位又受气了？你干吗非事事和领导对着干？

我说：谁有空和她对着干。就特别不爱去她办公室。一去就心慌，胸闷，气短。

好赖也是成年人了，总归要多沟通……你是不是还没忘记你祖母的事？咱童年阴影能不能别这么大？眼看都奔四的人了，还这么不成熟。

一团邪火噌地升起来。我挂断了微信视频。

他可能也觉得说错话了，识趣地没再打来。

后来我就准备在房间里放一会子音乐，可能真有点被说教说顶了，在虾米上乱搜一气，居然真的就搜到了一首《讲耶稣》。坏碑唇的。这还是我第一次知道这个乐队。

我顺手又在微信对话框里打：喂，你知不知道什么叫"讲耶稣"？

他说：不知道诶。

我说：看过《大话西游》吧？里面那个唐僧，就是"讲耶稣"。

他说：啊哈？唐僧不是讲佛经吗？

我懒得同他讲，关掉了微信网页版，顺手又关掉了电脑。有时候人是会这样的，会一口气关掉很多东西，包括手机。明明是没手机会死星人，连开车在红绿灯路口的一分钟，都舍不得不看一条微信公众号推送。但是实在烦了，就会非常希望一瞬间人间蒸发，比如说，一个人去雷克雅未克看极光——过了一会我反应过来，《讲耶稣》已经放完了，现在放的这首还是坏碑唇的，《雷克雅未克的情书》。

　　流行曲这件事真没法说，总是最爱歌颂极光，但想象力其实从来没有超越过都市普通青年的爱恨情仇。

　　关掉所有通讯工具大概三个小时——而这三个小时，就一直在沙发上躺着一动不动，直到从下午躺到了黄昏，天又渐渐黑透——终于又挣扎着爬起来重新打开微信。他果然又留了几段长篇大论的言，但我也懒得细看，因为仍然是"讲耶稣"。这种正确就是因为永远太正确了所以格外让人厌倦。大道理谁不会说呢。活着，向上，振作，以柔克刚，苦其心志，劳其筋骨，方可修炼出职场不败之身——但是，对摆脱目前的困境究竟有何益处？我们是怎么吵起来的？哦，我想起来了，是我主动告诉他办公室的一堆破事。但我告诉他并不是为了让他隔着九千公里教育我说，管好自己的事，不要理别人的是非，和领导多沟通，等等等等。

　　除了他的留言，有一个要好的女朋友也留了言：我突然梦见你了。梦见我们都好老好老了，一起组团去瑞典安乐死，还可以省团费。

我正烦得什么正事都干不了，立刻运指如飞：为啥要安乐死？为啥快死了还省团费？要是死到临头，我就去阿姆斯特丹花天酒地。

女友也是留言了好一阵子，所以又过了一会儿才回复：好主意。那我比较在意色，如果要死了，一定要招个男妓。

我说：我要飞叶子。那时流行什么就吸什么。爽死好过花钱买春马上风。

好主意噢。女朋友说：我怎么没想到。看来就剩对赌没兴趣了。

我说：我对赌有兴趣呀。死之前还可以先去澳门一掷千金，没什么比这个更刺激了，要是倾家荡产，保准能一下子血管破裂，死在牌桌上。

女友还没有忘记男妓的事：那我还是要坐在脱衣舞男大腿上下赌注，然后再兴奋过度，一下子血管破裂，死在牌桌上。

好吧。我说。我觉得可能赌场不会允许你坐大腿，最多让帅哥给你当叠码仔？你倒是可以吸烟，轻喷他一脸烟。坐大腿太亲昵了点，也许同桌牌友会觉得扰乱心神，算作弊？

好吧。如果大堂不行，就找个包间。女友看来对坐大腿格外坚持。

我说：突然想问一下，届时贵家属在哪？

家属么……这个差点忘了。要么就一起嗨？老实了一辈子，最后也放荡一把。

我说：这看上去不太可行。一辈子的惯性很可怕的，最后你们可能会携手到氹仔大桥上看风景，上演"最美不过夕阳红"。

女友说：非得演暮年衰景，那就去雷克雅未克看极光，在璀璨光华里最后一"日"，一起死。

我说：我真的很怀疑……人过七十真的还有性欲吗？

女友说：你这样说，我到时候一定要直播给你看！

我说：无上期待，别太辣眼睛就好。

……

这样插科打诨一番，心情好像真的也就好起来了。我假装远方没有一个不断想要改变我的男人，也假装自己真的可以洒脱到老，到死，而不是一辈子困死在规行矩步的职场。

也许永远无法让一个直男明白什么叫作对待女友吐槽的正确反应。真的不需要他帮忙解决什么实际问题，默默听着就好了。可是男人总以为自己负有拯救地球之重责，实在不行，至少也要英雄救美。总在寻章摘句。永远寻找漏洞。我怀疑要么就是人找错了，要么就是我太幼稚——可能两者皆有。

天早就黑了。我继续听坏碑唇，在《讲耶稣》和《雷克雅未克的情书》之外，还有《搞三》《搞四》《伤贫妄落》《太太离家上班去》。都是电子，而且都很小众，看一下专辑时间，差不多都是 2000 年至 2006 年之间。整个乐队沉寂好几年又突然复出，出了这张《雷克雅未克的情书》，但依然没什么动静就重新沉底了。最早那几年还特别高产，差不多一年就有两三张专辑。而我则在他们消失又复出再消失的第五年，才因为这个偶然机缘，第一次发现了这个组合。

这个老牌电子乐团最有活力的那些年，我又在做什么？

那几年里大概是在谈恋爱。讨厌的是我好像一直在谈恋爱：一个可笑的不谈恋爱会死星人。但同时又极度在意自由，也一直渴求真正的自由。（哲学命题来了：生而为人，到底何谓真正的自由？）不希望被任何情感和权力关系把控，理想中的自己是个可以独自赴死、去雷克雅未克看极光、在赌场一掷千金和飞叶子到死的人。男妓？爱人？闺密？都算了吧。

早几年，实在伤心了还会设想自己抱着猫远走天涯，现在想想实在很中二。猫还要吃喝拉撒睡，要找地方磨爪子，如未咔嚓多半也有生理需要——十年之后，除了考虑周全到连猫都不打算带了，基本没什么进步。

和一直在谈恋爱一样讨厌的是，我好像从十几岁以后就一直没怎么进步。

女友下线了，应该是和先生共进晚餐去了。她爱他他也爱她，是最恩爱不过的一对夫妻，但是很奇怪，我丝毫也不羡慕这样的鹣鲽情深。这个世界上总有一些人会非常幸运地一开始就遇到那个最合适的人的吧，不用寻寻觅觅冷冷清清凄凄惨惨戚戚直到老死。或者有一些人，就是和谁在一起都有能力设法变得合适——这种想法比较可怕，我决定不告诉她。

还是让她停留在七十岁依然可以做爱的玫瑰色幻想中吧。

这一晚我实在觉得非常难过。除了一个人之外，我不想和这个地球上的任何人说话。但是这个人说的，又都不是我想听的话。他在伦敦，我没法立刻打个"飞的"跨越重洋去看他。也根本无从知道他这一刻到底在做什么，是气我的不回复，还是早就习惯了我的幼稚病，渐渐也就不以为意。

更生气的，是自己还忍不住一直在想这件事。我们总是希望被爱、被了解、被接受。最渴望得到的爱就是被无条件接受，但是这个世界上原本就不存在无条件的爱这回事。我们被爱，是因为先主动提供了可能，以及提供了与对方好好相处下去的完美性格……的假象。事实上每个人心里都住着一只鬼。我们谁也不爱，甚至包括生活——如果很爱生活，怎么会老想着安乐死？

那些有很多很多钱的人可以花很多钱来泄愤。拥有很多很多爱的人可以用离家出走来撒娇。像我这样的独居者，连自残都没办法立刻让他人知道。新闻也许会过很多天才上报纸——或者根本不会上——又过了一些日子，那边才恍然大悟你早已离开这个婆婆世界，追悔莫及抑或悲痛欲绝抑或仅仅嗒然若丧。真会如此吗我又生疑。也许更多的是怨恨吧，怨恨喜欢过的人竟然将自己放在一个无法补救的噩梦一般的境遇里。会耿耿于怀。会念念不忘。会产生内疚感并随着时间流逝将覆水难收的过去修正为可以原谅自己的版本——但是，人的求生欲那么强，活着的人仍然会好好活下去吧。会遇到其他人，陷入新的恋爱。会在一些瞬间，把新恋情再次视为命中注定。

而离开的人，离开了就彻底翻篇了，我知道。

前两天一个前同事得了红斑狼疮去世了。朋友圈再次掀起小规模的悼念浪潮，就好像第一次知道这个人的种种好处。各种纪念文章里，都在说一些最寻常不过的事，一看就是泛泛之交的深情告白。事实上，如果我没记错，她自从因病辞职后，淡出朋友圈已经很久很久了，也可能早就关闭了入口。平常生活里几乎没人提起她，虽然她也并没有伤害过任何人，但因为不再利益相关，就变得像随手可以用纸巾揩干净、就算不管也会自己慢慢蒸发的水渍。我们一定要等到一个人彻底离开，才会意识到这个薄情的世界又浪费了一个珍贵的人吗？

不知道为什么，这个晚上一径坐在家中想十分之阴郁的话题。强迫自己回想最早考虑去死或者离家出走是什么时候，也许最多不过七八岁——小时候受了委屈就想从天台往下一跳，又害怕下面正好有人路过——童话故事总是教育我们要善良，但只有长大以后才知道，那个世界的行为准则从来不和现实世界通约。又想起十二岁那年，父母都到南方下海，自己在小城当留守儿童。因为很小的口角，被祖母用很粗的棍子体罚——每一下都精准地打向膝盖——一直从傍晚打到天黑透，就和今天的冷战一样。同样的一滴眼泪都没有掉，咬紧牙关绝对不说"我错了"。就这样白挨了很多下，直到最后棍子终于打断，祖母假装发现打牌时间已到，自顾自出了门，把我扔在家中，也算给自己找了个台阶下。

她一关上门，两行滚烫的泪就直直地流下来。她不走，我绝对不会哭。

那天晚上就想过结束一切：小孩子也会自戕或者离家出走的。人生和童话书说的一点都不一样。我受够了。

真开门下楼才发现膝盖肿得迈不动步，不必撩起棉裤也知道膝头必定黑紫一片。我从小就非常清楚一个人的怒意如何一点点变成不可遏制的恨意，最终变成一种立刻用武力制服对方结束一切的狂暴决心。尤其是对待一个手无缚鸡之力又不敢还手的小孩时，更容易失控。关于人和人之间的互相憎恨和寸步不让，没有比一个从小就接受体罚的孩子更清楚了。长大后看到很多孩子被毒打至死，我总是很庆幸当年祖母还残留了一丝理智。

这件事我和那个人说过。他今天说我忘不了的，就是这个。

说回那次。我一步步挪动步伐，从来没发现下楼那么难。想离家出走倒不是为了求死而是求生。我害怕下一次真的死在这幢唯有我和她两人居住的老屋子里，虽然我已经十二岁了。真说起来，似乎也活够了。

十二岁实在是最脆弱又危险的年龄。总是感到剧烈到几乎无法承受的痛苦但同时又十分善忘。每当有新的事情发生——经历太少所以每一天都依然是新的——又迅速放弃之前想死的理由。只要从未付诸实践，就可以有惊无险地活下去，活很久。

外面下雪了。地上积了薄薄一层白，天上还在零星地飘着粗砂糖一样的点子。不管发生多糟的事，雪夜依然美丽。我站在楼洞里，有一点迷惑地看着这一切的发生，觉得下一步就可以彻底迈出黑暗王国，走到另一个世界去。

却站在雪地里想了很久。走到哪里去，大概都走不了多远，因为膝盖太痛走不快，祖母日常又克扣零用钱，稍微有点钱都租了小人书，一点积蓄都没有，没办法坐车到别的城市去。跑近了被抓回来难免又要挨打。而且就算走成了，真的就能惩罚到祖母吗？最伤心的恐怕还是母亲。我死了，活着，快乐，伤心，远处的她统统都不知道。就和现在的他一样。那些最在乎我的人，总离得像另一个星系一样远。

滚烫的眼泪不停地涌出来。滑到下巴上已经冰凉了。我好奇地盯着落下的水珠看，看它们如何在积雪上造成两个细小的深洞。洞下面是柏油马路，也许还有一两只过冬的蚂蚁，被从天而降的咸雨弄得措手不及。平时我很少可怜自己。这一次也并不。

一个月后父母从南方回到小城过年。伤已好了一大半，但妈妈久别重逢，看出不对劲来，非要和我一起洗澡。我不肯但无济于事。刚脱掉裤子她就哭了。膝盖蓝紫一片，有些地方又鲜红明黄。我好久没洗澡，没想过闭合性伤口会斑斓得像蝴蝶，煞是好看。

春节过后，我被爸妈带去了南方当议价插班生。在火车上吞声饮泣了一路，因为还没来得及和暗恋的男生告别。而当时的我并不知道一生中会有很多夜晚将和那晚一样难以泅渡。

十六岁初恋，吵到最激烈处对方依旧寸步不让，最绝望的时候，会突然昏厥过去。第一次是真的，后来很多次就是故伎重施。只能用这样拙劣的方式迅速终止争执。这样醒来后就可以肆无忌惮地哭，闹，暴走，反败为胜。爱恨太强烈的人，活着总归比脾气温和的人更困难。

一路跌撞行来，到处头破血流。而且喜欢的人总在远方。也许和近在咫尺的人恋爱是更困难的一件事，会被柴米油盐磨损，又总是恐惧对彼此失望。

确认心意的时刻，永远是即将分别的边缘。以及，远隔几千公里关山千重的此刻。

此刻我委实十分想念他。也想问他：为什么要这样对我？为什么人和人互相喜欢那么容易，相互安慰和理解却这么困难？比爱更难？

和初恋男友分手后，都同别人在一起很久了，初恋突然发来一条短信：记得那时和你吵架，你脾气大到把拖鞋都踢到珠江里去，说要跳河——最后只能背你回宿舍。今天晚上独自走在江边，突然很怀念那时候。

过了许多年依然记得看到短信时恸哭的瞬间。时间会让曾经无限痛楚的一切都打上柔光滤镜，不论好坏，再也不会发生了。事情永远过去了。那么多恋爱攻略都说，人只在失去后才知道珍惜，为了保护自己，务必维持一种随时离开的姿态，这样对方才会患得患失。问题是久了，也许有一天也会突然明白，真的离开也没什么大不了的。

我们早就是可耻的成年人了。不是因为孤独而可耻，而是因为可以忍受孤独地活着而可耻。

没有微信，也没有邮件、电话。大洋彼岸的那人，此刻大概早已沉沉睡去。也许喝了一点闷酒，也许没有。也可能和近在咫尺的别的什么人怀着一点内疚感上了床。他并不真的爱别人，我想。但是人们总是会做一些蠢事证明自己的自由，不是吗？而且，他不爱别人，难道就足够爱我吗？

我有时候怀疑他连自己都不爱。而我也是。我们都不是很好的爱的学徒。都不太知道原谅别人，更不肯轻易放过自己。只是和自己待在一起的时间多少久些，所以总归要设法搞好关系。

想到他可能在那边喝酒，我也就打开了一支薄荷酒，度数不太高的。是七月盛夏，六楼窗外的白杨树被风吹得摇摇晃晃，但关着窗的室内纹风不动。多少次睡不着的夜晚我都想过直接推开窗走出去，就像十二岁那个挨打后的夜晚，十七岁那些惊人可怕的争执之后。温柔总是稀有的，人类就是一种不太懂得善待同类的动物，不像我见过的那些猫猫狗狗有时候还会耐心地互相舔舔毛。

睡不着的夜晚躺在床上，我常常看见自己费力地拉开生锈的窗子，一步踏进深不可测的夜色中，再被不可知的什么稳妥地托起。小时候有那么四五年，无论春夏秋冬，一直坚持开窗睡觉，等彼得·潘过来把我带走。后来等太久老也不来，终于不等了，但一直保留了开窗睡觉的习惯，仿佛只需要一点勇气真的踏进冰凉如牛奶的夜色中，在某个月亮又大又圆的晚上，像今夜。

如果可以，我最想飞到什么地方呢？

首先我想去看看伦敦城偌大的地底世界，再看看月色如银辉照下的泰晤士河——因为那个让我伤心的人就在河对岸工作；然后想去看看罗马的斗兽场，香港的兰桂坊，青海的玉树，黄河的源头；这都是我们一直说要一起去但总没能去成的地方。最后想去苏州的寒山寺，我们刚认识时，曾经手拉手地去过一次，从杭州转车，一个多小时就到了。那晚的月亮也非常之好，庙门早关了，我在门口的小卖部要了一瓶小茗同学，他笑得十分开心：你这么大了还喝这个？像小孩子。

那天晚上是真的以为可以一直走到地老天荒的——也不知道怎么就走到了飘荡着桂花香的小巷尽头，走回南园饭店，走进了深沉的睡梦里，第二天白天醒来，夜晚坚固的幻觉就像太阳下的露水一样烟消云散。我们也是有过自己的断墙的。我们也是说过永恒的——就好像太平盛世，就好像真的能够自主似的。

但计划过那么多，并没有一次想过去雷克雅未克看极光。其实太生僻的美，我们都想象不来。

我看见自己在飞。飞行中眼泪一滴滴流下来，一落地就变成一根细长的盐柱。有时候遇到空气阻力飞不动了，在空中停留时间久了一点儿，盐柱就自己蹭蹭地往上长，长到像巴别塔一样高，然后就可以顺着那柱子哧溜滑下去。如果不想下地，就抱紧不断长高的盐柱——只要一直流泪，那柱子就会不断地生长变粗——和盐柱一起升到云端里。起先经过了一朵棉花糖气味的云。后来又经过了一朵巧克力冰糕的云。再后来，就是红丝绒云。还有小龙虾云。宁波汤团云。出乎意料，我原本以为越往上云朵的味道会越淡的。但现在看来，好像一起吃过的所有食物，此刻都变成了各种味道各种形状的云。两个人相爱，竟然会一起消灭掉那么多东西，又总是望着对方的眼睛，说那么多无意义的废话。此时此刻，那些食物的气味让我难过。它们太香了，又吃不下去。

实在不愿再抱着那盐柱了，我揪住离我最近的一朵云纵身一跃。没想到是一朵薄荷牛肉卷做的云，跌坐在里面鼻子闻到的气味也是凉的，但实际上并不冷，反倒因为辣椒面的存在而一碰就觉得火辣辣。这朵外表云淡风轻而内心焦灼的云皱着眉说：一会朗姆酒云还邀请我一起来场莫吉托雨呢——但是，这些辣椒面怎么办？去哪里换掉这身不合适的衣裳？

我这才知道原来在世界上的有些地方真是会下鸡尾酒雨的。好多地方还有螃蟹雨。鱼雨。三明治雨和薯条雨。新闻报道过很多了，虽然没有亲历，但前不久不是还听说在墨西哥噼里啪啦下过好一阵子鱼雨吗——大概也是恋人们吃过的鱼太多了吧。

我对薄荷云说抱歉打扰啦。这时才发现刚才抱着的盐柱已经快化尽了，中间越来越细行将折断，而下方城市摇摇晃晃地看上去仍无比遥远。幸好我早离开了，否则突然跌落，一定会忘记怎么去飞，很可能会跌倒在所有旧日的恋情面前，飞速经过所有吃过的东西，覆水难收的话。

薄荷云说：不然你就和我一起去找朗姆酒云吧，你这么爱哭，倒是可以提供一点恰如其分的盐。

于是，我就随着莫吉托雨落在了泰晤士河上。河水上方总是不会盖上盖子的，所以夜晚，才经常有一些奇怪的雨临时决定落在河水里洗澡，河里才会有许许多多奇奇怪怪的生物，而两岸来来往往的人类从不知情。薄荷云高兴地告诉我，它很方便地在河水里洗掉了所有辣椒面。

我们落在离岸很近的地方，稍微游几十米就上了岸。雨散云收，我不太记得想找的那人是住河左岸还是右岸了，但莫名其妙地坚信一定可以找到。既然都已经跨越千山万水地来到这里，一个人决心找到另一个人又怎么会找不到呢。

可是，找到他又可以说些什么呢？我不会说我错了。而他也不会。

泰晤士河两畔灯火通明。有些堂皇的大楼看上去像政府机构，有些却是居民楼。因为新奇，我忘记了原有的沮丧，开始哼着歌子走路。一个人的时候我总是更容易愉快一点。就像有一次在福冈跨年，深夜一个人经过那珂川，在护栏发现河心有一堆被大风吹得东倒西歪的鸭子，一个人哈哈哈哈地笑出眼泪来。

就在浑身湿透不停赶路的途中，陆续遇到一些看着眼熟却想不起在哪见过的人。看了半天，才发现他们都是早已离开我生活的世界的人。很多人都非常年轻，穿着旧日的衣裳，看上去平静又愉悦，对我一径微笑地点着头。我向他们问路，他们都礼貌地告诉我要去的地方就在前方。直直地,往前走就到。后来就真的走到了一栋楼门前,心底有声音笃定地说,这就是我要去,想去,可以解决一切问题的地方。

我敲门。过了很久才有人来开。打开后才发现是我去世整整十五年的祖母。她和我记忆中一模一样的矮且胖,小眼睛,金边眼镜,一张嘴就露出那颗镶坏了的银牙。她曾在我们那个小城的第一小学当过三十年数学老师,我一直想知道她对她的学生们好不好。但还没看清她手里有没有拿着棍子,我就吓得关上了门。一关上就立刻后悔了。再敲,就无论如何敲不开了。

敲门的时候我一直在哭。边哭边大声地问她:为什么你那时不能好好待一个孤苦伶仃的小孩呢?为什么一定要她说"我错了"而不是自己说"没关系"呢?你真的一点点都不喜欢这个孙女吗?还是因为觉得她从来不喜欢你,所以自己也不喜欢她?

哭了很久很久。哭得跌坐在房门外,却一直没人开门。可能原本就是我错了。我老是希望世界以正确的方式打开,人与人彼此温柔以诚相待,而这想法本来就是荒谬的,无稽的。我们中国人从来不习惯说爱……但是,我爱妈妈。我也爱他。我也不是没有渴望过,有一个她爱我我也爱她的祖母。

那次体罚之后不久我就离开了小城,再过八年听说她中了风，又一跤跌断骨盆，再也下不了床。在她临终前，上大学的我被父母带回去看她，她谁也不认得了，却紧紧地拉住我的手，张大嘴露出镶坏了的银牙和萎缩的牙床，也许想说"对不起"——也许想问：这姑娘是谁？

她的手很瘦，瘦得表皮皱缩在一起，像随时可能折断的枯枝，上面布满了虫卵一样的老年斑，夹得我的手指生疼。她死的时候应该比我挨打时更痛。人生太苦了，我们所有人都一样，一样地可怜。一样地孤独。一样地蠢。

我哭着原谅了她，也终于原谅了自己。我长久记得二十岁的自己面无表情地用力抽出手指。并不是因为疼，只是不想触碰她。

随后我发现自己正躺在北京的床上，四仰八叉的。又过了好久才终于清醒过来，猛然觉得手臂边有一个什么东西很凉。低头一看，是昨晚刚喝过的薄荷酒。仔细闻，还有一点儿薄荷味。

天光大亮。窗户洞开。没有人来。

但很快，我发现手机有一条未读微信，不知道是谁的。也许是妈妈，也许是他。有可能是分手微信：我想了很久，觉得咱们还是不太合适……又或者是：我这周就回来。一起去看雷克雅未克的光，好不好？

好的呀。

但是他大概从来都不知道雷克雅未克在哪里吧。没关系的，我也不知道。

2019 年 3 月

后记：那些被采摘又晾干露水的夜晚

如果没有这场倏忽而至的全球大流行病，理论上这本小集子应该早已下厂并上市了。而此刻的我或许已带着它去了一些城市，见了一些陌生或重逢的朋友。他们会问我什么问题呢，有一些连我都猜得到，比如说，为什么这本书要叫"夜的女采摘员"？以及，"它是你第四本小说集了吧，和之前三本又有什么区别"？

　　最害怕的第三个问题我也想得到。那就是，"为什么你还不写长篇，还在一本本地出小说集？"

　　因为短时间内大概也无法真的线下见面，那么也许可以先在这里回答第二个问题。我想和此前最大的区别，大概就在于这是一些真正摆脱了最初的原始表达欲之后的自由叙事。里面的主人公和故事，大部分都离我的生活更遥远，也正因距离拉大，反而令我得到了空前的虚构的乐趣：很多时候需要调度全部想象力，无限逼近另一种生命形态——譬如说，乌鸦的一生，郊区女工的伤心罗曼史。

就在这踮脚去够，左支右绌的过程，正因为时常把自己逼到绝境，整个人都有轻微的失控，如午夜在杯中轻轻晃动，白天面具摘下，微醺带来意想不到的自由。又如同轻轻探足，踏入他人的梦境。

这些被小心摘下、又一一晾干露水的故事，就是这样一朵朵由绝对自由意志、想象力和夜晚共同灌溉的夜之华。我大概永远写不出来相类的故事了——就因为这远离舒适区的狂念、失控和醉意，此后再难复得。

大家现在都知道我写诗了。有一首诗我写："'解放牌'棉花这一天被好好弹了开来。"——只在这一天，没有第二次。那首诗的名字，叫《……是自由》。

写作者毕生追求的，也许就是创作的天马行空，与可理解的形式、意义三者之间的平衡。

最大的自由也许是，写作者本人终于不再害怕被对号入座。假设在之前的小说集里，作者会被想象成暗恋老师的大学女生，被背叛的女画家，那么，在这本书里又有谁会以为我真是一只黑熊或乌鸦呢？在一些故事里，我和主人公一起，推开窗子就直接走进雨后的夏夜（《雷克雅未克的光》）；还曾真真正正漫步过那段风景单调的高速公路辅路，见到一片阒然未开的桃林，认识了一只胆大包天的喜鹊，和憨头憨脑的黄狗（《小孩小孩》）；而《抵达螃蟹的三种路径》看似调度了若干自己的生命经验——包括在深圳度过的少年，音乐学院居住的十年——内核却全然陌生。离自己最近的，或许只有《刺猬》：里面藏有我妈也就是"老熊"同志的影子，当然也有少女时代的我。其他我也敝帚自珍，尤其是那些特别短的：《在办公室里过夜》《狗》。在办公室跳舞的骷髅，九年来已变成了我的熟朋友；那只新疆遇到的流浪狗也是，在脑海逡巡了整整七年，尾随，呜咽，最终夹着尾巴与对爱的幻想一起离开。

总而言之，这是一本关于梦境、小孩子、女人、动物和鬼魂的书。

——却未必是现时的梦。不是我的小孩。并非亲历的故事。更不是失去的故人。

如果一定要寻找原型，那么，我宁愿我是乌鸦，是狗，是黑熊，是刺猬。一个人，就是一座小型动物园。动物们的种种孤独、恐惧、天真、狂喜，全都和我相关。

一直喜欢罗伯特·弗罗斯特的那首诗：

树林真可爱，既深又黑，

但我有许多诺言不能违背，

还要赶多少路才能安睡，

还要赶多少路才能安睡。

（《雪夜林边小立》，飞白译）

定稿后的一月初，我和好友去美国玩，在冬日荒凉的西海岸整整晃荡了十天。在摩根图书馆外，与大雪纷飞中竖起衣领的上东城居民擦肩而过；也曾在波士顿城的查尔斯河畔深夜暴走；更有幸见到普林斯顿大学松林深处一瞬而过的灰狐狸。我所不知道的地球上的一切夜晚，似乎都容我日后造访。世界看上去平静如常。

23日我们回到北京。之后的事大家就都知道了，武汉封城，全球一一进入战时状态，和我一样坐困愁城的人有千百万亿，有些好人已永远离开。想起去年和编辑大人恰恰一起苦思书名的桂香幽幽隐隐的秋夜，竟恍如隔世。

疫情最严重的时候我写不出一个字，遑论后记。

一冬千劫。但春天终究不可阻挡地来了。开车去上班的二环路边，桃花灼然照眼。回家路上，夜空无声绽放一支支粉白殷红的焰火。

既然一树一树的花还肯在这春天开

事情还没有变得完全坏，我们想

而这本集子收入的十三个夜晚，最终也仍然要和大家见面了。

最难过的时候甚至曾一度怀疑文学无用。但文学其实一直都在那里，让我们有力量去理解表面的失序世界背后，仍然存在着更多、更坚固的美。它让我们继续爱人及人所栖居的世，努力面对糟糕的事，并试图做点什么，改变它。

就以余中先先生译的塔朗吉来结束这篇小文吧（而终于拒绝回答第一个和第三个问题）。

为什么我不该挥舞手巾呢？

乘客多少都跟我有亲。

去吧，但愿你一路平安，

桥都坚固，隧道都光明。

我也想对这艘夜航船的所有船员大声念这首诗。我和我的孩子气的精怪们穿戴起铠甲，愿保护你和你所爱者喜乐平安。

文珍

大郊亭路 4 号

2020 年 3 月 17 日

后记：那些被采摘又晾干露水的夜晚

她们是在爱着，并且因为爱而绝望着。

这爱的姿态是多么美啊，超过了所有鸟类可以到达的美的极限。

而我是一只乌鸦。

——《乌鸦》

一頁 folio

始于一页,抵达世界

Humanities · History · Literature · Arts

出品人　范　新

监制策划　恰　恰

特约编辑　苏　骏

版权总监　吴攀君

印制总监　刘玲玲

装帧设计　山　川

内文制作　陆　靓

Folio (Beijing) Culture & Media Co., Ltd.
Bldg. 16-B, Jingyuan Art Center,
Chaoyang, Beijing, China 100124

一頁 folio
微信公众号

官方微博:@一頁 folio | 官方豆瓣:一頁 folio | 联系我们:rights@foliobook.com.cn

图书在版编目（CIP）数据

夜的女采摘员 / 文珍著 . -- 贵阳 : 贵州人民出版社，
2020.9
ISBN 978-7-221-15935-9

Ⅰ . ①夜… Ⅱ . ①文… Ⅲ . ①短篇小说－小说集
－中国－当代 Ⅳ . ① I247.7

中国版本图书馆 CIP 数据核字 (2020) 第 009493 号

夜的女采摘员

作 者：文 珍
出 版 人：王 旭
责任编辑：谢丹华 张 娜
特约编辑：恰 恰 苏 骏
装帧设计：山 川
内文制作：陆 靓

出 版 贵州出版集团 贵州人民出版社
贵阳市观山湖区会展东路 SOHO 办公区 A 座
发 行 北京贝贝特出版顾问有限公司
印 刷 北京华联印刷有限公司
版 次 2020 年 9 月第 1 版
印 次 2020 年 9 月第 1 次印刷
经 销 全国新华书店经销
开 本 787mm×1092mm 1/32
印 张 13.5
字 数 200 千字
书 号 ISBN 978-7-221-15935-9
定 价 48.00 元

如发现印装质量问题，影响阅读，请与印刷厂联系调换。